MON
LIEUTENANT

du même auteur

Romans

LES PAROISSIENS (Gallimard).
LA PITIÉ DE DIEU. *Prix Goncourt* (Gallimard).
LE MEURTRE D'UN ENFANT (Gallimard).
LE SPECTRE DE L'AMOUR (Gallimard).
LES ENTRAILLES DU TAUREAU (Gallimard).
LES OTAGES (Gallimard).
UNE NUIT A SAINT-GERMAIN-DES-PRÉS (Julliard).
LE GRAND SOLEIL (Julliard).
L'INNOCENT (Flammarion).

Nouvelles

LES ENFANTS (Gallimard).
NOUVELLES DU PARADIS (Gallimard) *Prix de l'Académie française.*

Chronique

LES OREILLES ET LA QUEUE (Gallimard).

Essais et pamphlets

UN TESTAMENT DE STALINE (Fasquelle).
L'AGONIE DE LA VIEILLE (La Table Ronde).
LE PAPE EST MORT (La Table Ronde).
LES ÉCURIES DE L'OCCIDENT (La Table Ronde).
LA GRANDE PROSTITUÉE (La Table Ronde).
POURQUOI LA FRANCE ? (La Table Ronde).
LE CHEVALIER, LA MORT ET LE DIABLE (La Table Ronde).
LETTRE OUVERTE AUX TÊTES DE CHIENS OCCIDENTAUX (Albin Michel).
LETTRE OUVERTE A TOUT LE MONDE (Albin Michel).
DISCOURS DE LA DÉCADENCE (Copernic).
UNE PASSION POUR CHE GUEVARA (Julliard).
PROUST, LE CHAT ET MOI (La Table Ronde).
LA BARBE ET LA ROSE (La Table Ronde).
UNE ROSE À LA MER (La Table Ronde).
CROQUIS DE MÉMOIRE (Julliard).

Soties

LE COUP DE BARRE (Gallimard).
LE TOUR D'UN MONDE (Gallimard).
TROPICANAS (Gallimard).

Théâtre

LES PARACHUTISTES ET LE MAÎTRE DU MONDE (Gallimard).
LES YEUX CREVÉS (Gallimard).
QUI A PEUR DE VIRGINIA WOOLF ? *Adaptation de l'ouvrage d'E. Albee* (Robert Laffont).

JEAN CAU

MON LIEUTENANT

roman

JULLIARD
8, rue Garancière
PARIS

IL A ÉTÉ TIRÉ DE CET OUVRAGE VINGT-CINQ EXEMPLAIRES SUR VÉLIN PUR FIL DES PAPETERIES VAN GELDER DONT VINGT EXEMPLAIRES NUMÉROTÉS DE 1 A 20 ET CINQ EXEMPLAIRES HORS COMMERCE NUMÉROTÉS DE H.C. 1 A H.C. 5, LE TOUT CONSTITUANT L'ÉDITION ORIGINALE

ISBN 2-260-00420-2

Il avait les cheveux gris, coupés en brosse mais curieusement plaqués par de la gomina sur les tempes. Et de petits yeux jaunes et tout ronds. Si ses lèvres, au lieu d'être minces, s'étaient avancées en spatule, la ressemblance de la tête avec celle d'un corps de canard – les cheveux gominés rabattus comme des ailes – aurait été parfaite. Valentin ne se pardonna pas cette irrespectueuse hallucination, non plus que d'avoir observé que la bordure de cuir du képi renversé sur la table et qui semblait reposer sur le socle d'or des cinq galons n'était marquée de graisse que sur les côtés. « C'est à cause de la gomina, pensa-t-il. Mais pourquoi se plaque-t-il les cheveux de cette ridicule manière ? Est-ce en souvenir du temps où il dansait le tango ? » Il remarqua aussi que le ceinturon du colonel semblait avoir été desserré d'un cran, puisqu'il était barré d'une trace noire indiquant le précédent emplacement de la boucle. « Comment peut-on prendre du ventre pendant une guerre ? » Et Valentin ne fut pas content de s'être posé cette question. Le colonel, tel un chef d'orchestre qui chantonne tout en dirigeant, faisait voltiger et glisser sa baguette qui se faufilait entre villages et fermes, effaçait les vallées, d'un fin et nerveux zigzag supprimait les bois et les masses ocres, sur la carte, de montagnes ou de rochers. Un capitaine au nez pointu chevauché de lunettes aux verres épais, assis à une table d'écolier, dans la salle de classe, prenait des notes et recueillait les paroles oraculaires. Les autres officiers étaient debout et le capitaine paraissait ainsi être l'élève lèche-cul de la classe. Il écrivait à toute allure. Médecin dans le civil ? Impossible, il eût été capitaine-major. Alors, instituteur ou professeur ? « Je suis trop distrait... », pensa Valentin, et il se pinça furieusement la paume de la main. Il écoute donc. La baguette danse. Théoriquement, le colonel ne peut être battu par les Allemands qui, sur le papier de la carte clouée au mur, tournicotent comme des souris poursuivies et croquées par les chats très rusés de l'armée française. Si le colonel-chef d'orchestre s'était posé enfin une main sur le cœur et avait vraiment chanté, nul n'en aurait été outre mesure surpris. « Ici, nous placerons deux canons; là, deux chars. La 3e compagnie couvrira les bois. La 6e sera prête à intervenir au lieu-dit, ici, “ La forge du Bru ”. L'aviation interviendra dans ce goulet où les blindés ennemis devront nécessairement s'empaler... » Et la main poilue du colonel, on s'étonnait qu'elle ne brandît point un glaive mais une si fine baguette, comme on s'émerveille de voir une rude main de paysanne, en forme de racine, faire voleter agilement l'aiguille du crochet. Baguette magique! Elle changeait les vallées cahotantes en plates pelouses, les chênes centenaires en trèfle gentil, les chars de l'adversaire en inoffensives citrouilles, les Stukas en libellules et les soldats ennemis en figurines de laiton. « Il ne reste plus maintenant, messieurs, qu'à exécuter sur le terrain. » Il posa la baguette. Comme un roi arrime sa couronne, il assura son képi sur la tête en le coinçant à petits coups sur ses tempes lustrées. « Suffit d'envoyer le plan du colon aux Frisés avec un mot leur expliquant qu'ils doivent se rendre puisqu'ils sont battus sur le papier. C'est tout simple. Brochard aurait fait un excellent général chinois... » Valentin se pinça encore. Le colonel l'appelait. « Lieutenant, s'il vous plaît... » Il lui dit, comme en confidence – il ne chantait plus – que, certes, nous étions encore loin du front mais que la situation générale n'était pas sans donner – « mais surtout ne croyez pas que je verse dans le pessimisme » – quelques graves inquiétudes. « Les ponts, rôle essentiel... Tous les ponts! » Il prit de nouveau la baguette, examina la carte, trouva enfin en suivant la ligne bleue du petit fleuve, un point, ici. « Au lieu-dit " Grand Cherre ", il y a un pont. Vous foncez en patrouille avancée. Vous y attendrez des renforts. Si le malheur voulait, mais nous n'en sommes pas là... (Le colonel rêva, deux secondes, n'acheva pas sa phrase et poursuivit.) Vous dresserez un état des lieux et des défenses. Au cas où le pont devrait être impérativement utilisé pour un usage militaire d'importance, vous vous opposerez au trafic civil. Vous n'en bougez pas. Contact sera maintenu avec vous. J'ai ordre de contrôler les ponts loin en arrière du front. Allez, lieutenant! Une voiture est à votre disposition. » Valentin salua sans demander d'explications. Il n'était que lieutenant et, brève réflexion faite, avoir l'entière responsabilité de défendre un « ouvrage », avec une petite armée dont il serait le chef, ne lui déplaisait pas. Voilà qui supposerait de la vigilance, des initiatives, de l'héroïsme peut-être. Après tout, au cours de sa glorieuse histoire, l'Armée française ne s'était-elle pas illustrée devant, derrière ou sur des ponts? Et c'est pourquoi le salut qu'effectua Valentin fut impeccable.

Le sergent Ballu conduit la Hotchkiss aux sièges de cuir roux, craquelés de fines nervures noires. Il conduit, torse raide, comme au garde-à-vous, ses énormes pattes posées sur le volant de bois nervuré, tel un Goliath qui aurait ramassé un minuscule cerceau. Il adore le lieutenant mais uniquement parce que celui-ci incarne la discipline dont il a appris les bonheurs auprès d'un père gendarme qui arrêtait les voleurs de moutons dans un village de Normandie. La discipline, pour Ballu, c'est simple parce que c'est tout. Il ne la confond pas avec l'ordre, la loi, ou cette autre chose dont il a entendu parler, à l'école, lorsqu'il était enfant, et qui s'appelle la morale. L'ordre, c'est être « en ordre », comme les casseroles dans la cuisine maternelle; la loi, c'est le code consulté ou appris par cœur. Aucune volupté là-dedans, alors que la discipline est une jouissance sans fin puisqu'elle consiste à obéir et, là est le suprême délice, à obéir à quelqu'un qui, s'il a plus de galons que vous, vous est obligatoirement supérieur. On étonnerait beaucoup le sergent si on lui disait que la discipline, telle qu'il la vit, comme une véritable passion mystique, est une manière de rester l'enfant qu'il fut, blotti contre la vareuse aux boutons de métal blanc fleuris de grenades qui cuirassaient la poitrine du père. Ballu ne se pose pas ces questions, mais croire qu'il est bête serait une erreur puisque la discipline est son intelligence. Enfin, cette enivrante discipline, qu'il respire de tous ses naseaux écartés de bête humaine, face à ses supérieurs, il la gueule à son tour, il la crache sur ses subordonnés. Alors, saoul sans alcool, le sergent Ballu est soulevé par une joie. La guerre, il lui est en vérité égal qu'elle soit un jour gagnée ou perdue s'il n'a rien à se reprocher, c'est-à-dire s'il a bien obéi. Quant à la France, c'est l'armée; et l'armée, c'est la discipline; et la discipline, c'est le chef. Si le lieutenant lui disait : « Sergent, jetez l'Hotchkiss dans ce ravin qui bâille, là, à notre droite! », Ballu répondrait : « A vos ordres, mon lieutenant! » et, pattes serrées, donnerait le coup de volant mortel qui lancerait à toute allure la voiture dans l'abîme. Parfois, il ose regarder de biais, oh! un regard très rapide, le lieutenant et le trouve un peu « frais », mais, aussitôt, il pense que « ce n'est pas par hasard s'il a deux galons que, " là-haut ", on lui a donnés ». Là-haut, Dieu existe et d'ailleurs, s'il n'existait pas, que deviendraient ses galons de sergent, à lui, Ballu?

Valentin, assis à côté de la bonne brute, consulte sa carte.

Pourvu qu'on le trouve, ce pont! Comment s'appelle-t-il? Ah! le lieu-dit « Grand Cherre »... Oui, c'est ça... Et ici le pont de la Brèche. Triste nom. Mauvais signe. A l'arrière, le caporal Ramier et les soldats Perou et N'Doulo, qui est ordonnance du lieutenant. Ramier ôte son casque et passe sur la frange de moine qui lui barre le front une longue main catholique de violoniste patriote. Perou, qui est d'origine protestante, n'aime rien sauf la morale et vit dans un univers sans aucun dieu mais barbelé de devoirs. La guerre, qu'il déteste, il faut la faire. Et la faire bien même s'il est immoral de la gagner. Perou est un pacifiste qui accepte d'être tué au combat. Il n'aime pas Ramier. Il a de l'affection pour Ballu et dit : « Lui, au moins, c'est un con. Il obéit comme un con, se battra, si on se bat, comme un con et mourra, s'il meurt, comme un con alors que ce pédé de Ramier (pour Perou tous les catholiques “ en ” sont) croira qu'il meurt pour la France! » Il le soupçonne même d'aimer la guerre sous prétexte qu'elle est occasion de manifester, au plus haut, son patriotisme. N'Doulo est nègre.

Dans une Hotchkiss réquisitionnée, qui appartint à un marchand de bière de Douai, tels sont les cinq hommes qui vont défendre le pont de la Brèche contre la Wehrmacht, si elle ose se risquer jusque-là.

Ils l'ont enfin trouvé, le pont. « C'est ici... » a dit le lieutenant, en contemplant l'arche de pierre qui enjambe les deux bords de la rivière encaissée où coule, malgré la sécheresse de ce mois de juin, une eau claire qui faufile son flot entre des rochers plats. « C'est ici... » « Vous êtes sûr, mon lieutenant? » a demandé Perou. « Pourquoi cette question? » « Parce que manquerait plus qu'on se gourre de pont et que les Fritz passent sur un autre... » Ballu, stupéfait par l'insolence du soldat, a lancé un regard bovin à Perou, mais le lieutenant s'est contenté de hausser les épaules et de reconnaître, d'un regard de propriétaire, les lieux. Au nord, des collines boisées coupées d'herbages et de doux vallonnements qui descendent vers la rivière; au sud, le paysage est le même mais les collines sont plus proches et de pentes plus raides à l'assaut desquelles montent prudemment des champs d'orge et de maïs. Alentour, pas une âme qui vive. La guerre, ni commencée ni finie, et la paix, ici, déserte et absolue. Seul, le pont rappelle que doivent exister des hommes, quelque part, puisqu'il semble attendre leur passage. Il est là, nouant les muscles de ses blocs brûlés par le soleil. Il est là depuis des siècles, ployant son dos de pierres blanches et s'offrant au passage des charrois, des bêtes et des hommes, comme un bon saint Christophe accroché des pieds et des mains aux deux rives, l'échine raide pour qu'ils passent sur l'autre bord et soient sauvés en échappant à l'ogre qui les poursuit. A côté, dans la prairie, une cabane de berger, en rondins de chêne et au double toit d'ardoise. Déserte elle aussi. De la paille en déborde, bizarrement fraîche, comme une coulée d'or sur l'herbe verte.

– Tiens, une cabane, a dit le lieutenant. On cantonnera dedans. Vous pouvez rouler sur cette herbe, sergent?

– Oui, mon lieutenant.

– Eh bien, rangez la Hotchkiss derrière notre futur P.C.

Ballu, pied sur le frein, dévale doucement la pente herbue sur laquelle les roues tracent deux sillons luisants.

– Si un péquenot rapplique, dit Ramier, il nous accusera d'avoir pourri sa prairie. Tu mets par exemple deux tanks qui foncent l'un vers l'autre. Le premier est allemand et roule sur le sentier; l'autre, français, écrase le champ de maïs. Là-bas, tu mets un péquenot qui regarde. Devine contre qui il va râler?

– Ce que tu dis là est défaitiste, hé, hé! Tu te relâches, mon garçon! dit Perou.

– Pouvez enlever les casques, dit le lieutenant.

Ils contemplent le paysage, silencieux.

– Merde, c'est beau, murmure Perou.

Il a dit « merde » parce qu'il se méfie de la beauté et de la nature. On admire, on se fait posséder, on cesse de raisonner à froid et on sombre dans l'immoralité. C'est pourquoi Perou, avant d'avouer que n'importe quoi est beau, enrage d'abord. Même devant une fille superbe, il dit : « Merde, elle est roulée ! » Ramier caresse sa frange de moine.

– Manquent quelques moutons et une bergère, dit-il.

– Jeanne d'Arc ? demande Perou.

Sur le parapet du pont, Valentin scrute la carte étalée, à la recherche du plus proche village.

– Qu'est-ce qu'on va bouffer, mon litnou ? demande N'Doulo.

– Justement, je cherche quel est le plus proche village.

– Et après, on se bat ici, mon litnou ?

– J'espère que non.

– Tu veux pas te battre, mon litnou ?

Le grand Noir ouvre grande sa bouche rose, scandalisé.

– Si on se bat ici, N'Doulo, France kaputt ! T'as compris ?

Non, il n'a pas compris, le Nègre. Il ne sait ni ce qu'est la France, ni où elle est. Le Grand Guerrier, pour lui, le traceur de piste, le seul chef auquel il est lié à la vie à la mort, c'est le lieutenant. Et quelle importance cela aurait-il que la France soit kaputt, si le litnou sortait ici vainqueur d'un combat contre des guerriers de la tribu allemande ? Il aurait gagné la guerre. Il se taillerait un empire dont les frontières seraient tout simplement l'horizon balayé par son seul regard et N'Doulo, pâtre-guerrier, garderait les troupeaux, son fusil à l'épaule et, quand le soir tomberait, chanterait doucement des mélopées.

– C'est le bon, mon lieutenant ? demande Ramier.

– Le bon quoi ?

– Le bon pont ?

– Oui.

– Ah! et qu'est-ce qu'on fait ?

– On attend. Je vais explorer le coin, avec N'Doulo. Vous, vous restez ici. Il y a ce chemin, le long de la rivière, qui doit bien mener quelque part. Viens, N'Doulo, on y va.

Sur le chemin, à longs pas élastiques, le grand Noir suit le grand chef. Ballu, Hotchkiss rangée près de la cabane, est remonté avec le FM sur l'épaule.

– Hé, les gars, dit-il en désignant les fusils posés sur l'herbe, c'est pas des cannes à pêche.

Il pose son FM et forme les flingues en faisceau, sous lequel les hommes entassent musettes et masques à gaz.

– Voilà, dit Perou, on dirait un wigwam. (Il se tourne vers le sergent.) Un wigwam, c'est une tente indienne.

– Et qu'est-ce que tu veux que ça me foute ? grogne Ballu. Pouvez aussi poser les grenades, à côté.

– Bien, chef.

Ramier s'assied sur l'herbe et allume une cigarette.

– On se croirait en vacances, dit-il. Ça me rappelle quand j'étais môme.

Ballu hausse les épaules.

– Attendez que ça pète, et on verra si vous êtes des mômes ou des hommes.

– On se conduira avec héroïsme, chef.

Ballu, sourcils rejoints, tourne sa gueule carrée vers Perou qui sourit.

– Ah oui ? Tu seras héroïque, l'Étudiant ?

Il appelle parfois Perou « l'Étudiant », celui-ci ayant avoué qu'il « étudiait », dans le civil.

– J'essaierai, chef.

Est-ce qu'il se fout encore de ma gueule ? se demande Ballu. Il n'en est jamais sûr, mais de vagues soupçons, parfois, traversent sa tête de bois. Dommage qu'à l'armée un supérieur ne puisse pas cogner sur ses hommes. Pas toujours, bien sûr, mais de temps en temps...

– Ah oui ? Tu essaieras ?

– Promis, sergent. Mais je vous signale que le lieutenant a dit que si les Fritz arrivent jusqu'ici, France kaputt.

– Et alors ?

– Alors ce sera de l'héroïsme perdu.

– Qu'est-ce que ça veut dire, ça ?

– Qu'il vaudrait mieux qu'on n'ait pas l'occasion d'être héroïques.

Ballu se secoue. Ce morpion pense trop vite.

– Tu me fais chier, l'Étudiant.

– Désolé, sergent.

Quand elle aperçut les deux hommes, elle resta là, toute droite, toute raide, ses bidons de lait à la main. Elle n'avait jamais vu de Nègre et regardait N'Doulo avec un étonnement de biche effrayée pendant qu'un peuple de canards et de poules, dans la vaste cour de la ferme, manifestait un mécontentement bruyant à l'apparition des intrus et s'enveloppait d'un nuage protecteur de poussière. Des oies, menaçantes, tendirent vers eux des cols frémissant de colère en poussant des cris affreux. Une vache beugla et des moutons, dans l'enclos situé à côté des bâtiments de la ferme, bêlèrent pitoyablement. Attaché à un anneau fixé dans un mur, un chien bondissait sur place, tournoyait au bout de sa laisse et secouait de molles oreilles, grandes comme des omelettes, qui lui retombaient sur les yeux quand il touchait terre après chaque bond. N'Doulo se mit à rire, ravi de cette agitation qui lui rappelait d'autres vacarmes, sur la terre battue, autour des cases, alors que Valentin, dans son uniforme, paraissait intimidé comme un citadin tombé de la lune parmi les croquants. Il allait tout de même s'avancer vers la jeune fille pétrifiée en statue paysanne de l'étonnement lorsqu'un vieil homme en forme de roc, un béret vissé sur sa tignasse grise, apparut sur le seuil de l'étable. Lui aussi regarda le Nègre, puis le lieutenant et d'un pas lourd, s'avança vers eux en intimant au molosse l'ordre de se calmer et en écartant la volaille en furie. « Lieutenant Valentin. » « Vous êtes perdus ? » demanda le Vieux.

Ils sont assis sur des chaises de paille, dans la cuisine et devant la table couverte d'une toile cirée à carreaux rouges et blancs. Le Vieux a écarté des feuilles de tabac, qu'il avait l'intention de lier en gerbes et de suspendre aux poutres du grenier, pour poser sur la table les deux verres de la « goutte ». Il cultive lui-même son tabac, mais quelques plants seulement, à son usage, « et la Régie ne le sait pas ». N'Doulo est resté dans la cour de la ferme où il a déjà conclu un pacte d'amitié avec le chien, les poules et les canards. Les oies, elles, continuent de protester, mais sans conviction. La jeune fille a disparu. Le Vieux a écouté Valentin lui dire qu'il était venu assurer la protection du pont avec trois autres soldats. « Mais les Boches sont encore loin... » Valentin a répondu que c'était un ordre. « Et moi, vous voulez que je vous dise la vérité, mon lieutenant ? Alors je vous dis qu'on a perdu cette guerre. » Il désigne un poste de radio, posé sur une étagère basse, en beau bois qui luit et orné d'une lyre dorée sur fond de tissu brillant couleur gris perle. « Y'a qu'à l'écouter et on comprend. Ils ne le disent pas à la TSF, mais on comprend. » « Non, répond Valentin. Il se passera quelque chose, il y aura des contre-attaques, les Anglais vont faire donner leur aviation. C'est Weygand qui commande, maintenant. » « Ça se peut, mais les Boches sont en France et nous on n'est pas en Allemagne. » Le Vieux roule une cigarette, fragile, entre ses énormes doigts. Il va pour recueillir les grains de tabac tombés sur la toile cirée puis se ravise et souffle dessus. Oui, il vit ici, dans cette ferme où il y a beaucoup de travail, mais enfin tant qu'on peut le faire ne nous plaignons pas. Cette ferme, elle a été à son père, à son grand-père et au grand-père de son grand-père. Ça remonte loin. Mais toujours des Courtaud, oui, dans cette ferme. Partout on vous le dira et la preuve c'est que c'est la ferme Courtaud. Mais beaucoup de travail et ils ne sont que deux pour s'occuper de la volaille, des vaches, des trente moutons et du cochon. On ne va au village, qui est à sept kilomètres, qu'une fois par semaine pour acheter du pain. Tantôt c'est lui, tantôt c'est Marie. « Votre fille ? » Non, sa petite-fille. « Je crois qu'elle a eu peur de mon ordonnance... » Le Vieux se tait, rallume sa cigarette mouillée et jaunie. Il fait « non » de la tête. « Elle n'a pas peur des gens. Elle est sourde-muette. » Et puis il a pensé que si le lieutenant va au village et annonce qu'il garde le pont, on lui dira : « Ah, près de la ferme Courtaud... » Et peut-être demandera-t-il pourquoi ce vieux vit seul avec sa petite-fille sourde-muette. Les gens parleront. Ils sont comme ça : dès qu'il y a un voleur, une putain ou un infirme, dans une famille, ils sont heureux. Alors il décide que c'est lui qui va parler à ce lieutenant qui lui plaît parce qu'il est jeune et se tient droit sur sa chaise. « Un jour, ma fille est allée danser au village, il y a vingt-deux ans, le jour de la victoire. Et puis Marie est née et sa mère est morte. Ça s'est passé en même temps. C'était la fête de tout le pays et il y avait du monde. Le soldat en permission pour blessure au bras, qui avait dansé avec ma fille n'est pas revenu au village, comme il le lui avait promis, le dimanche suivant. Il s'appelait François mais il y en a beaucoup des François. » Valentin se tait. Il voit la place d'un village fleurie de drapeaux tricolores, un militaire au bras en écharpe mais tout gaillard qui danse la polka et le quadrille au son des pistons avec une jeune fille, des tréteaux couverts de bouteilles, des enfants qui courent, la jeune fille qui transpire malgré le temps frais de ce soir de novembre, et qui accepte de boire du vin offert par la municipalité. Elle danse et le glorieux militaire lui prend la taille et bientôt l'embrasse dans le cou. C'était en novembre 1918, il y a vingt-deux ans, et l'on fêtait la fin d'une autre guerre. Ce soir-là, il n'y avait de mal à rien. Valentin de l'index, en silence, caresse ses deux galons. Est-ce que le poilu suborneur avait fait la Marne, la Somme, le Chemin des Dames, Verdun ? Sans doute... En 14, un soldat paysan en a vu de terribles... Et lui, Valentin, perdu dans la cambrousse, au cœur de la France, doit arrêter l'ennemi ou le civil fuyard, sur un petit pont de pierre qui enjambe une rivière ignorée. Et lui, Valentin, dans la cuisine d'une ferme, propre et aux cuivres brillants mais qui sent tout de même un peu la fiente de poule, écoute un paysan lui raconter les infortunes de la vertu de sa fille morte en mettant au monde une sourde-muette qui trait les vaches et garde les moutons. Courtaud acceptera de lui vendre des œufs, du jambon, de la confiture. « C'est d'accord, vous pouvez venir vous ravitailler. Vous croyez que vous allez rester là longtemps à garder votre pont ? » « J'espère que non... » « Je peux vous prêter des lignes. Les truites remontent au frais, en ce moment. » « Je ne suis pas là pour pêcher à la ligne », répond assez durement Valentin. « Je disais ça... » et le Vieux a un geste vague de la main.

Dans la cour de la ferme, N'Doulo joue avec le gros chien noir et qu'il appelle « Yaya ». Il abandonne son copain, dès que sort le lieutenant, et tire sur sa vareuse. Le Vieux désigne une bicyclette de femme à la roue arrière protégée par un double éventail de fines lanières de tissu élastique. « Vous pouvez la prendre, si ça vous amuse. Il y en a deux. Vous irez plus vite pour venir chercher du ravitaillement. Ça vous amuse ? » « Oui... » dit Valentin. « Vous avez quel âge, lieutenant ? » « Vingt-trois ans. » « Je vous ai parlé de la petite à cause des gens du village. J'ai préféré... » « Oui, je comprends. » Il y a un silence. « Et vous, lieutenant, vous les avez encore vos parents ? » « Mon père est décédé il y a deux ans. » « Officier, bien sûr... » « Non, heu... professeur. Mais il avait fait la guerre de 14 qu'il a terminée avec des galons (un petit sourire attendri...) de sergent-chef. Moi, j'ai été fabriqué au cours d'une permission. »

Et il se souvient, lui, d'un autre bal de 14 Juillet où il a vu danser son père et sa mère pendant qu'on lui avait confié la garde de Lison, sa petite sœur, devant la table en fer où, dans le verre, tremblait la grenadine. Papa valsait très bien, en tournant la tête à petits coups secs mais Paul n'était pas content que ses parents s'amusent et a un peu boudé lorsqu'ils sont revenus s'asseoir. A la maison on a parlé de ce bal pendant plusieurs jours. Le père était fier d'avoir prouvé qu'il avait osé danser « chez les Républicains » alors que « tout le monde » connaissait ses « opinions politiques ». La mère répondait : « Oui, toi, un " Croix de Feu " chez les Rouges, et qu'on a vu en photo avec La Rocque, on peut dire que certains étaient étonnés! » « Eh bien, ma chère, qu'ils le restent! J'ai le droit moi aussi de lever la jambe au cours de la Fête nationale bien que j'estime désolant qu'on la célèbre ce jour-là. »

– Ça, 14-18, ç'a été une vraie guerre, dit le Vieux. Au monument aux morts du village, il y a des noms sur les quatre côtés de la pierre. Votre père a dû vous raconter... »

Oui, tout. Les attaques de 14, en pantalons garance et musique en tête, les campagnes de Woëvre, de Belgique, de Champagne, du Soissonnais. Et Verdun, l'Argonne, la Côte 304... Il a lu et relu la Bible, – le livre de marche du 272e – il la connaît par cœur. « Le 24 août à 4 h 50, le 13e corps d'armée attaque de nouveau la côte 304; les mitrailleuses du 1er bataillon renforcées de six mitrailleuses Maxim balayent le terrain en avant de l'attaque. A 7 h 45, les observateurs signalent un rassemblement de troupes allemandes se préparant à contre-attaquer la tranchée de Brême. Un pigeon voyageur demandant un tir d'artillerie lourde sur cet ouvrage est lâché. Dans l'après-midi, les colonnes d'attaque du 272e débouchent sous barrage roulant; un tir de contre-batterie est immédiatement demandé... » Par cœur, comme le catéchisme. Sur le champ de bataille, le colonel remettait la médaille militaire au sergent Valentin Charles, de la 6e compagnie : « Grenadier d'élite, exemple de courage et d'abnégation; s'est particulièrement distingué lors de l'attaque de la butte de l'Ancien-Moulin. Le 14 octobre 1918, sous un feu très violent de mitrailleuses a réussi à faire tomber plusieurs nids de résistance, capturant ainsi deux mitrailleuses et une dizaine d'hommes dont deux officiers. En outre, dans la nuit du 30 septembre au 1er octobre, a donné de nouvelles preuves de sa vaillance au cours de deux patrouilles... » Et la dernière page, que son père lui lut, à table, un soir de 11 novembre, à haute voix : « Du 5 août 1914 au 11 novembre 1918, notre régiment a mené à bien la lourde tâche que la patrie lui avait confiée. Qu'il ait attaqué aux premiers jours des enthousiasmes en Lorraine, puis en Woëvre, tenu comme en Belgique sous des feux d'enfer, attaqué comme en Champagne, à Verdun, au Mort-Homme où rien ne tint devant lui, qu'il ait élevé comme aux Monts des Flandres un mur vivant devant la ruée allemande, jamais son attitude ne se trouva changée, jamais il ne perdit une tranchée, jamais on ne le vit hésiter devant les plus durs sacrifices. Et les vivants ne sont en rien indignes de leurs frères tombés pour la plus grande des causes, des 360 officiers, des 16 000 soldats (le père releva la tête. « Tu entends, mon garçon, 360 officiers et 16 000 soldats pour un seul régiment! », puis continua) qui ont disparu sans un cri et sans une plainte pour la défense de leur clocher, de leur village, de la terre des champs, du pavé des villes, des berceaux et des cimetières, pour sauver l'esprit, l'âme, le cœur et la raison, pour cent choses encore (et à partir de là la voix du père s'enfla soudainement), pour tout ce que contient de merveilleux et de puissant ce seul mot qui fait tressaillir le monde depuis que des hommes l'ont dit : « Pour la France! » Papa referma le petit livre et se tut. Et, comme des larmes coulaient sur les joues de maman, Valentin, qui avait dix ans, se mit aussi à pleurer. « Et maintenant, soupira le père, “ ils ” font semblant d'oublier que La Rocque a été chef d'état-major de Foch... » « Que Dieu nous préserve d'une autre guerre », dit maman. « Dieu, ton Bon Dieu est très gentil mais à Verdun, dans les tranchées, quand on se tapait le dos contre les parois pour écraser les rats qui pendant qu'on dormait s'étaient glissés entre la vareuse et la capote, ton Bon Dieu, ma chère, n'était pas là... »

– Une vraie guerre, 14-18. Moi, la victoire, ça ne m'a rapporté qu'une petite bâtarde. Oh! je ne lui en veux pas, à elle, au contraire.

– Bien sûr, dit Valentin.

– Revenez quand vous voulez, lieutenant.

– Merci. Oui, à l'occasion.

Il enfourche la bécane. « Je file en avant et tu me rattrapes, N'Doulo! » « Non, je cours avec toi, mon litnou. » En sortant de la ferme, sur le chemin, la fille était là qui portait sur son dos un sac gonflé d'herbe fraîche. Valentin freine, s'arrête et lui dit : « Bonjour... » Elle le regarde fixement, de tous ses yeux noirs, ouvre la bouche et pousse une sorte de cri bas et rauque.

Maintenant il pédale sur le chemin qui longe la rivière et N'Doulo le suit à longues foulées, malgré les brodequins ferrés qui sonnent sur la terre dure du chemin. « Plus vite, mon litnou! » Valentin n'appuie pas sur les pédales. Il pense à la fille. Ce cri rauque était comme celui d'une bête blessée. « C'est horrible... » pense-t-il. Sa jeunesse a évidemment horreur des infirmes.

– Vous avez pris contact avec le lieutenant Valentin? Il répond? Ça marche?

– Oui, mon colonel.

– Il est au poste désigné ?

– Oui, mon colonel.

– Bien.

Le colonel Brochard demande qu'on lui apporte une bouteille de bière « Fraîche, si possible ! » Il boit trop, il transpire, mais que faire avec cette chaleur à crever ? Et maintenant, – il raccroche le téléphone – voyons voir ce qu'ils disent au PC de la division. Voyons voir si ça s'arrange.

10 JUIN

Les chars de la 7ᵉ Panzern, partout où ils le peuvent, – car c'est un ordre que le général a fait lancer par radio à toutes les unités de la division – roulent sur les bas-côtés de la route et parfois jusque sur les bordures des prairies, dans un même sillon d'herbe broyée. Au début effrayées, des vaches maintenant contemplent la file grondante des taureaux dont le front, d'où surgissent les cornes d'acier des mitrailleuses et des canons, est orné de feuillage comme pour un triomphe antique. Des veaux, moins rassurés que leurs mères, soudain piquent un bref galop qu'ils terminent par une croupade ou une ruade et reviennent s'appuyer contre le flanc maternel. Les tankistes, torse nu, admirent les vaches françaises et leurs pis qui ballottent, au ras de l'herbe. « Si on ne les trait pas, dit le caporal Stackel à son copain Kammer, elles vont crever. Ça leur fait mal, elles pleurent et elles crèvent. » « Qu'est-ce que tu dis? » demande Kammer que le vacarme des chenilles, écrasant un talus et sa clôture, ont empêché d'entendre. « Je dis, hurle Stackel, que si on les branle pas, elles vont crever! » « On n'est pas là pour branler les vaches! » répond le caporal en riant. Il ajoute, mais Stackel ne l'entend pas : « Et les petites Françaises, ils leur font mal leurs nichons? » Des grappes aux grains énormes pendent, arrimées de chaque côté des tourelles : grappes de casques qui s'entrechoquent. Celles des vaches qui ont l'oreille fine et peuvent distinguer entre les bruits, croient que ce sont des clochettes accrochées au cou des taureaux. Sur le bas-côté droit de la route, le 147ᵉ d'infanterie marche en double file indienne pour laisser dégagée la route aux fusiliers portés, aux transmissions et aux monstres sur roues du génie. Un Fieseler-Storch gambade dans le ciel et vient battre des ailes à cent mètres à peine au-dessus des chars de tête, les petits Panzerkampfwagen de six tonnes que les équipages des Pz Kw 4 de vingt tonnes terriblement cornus de leurs calibres de 37 et de 75 traitent de « boîtes à sardines ». A Barentin, pendant le ravitaillement d'essence, une bagarre a failli éclater entre des gars du P2 Kw 4 « Erika » qui ont dit aux types du P2 Kw 1 « Münster » que leur poubelle puait la sardine. « Mieux vaut puer la sardine que d'être une montagne de merde qui traîne ses fesses! » ont répondu ceux du « Münster ». Un lieutenant a gueulé et tous se sont calmés.

La 7ᵉ Panzern fonce à toute allure vers la mer. Les six tonnes en tête, suivis par les P2 Kw 2 et 3 de neuf et quinze tonnes. En queue, les gros culs majestueux dont les chenilles élargissent le sillon d'herbe écrasée et mêlée en bouillie à la terre grasse. Sortie des forêts, la harde avance, marcassins en tête et grands mâles en arrière-garde. La harde avance vers la mare, appelée par une soif qui brûle ses entrailles de fer.

« Le général! Le général! » Les tankistes bondissent, debout, sur les plages des chars en s'accrochant d'une main aux canons et en brandissant des rameaux de feuillage; les fantassins agitent le calot; les officiers, quand ils en ont le temps, saluent vite, à l'hitlérienne. « Mais qu'est-ce qu'il fout, le général, dans cet engin? » demande Kammer à son copain Stackel. L'engin est un moyen-tracté du génie à l'arrière duquel s'entassent flèches et poteaux de signalisation, et qui file rondement, précédé d'un side tout fier d'ouvrir la route au général. « Mais qu'est-ce qu'il fout là-dedans ? » Stackel rigole : « Il a envie de prendre un bain avant nous. » « Y'a peut-être une prime s'il arrive premier... » Parfois, Rommel ôte sa casquette et masque ses yeux avec ses lunettes de pilote qu'il ne quitte jamais et plaque tantôt sur la visière de sa casquette, tantôt laisse pendre à son cou. Las de saluer les colonnes à petits gestes, il se masque, mais c'est peine perdue. Les trois types du side sont tellement raides, dans la cuirasse de leurs manteaux de cuir, ils ont de telles gueules de pierre, sous le casque, le type du baquet a l'air tellement pétrifié avec ses mains posées sur le F.M., qu'on comprend que le side précède une huile. Alors, même si cette huile s'est installée sur un engin chargé d'un barda de signalisations, on reconnaît le général Rommel. A Barentin, il a réclamé sa voiture. « Elle arrive, mon général ! » Sur la place du village, devant une fontaine et après en avoir ôté le fanion afin qu'il ne soit pas mouillé, le chauffeur avait eu l'idée de lui faire une toilette. Rommel s'est impatienté du retard et a sauté dans l'engin du génie en ordonnant que le suivent les deux camions de transmission, dans lesquels, éberlués, ont grimpé les officiers de sa suite. Alertés par radio, les estafettes ont rattrapé le général et roulent maintenant, les unes devant le side, les autres derrière l'engin. « Le général ! Le général ! » Dans les champs, des enfants courent pour voir passer les jouets, grandeur nature, de leurs rêves. La bouche ouverte et les yeux tout ronds, ils s'arrachent à leurs rêves pour répondre en riant aux saluts des tankistes puis retombent en pâmoison. Sur le seuil des fermes, des vieux et des femmes regardent, muets. Jeanne, qui a dix-sept ans et qui est jolie, devant la ferme du Haudecourt, parfois agitait la main quand les soldats hurlaient en lui envoyant des baisers. Brusquement, elle a reçu sur l'épaule un coup de patte, elle a tournoyé d'un quart de tour et elle a poussé un cri en recevant une formidable gifle. « Rentre ! Tu dis bonjour aux Boches maintenant ? » Le grand-père en avait la moustache qui tremblait et ses yeux bleus étaient comme deux billes prêtes à jaillir. « T'as vu ce vieux con ? Il vient de foutre une baffe à la petite parce qu'elle me trouvait beau », dit Stackel. « Il a eu raison, t'es le plus moche de la division », répond Kammer. Dans la cuisine, assise sur le coffre de bois, Jeanne pleure à gros sanglots et ne comprend pas quel mal elle a fait en agitant sa main rose sur le passage de soldats qui riaient et lui envoyaient gentiment des baisers, du haut de leurs machines.

A l'avant, des blindés armés n'ont eu aucun mal à enfoncer le rideau tendu en arrière-garde par quelques éléments de la 31e division française. Derrière une lisière de boqueteaux, ça crachait pourtant ferme mais il a suffi de faire pivoter les remorques des canons antiaériens qui ont pilonné la lisière, renflée en basse colline, et le silence s'est abattu, là-bas. Avant d'arrimer les remorques à l'arrière des Stark-wagen, les canons, un peu au hasard, ont arrosé l'alentour et la route. « Ces abrutis, a dit le commandant Drexel, de la 2e compagnie de fusiliers, vont nous foutre des trous à nous casser les essieux ! »

Rommel lève les yeux vers le ciel où passe une escadrille de Ju-87 que semblent observer curieusement des nuages disposés en ballons sur la toile bleue et en forme d'anges joufflus. « Sur la terre les vaches, dans le ciel les anges », pense le général. Il écrira ce vers à sa femme. « Ils vont taper du côté de Rouen », dit-il en déployant la carte sur ses genoux.

Rouen où, du haut des hauteurs, les tankistes et l'infanterie portée de Hoth contemplent la ville offerte, ventre en l'air, aux 105 de l'artillerie tractée, avancée au plus proche. Un cri : « les Stukas ! » Ils arrivent, du fond de l'horizon, dans le ciel vierge, en formation horizontale. Ils virent au-dessus des hauteurs et puis, soudain, les uns après les autres, par groupes de quatre, basculent et plongent sur la ville. « On dirait des bateaux qui glissent sur un fleuve et sont aspirés, au bout, par une chute d'une hauteur immense... » dit, rêveur, le soldat Langer, assis sur la tourelle de son char comme sur un trône de W.-C. Les Stukas piquent, gueule ouverte dans le hurlement de leurs sirènes, lâchent leurs œufs, remontent d'un coup de rein comme des monstres marins qui, après avoir rasé les profondeurs, reviendraient chercher l'air à la surface de l'océan; puis replongent et leur carrousel dessine au-dessus de la ville la grande roue de la mort.

Ils ont repris leur formation. Ils repartent, là-haut, vers l'est. Dans la cuvette, une immense nappe de fumée noire trouée par de soudains geysers de flammes ou rougie, çà et là, par la lueur des incendies, couvre la ville. Sur la rive gauche, les réservoirs d'essence brûlent au milieu d'explosions après lesquelles se forment des soufflés noirs et jaunâtres qui se gonflent puis s'affaissent, mous. Dans les entrepôts de Saint-Sever ravagés par les bombes, des milliers de tonnes de blé, de sucre, de riz, des cuves d'huile et d'alcool flambent et cette cuisine répand sur la ville et les quais, poussée par le vent, une odeur épaisse de caramel. Des rouleaux de flammes avancent comme un flot, dans le quartier des anciennes halles, lèchent à coups de langue dévorante les maisons pansues, entrent dans les cours, déversent leur coulée au creux des caves et la horde empanachée de noir lance à travers les rues ses chevaux de feu cravachés à coups de vent, d'un vent surgi au hasard des dépressions provoquées par l'incendie. « S'il y a beaucoup de monde, là-dessous, ils doivent pas avoir froid », dit le soldat Marsch à son copain Langer. « Oui... » dit celui-ci. Un coup de 105, isolé. « Ils arrosent de nouveau? » demande Marsch. Non, l'artillerie s'est tue. « C'était peut-être un gars qui liquidait son stock, dit Marsch en riant, et il a tiré son dernier pruneau... » Il ne sait pas qu'un éclat de ce pruneau a scalpé, en bas, M. et Mme Ardoux, épiciers, rue des Abeilles, et maintenant étendus dans leur boutique sur des sacs crevés qui brûlent en enveloppant les deux cadavres d'une odeur délicieuse de café grillé.

La mer comme une chienne lèche doucement les galets de la plage et rampe sous les pieds des vainqueurs. Vaincue. Elle aussi. Et les vaches, cornes basses, n'avaient pas foncé sur les tanks, les moutons n'étaient pas devenus enragés et n'avaient pas poursuivi, pour le mordre, le soudard triomphant. Et maintenant, la mer elle-même s'offrait, nue, et gonflait son ventre devant son nouvel amant; et les chars, accroupis devant cette plaine bleue qu'ils n'avaient jamais vue, étonnés d'avoir dû arrêter leur marche dont ils croyaient qu'elle écraserait la terre jusqu'à l'infini puisque désormais il n'y avait plus devant eux de frontières, les chars regardaient cet autre infini en ouvrant l'œil rond et stupide de leurs canons. Rommel, debout, mains derrière le dos, regardait aussi l'immense femelle étendue. Il s'avança. L'eau léchait ses bottes. Une énorme joie dilatait son cœur et il s'abandonna à elle, de longues secondes, sans penser à rien. A côté de lui, des estafettes, titubant sur les galets à cause de leurs semelles cloutées, marchaient vers la mer comme des hommes ivres. Elles entrèrent dans l'eau, pour humilier la mer et la fouler sous leurs bottes. Elles avancèrent jusqu'à ce que l'eau arrivât à leurs genoux, sans souci des longs imperméables qui battaient leurs bottes. « Revenez! » cria le général. Il se retourna. Il vit une voiture lancée à l'assaut du talus sur lequel ses roues patinaient puis, dans un grondement enragé du moteur, la voiture s'arracha à l'enlisement, bascula au sommet, dévala la pente, roula sur les galets et, folle, jeta son mufle vers la mer, comme pour y boire, ses quatre roues dans l'eau. Le colonel Rothenburg, qui était au volant, se dressa sur le siège, debout, et leva les bras au ciel en un geste d'adoration et, sauvage, poussa un hurlement. Ensuite, il sauta dans l'eau, aperçut Rommel, s'avança vers lui. « Vous êtes fou, colonel ? » « Oui, général, nous avons aussi vaincu la mer! »

11 JUIN

Journal, à la date du 11 juin, du lieutenant Valentin. Carnet d'écolier au papier quadrillé de fines rayures blanches et roses. Sur la page de garde, en grandes lettres capitales : « Ceci est mon " Journal de Guerre ". Le remettre à ma mère et à ma sœur, habitant 12, rue Saint-Nicolas à Rethel (Aisne), au cas où je serais tué. » Valentin, assis sur la paille, le dos appuyé à la cabane de rondins, écrit : « RAS sur l'ensemble de mon front. Il y a maintenant quarante-huit heures que je " défends ", avec quatre hommes, un pont très innocent que personne apparemment ne menace sinon, dans quelques siècles, son propre écroulement dans les eaux délicieusement fraîches, malgré la chaleur torride, du torrent qu'il enjambe. Ce matin, avec le sergent Ballu au volant de la Hotchkiss, je suis allé au village, distant de sept kilomètres, acheter du pain et des boîtes de conserve. Regards hostiles des paysans, dans la rue centrale, ne comprenant rien à notre présence et nous traitant probablement, dans notre dos, de « planqués ». Situation insupportable. J'ai demandé au sergent (estimant que ma dignité d'officier m'interdisait d'entrer dans les boutiques et d'en ressortir les bras chargés de ravitaillement) d'acheter quinze kilos de pain et trois douzaines de boîtes de thon et de sardines, car mon intention n'est pas de revenir dans ce village. Nous mangerons le pain rassis, sur nos « positions » du pont de la Brèche. Je comprends cette curiosité hostile des villageois. Les jeunes sont à la guerre, les nouvelles du front sont exécrables et ils voient soudain apparaître un lieutenant et un sergent qui ont l'air de débarquer chez eux, comme des touristes, pour faire mystérieusement des provisions dans leur épicerie et leur boulangerie. La boulangère, m'a dit Ballu, en disposant les miches de pain sur ses bras tendus, lui a lancé de sa bouche de vipère : « Vous prenez des vacances chez nous ? Avec votre famille, peut-être ? » « J'ai eu envie de lui balancer son pain à la gueule », m'a dit le sergent. Je l'ai approuvé de n'avoir pas cédé à la colère et, comme je lui demandais ce qu'il avait répliqué à la matrone, il m'a avoué, tout confus, qu'il lui avait répondu : « Non, madame, c'est la guerre et je suis mobilisé. » Sur la route qui nous ramenait au pont, Ballu m'a demandé : « Vous croyez qu'on se battra, mon lieutenant ? » et, comme je ne répondais pas, il a ajouté : « Si on perd la guerre, ce sera parce que les Français étaient devenus alcooliques. Je ne dis pas qu'il ne faut pas boire, et que la boisson c'est mal, je dis l'alcoolisme. » Puis, après un silence, il a conclu : « Un soldat qui boit, il peut obéir. Un alcoolique, non, jamais ! » « Oui, oui... », j'ai approuvé. En hochant gravement la tête. Pourtant, après tout, et si Ballu avait raison ? Et si la France avait trop bu – mais quoi ? qui s'est infiltré dans ses veines jusqu'à ce qu'elle vacille si bien qu'une seule poussée est capable de la faire s'écrouler ? Quel alcool ? Cette pensée que mon pays pourrait être vaincu m'est insupportable et je ne veux pas l'admettre. Pourtant, elle est là qui frappe à la porte comme un assassin à qui je refuserais d'ouvrir. Parfois, il s'arrête et j'écoute afin d'entendre le bruit de ses pas décroître dans l'escalier mais les coups reprennent, contre la porte. Le visiteur est toujours là. A côté de moi, à l'heure où j'écris ces lignes, mes quatre « hommes » jouent à la manille et engueulent N'Doulo qui se trompe sans cesse. Ce matin, dans la rue du village, alors que j'attendais Ballu, assis dans la Hotchkiss, un vieillard s'est approché, à deux mètres, et appuyé sur sa canne comme sur une houe, il crachait, oui c'est le mot, il crachait sur moi un regard rempli d'une sorte de mépris et de colère. J'ai cru qu'il allait m'injurier. J'ai baissé les yeux. Il s'est éloigné, m'offrant son dos voûté et énorme sous son bourgeron de travail. J'ai pensé : « Il tourne le dos à l'armée française que, pour lui, j'incarne tout entière. Et un jour, il dira peut-être : « Au moment où les Boches avançaient, j'ai vu un lieutenant, assis comme un rupin dans une auto magnifique, et qui attendait sa poule, je l'ai vu dans la rue du village! Alors, comment on pouvait la gagner, cette guerre? » Il jurera avoir vu ma poule... Impossible de revenir au village. Ce vieillard serait capable de me flanquer un coup de canne, ou de me cracher au visage en pleine rue.

Le vieux Courtaud est beaucoup plus aimable. Cet après-midi, j'ai enfourché la bicyclette qu'il m'a prêtée et suis allé lui rendre visite à la ferme. Il était aux vaches, aux moutons, au pré ou je ne sais où et sa petite-fille, Marie, sourde-muette, s'est enfuie lorsqu'elle m'a aperçu. Ou, plutôt, j'ai cru qu'elle s'enfuyait, comme une idiote, alors qu'elle était allée chercher son grand-père qu'elle m'a ramené avec un sourire. « Ah! c'est vous, lieutenant? Marie m'a dit que nous avions une visite, mais sans me prévenir que c'était vous... » Tiens, ai-je pensé, ils parlent? Dans quelle langue? J'ai passé deux heures chez Courtaud à admirer l'étable, les poules, les oies, le colombier tout froufroutant de pigeons, la mare, à côté de l'enclos des moutons, où croise une flotte de canards au col vert brillant comme du métal verni. A 6 heures, j'ai écouté « les nouvelles du poste » et appris que l'Italie, hier, nous avait déclaré la guerre. Cette annonce m'a révolté. « Manquait plus que les Macaronis... Ceux-là, ils arrivent comme des rats après le loup (j'ai supposé que c'était un proverbe) pour manger ce qui reste », a dit le Vieux. D'un seul coup, j'ai haï l'Italie, en bloc. Tout : ses villes prestigieuses, Rome, Venise, Florence,

Milan; et Dante, Garibaldi et d'Annunzio; et Puccini, Verdi, Rossini; j'ai même haï Stendhal, amoureux des pierres, des musiques, des duchesses et des enfants de cette race de spadassins et de mangeurs de pâtes. J'ai compris comment la haine pouvait tout brûler, les idées dans la tête et les émotions dans le cœur. Et si la vengeance du ciel avait détaché la botte italienne de son corps européen et l'avait plongée sous les eaux, j'aurais été heureux de voir grouiller dedans et se noyer ce peuple tout entier. Cette vermine. « Oui, il ne manquait plus que ça... » ai-je dit au Vieux avec le plus grand calme qu'il a pris, je l'espère, pour un admirable sang-froid alors que je devais être pâle de colère. Évidemment je ne prends pas l'armée italienne au sérieux et je pense qu'à la tête d'un bataillon de Sénégalais je la reconduirais jusqu'à Rome mais c'est l'acte, « le coup de poignard dans le dos », qui m'a rempli la bouche de dégoût. « Vous voulez écouter les Boches ? On les entend bien... Ils donnent leurs nouvelles à eux, mais... » Je n'ai pas répondu et Courtaud, de ses gros doigts, a tripoté le bouton au milieu de sifflements et de crachements affreux, jusqu'à ce qu'il capte Stugar, comme il dit. « Voilà, c'est Stugar... » Une voix française, lisse mais bien timbrée, et qui disait : « Après que le groupe d'armées commandé par le général von Bock a attaqué hier sur une ligne allant de l'Ailette à la Somme, c'est le général von Runstedt qui avance désormais de l'Aisne à la Meuse. Dans le même temps, soutenant le flanc gauche, les 3ᵉ, 4ᵉ, 9ᵉ et 10ᵉ Panzern du général von Kleist appartenant à la IIᵉ armée von Weichs améliorent leurs positions dans le secteur Berry-au-Bac, Neufchâtel-sur-Aisne. Au centre, dans le secteur Château-Porcien-Rethel, l'avance de la XIIᵉ armée du général List et les 1ʳᵉ, 2ᵉ, 6ᵉ et 8ᵉ Panzern du général Guderian poursuivent leur avance. Selon les dernières informations en provenance du front, les troupes allemandes ont atteint l'Ourcq et passé l'Aisne en plusieurs points. Sur les côtes de la Manche et à l'ouest, les villes d'Elbeuf, de Dieppe, de... » Je me suis levé pour réduire, bouton tourné, cette voix au silence. « Il a l'air de connaître tous les généraux boches, ce type de Stugar », a dit Courtaud. Puis, après un silence, il m'a demandé : « Vous vous y reconnaissez dans toutes les armées et toutes les avances des Boches ? » Sottement, j'ai répondu : « Il me faudrait une carte... » Une nouvelle surgissait de cet amas de catastrophes déversées : Rethel était entre les mains de l'ennemi. J'imaginais un Allemand dans ma maison, apparaissant devant ma mère et ma sœur pétrifiées et debout devant le cadre où brille sous le verre ma photographie en Saint-Cyrien. Et l'Allemand hurle, ou, ce qui est pire, salue, sourit et s'offre l'insolence d'une politesse. Courtaud ne disait rien. Moi non plus. J'avais encore dans la tête cette voix française scandant les noms des chefs allemands : von Bock, von Kleist, von Weichs, von Runstedt... tous ces « von » assenés sur la tête de nos soldats comme des coups de marteau bosselant leur casque démodé de poilus de 14. Et « les Panzern de Guderian »... qui roulaient sur la terre de mon pays en soulevant des nuages de poussière et de soleil. La France, dans tout cela... et nos « petits soldats » ! Et moi dans cette cuisine de ferme, avec un pistolet au côté dans un étui trop neuf, assis sur une chaise de paille, près d'un vieil homme gardien de vaches et seul protecteur de sa petite-fille sourde-muette, bergère et gardeuse d'oies, et moi qui rêvais de drapeaux tricolores flottant dans le ciel d'Allemagne, je suis là. Je suis là. Le Vieux m'a dit : « Marie va vous faire une grosse omelette, pour ce soir. Vous la mangerez avec vos hommes. Je vais vous cueillir quelques tomates que vous emporterez. Et des cerises, des blanches, des bonnes... » Il est sorti, le pas lourd. Je suis resté seul avec la fille qui cassait les œufs au-dessus d'un plat profond et blanc. Elle les bat. Elle les verse dans la poêle où grésille la graisse d'oie extraite d'une vessie avec une cuillère en bois. Je la regarde pour la première fois avec attention et m'aperçois qu'elle est belle et n'a pas cet air égaré et même un peu abruti qu'ont souvent les sourds-muets. On jurerait qu'elle est normale.

Chevelure noire aux reflets bleus, tirée en arrière par un chignon retenu par des épingles, quatre je crois, dont luisent les pointes rondes en écaille dorée, au ras de la masse. Le front est haut et lisse comme un ivoire. Tout le visage, d'ailleurs, est très blanc où brillent seulement deux grands yeux noirs et une bouche aux lèvres rouges. (Je ne sais pas si elle a de belles dents.) L'ovale du visage est celui, parfait, d'une olive et pendant une minute cette pensée m'obsède : « C'est une olive! Elle est belle comme une olive! » Elle est grande et solide mais fine en même temps. La poitrine qui gonfle le tablier gris qu'elle a passé autour de son cou et noué à sa taille ronde, paraît dure. En battant son omelette, elle m'a regardé deux fois. Pendant que l'omelette rissolait, elle est allée chercher un plat de cerises qu'elle a posé devant moi en m'invitant par gestes à y goûter. J'ai obéi en crachant les noyaux, dont je ne savais que faire, dans ma main. J'ai mangé une poignée de cerises. Elle a laissé l'omelette refroidir dans un plat où elle l'avait basculée puis l'a enveloppée dans un linge blanc et déposée dans une boîte en carton. Elle m'a invité, encore par gestes, à manger des cerises mais les nouvelles m'avaient serré la gorge et j'ai fait : « Non » de la tête. J'avais toujours mes noyaux dans la main. Elle a tendu la sienne, ouverte, et comme je ne comprenais pas qu'elle attendait que je les y verse, elle a carrément pris les noyaux dans ma main et a plongé son poing, scellé dessus, dans la poche de son tablier. J'ai eu une deuxième pensée stupide : « Pourquoi garde-t-elle ces noyaux? Pour les semer? » Le grand-père revenait avec les tomates.

– Et voilà! Mission remplie! a-t-il dit.

– Je vais vous payer.

Il a refusé.

– Manquerait plus que ça! Que je m'enrichisse sur le dos de l'Armée!

J'ai enfourché ma bicyclette. Sur le porte-bagages, à l'avant, était arrimé le panier de ravitaillement que l'Armée française, en ma personne, ramenait à ses troupes. Courtaud et la fille me regardent partir, sur le seuil de la porte; lui en avant, elle en retrait, sur le seuil même, et comme elle n'a pas écarté le rideau mais l'a troué en s'avançant, deux longues rigoles de perles roulent sur ses épaules et lui dessinent jusqu'à terre un manteau d'Orientale. J'appuie sur la pédale. Courtaud me dit « A demain! » comme si cela allait de soi. C'est alors, comme je démarrais, que la fille, en me regardant fixement, a sorti le poing de sa poche et a porté à sa bouche les noyaux de cerises. Puis, toujours tout en me regardant, sa main est retombée, vide. Sur le chemin, j'ai pensé : « Cette fille est folle. La voilà qui se nourrit de noyaux de cerises... »

Nous avons mangé tomates et omelette avec un bel appétit.

J'avais oublié de noter que, lors de notre expédition au village, je n'avais pu entrer en contact avec notre P.C. D'abord, entre midi et 14 heures, la receveuse n'était pas là; ensuite, quand elle daigna revenir, elle me considéra d'un œil noir de volatile, au-dessus de lunettes rondes, comme si j'avais été un espion de la Cinquième colonne déguisé en officier français. De mauvaise grâce, elle tripota son appareil de longues minutes en poussant des « Allô, allô » essoufflés avant de me dire : « On ne répond pas. » « Il n'y a plus de ligne? » Aigre, elle me répondit : « Non, il n'y en a plus et en ce moment les soldats ont peut-être autre chose à faire que de téléphoner, vous ne croyez pas? »

(Chère maman, chère Lison, au moment où j'écris ces lignes, sans doute pensez-vous à moi qui pense très fort à vous. Et sans doute aussi priez-vous pour moi et pour la France qui en avons bien besoin. Moi aussi j'essaie parfois de prier car tu sais bien, maman, que papa n'a pas tout à fait réussi à me convaincre que, comme il le disait en riant : « C'est Mars qui gagne les guerres et pas saint François d'Assise. » Pour l'heure, Mars me semble parler allemand. Il n'empêche que, si j'étais dans une église, je me mettrais à genoux et supplierais Dieu de lui ordonner de parler français. D'ailleurs, s'il n'existait pas, Dieu, ta foi, ma bonne maman, l'obligerait à corriger ce petit défaut. En attendant, près de mon pont, je manque cruellement de distractions. Pas le moindre livre. En Lorraine, j'avais un Shakespeare que j'ai perdu. Dans « Antoine et Cléopâtre », Antoine dit à l'Égyptienne : « Nos baisers, sur nos lèvres, consumaient des royaumes... » Très beau, mais je désapprouve Antoine car il a perdu la guerre. Chère maman, chère Lison, je referme cette parenthèse que je n'ai ouverte que pour vous, au cas où vous liriez un jour les lignes de ce carnet parce qu'il me serait arrivé « quelque chose ».)

Il hésite, le généralissime Weygand. Va-t-il aujourd'hui mettre des bottes de cavalier, des guêtres ou des jambières de cuir ? Les bottes rehaussent sa taille et lui cambrent la jambe, mais il faut tirer dessus, ce qu'il réussit assez bien car ses bras sont encore enveloppés de muscles secs, malgré l'âge venu. L'exercice essouffle pourtant et il aura besoin de beaucoup de litres d'air pour opposer le vent de son éloquence à celui de Churchill, soufflant en énormes rafales hors de sa gueule de bouledogue. Les guêtres, trop longues à boutonner, encore qu'il en ait une paire dont les boutons sont artificiels et qu'il suffit d'enfiler sur les chaussettes de fin coton. Va pour les bottes! Au moins, pense-t-il, je serai plus grand que Paul Reynaud. Il déteste le président du Conseil auquel il craint de ressembler car ils ont tous les deux les mêmes pommettes hautes et la même peau tirée vers le crâne. Il n'aime pas cette voix criarde et sèche, cette voix de paon en perpétuelle chaleur. Giraudoux a eu raison, estime le généralissime, de dire que nous avions là « un petit paon qui veut faire la roue sans queue ».

Mon lieutenant

Dans un des salons du château du Muguet en Touraine, siège du G.Q.G., le capitaine Lagneleau, du 2e bureau, redoute d'avoir à transmettre son rapport, tout à l'heure, au généralissime. Sur une table qui branle un peu tant elle est d'époque, – et qu'il a dû caler avec un journal – il a étalé une carte et disposé deux crayons, l'un bleu, l'autre rouge. Et il téléphone. « Allô... Vouziers ? » Voix allemande. Il raccroche et trace un cercle rouge autour du point signalant la ville. « Ils » sont à Vouziers. « Allô... poste de Sézanne ? » « Oui, monsieur... » Cercle bleu. « Allô, Commercy ? » « Ya... » Cercle rouge. « Allô Provins ? » « Oui... » Cercle bleu. « Allô Louviers ? Louviers ? Répondez! Ici le capitaine Lagneleau, du G.Q.G... » La receveuse bafouille. « Allô... ils sont là ?... » Elle raccroche après un « Oui » étouffé. Cercle rouge. Le capitaine dessine ainsi la ligne du front; ou plutôt, trace de longues flèches rouges à partir de Reims, du nord de Châlons et d'Elbeuf, qui filent en tentacules vers l'est, l'ouest et le sud de la France, étalée là, en papier aux plis qui se gondolent, sur la table. Comme un chirurgien qui cisaillerait une chair en y ouvrant de longues plaies d'où gicleraient des rigoles de sang. Dans une heure, le généralissime se penchera sur ce corps cisaillé. Mais le capitaine Lagneleau, à force de balafrer la peau de la France, n'est plus ébloui par les feuilles de chêne qui cerclent d'or le képi du grand chef, qui fut « bras droit de Foch ». « Nous sommes donc commandés par un moignon... » pense-t-il. Vision de cauchemar : ce moignon s'agite dans une énorme masse de coton rose, s'y enfonce, rebondit, en dévale les pentes en forme d'escalier, en traverse les trous qui la découpent en grottes. Car tout rose était le château du Muguet.

Le général Guderian appelle le général von Kleist. Le téléphone du poste de transmission grésille deux minutes puis la voix de von Kleist, lourde :

– Vous parlez au général von Kleist.

– Ici Guderian. Je descends vers l'Argonne, plein sud vers Saint-Dizier, puis toujours vers le sud en essayant à l'est de couper la route au groupe d'armée française 2 qui descend du nord. Êtes-vous à Reims ?

– Nous y serons ce soir.

– Souper au champagne, hein ?

– Nous vous en garderons. Quand entrons-nous dans Paris ? Avant le premier jour d'été, j'espère.

– J'espère aussi. Il ne faudra pas oublier de féliciter ce veinard de von Bock.

– De Reims, je divise mes Panzern vers Sens et, pour tronçonner la IVe armée française, vers Troyes. G.Q.G. d'accord.

– Très bien, général. Pas trop jaloux de von Bock ?

– Un peu.

– Moi aussi.

Guderian éclate de rire. Un rire énorme qui court au-dessus des forêts de l'Argonne, fait dresser les oreilles des lièvres et frémir la peau des chevreuils. Von Kleist l'imite et les deux rires se heurtent juste au-dessus de la tête du général français dont la IVe armée, brisée, se prépare à franchir à reculons les monts de Champagne. Il s'appelle pourtant Requin, ce général !

– Quand avez-vous parlé au Vieux ? demande Guderian.

– Ce matin encore.

– Bonne humeur ?

– Oui, il m'a même appelé « mon garçon », en terminant. Il m'a dit : « Très bien, mon garçon. »

Le Vieux, c'est le général von Runstedt.

La comtesse de Portes, née Rebuffel, regarde le président Paul Reynaud qui, dans sa chambre du manoir de Vangereau, fait sa culture physique matinale, torse nu et en caleçon. Douze!... Il compte à voix haute les flexions sur les bras... Treize! quatorze! Et quinze! Il replie vivement les jambes entre les bras, se met debout d'un bond, puis, « jambes écartées la main gauche allant toucher le pied droit, dix fois et on change de côté ».

– Prendrez-vous du café? demande la comtesse, tout ébouriffée et adossée à deux oreillers ourlés de dentelles, dans le lit à courtines.

– Du thé, répond le président d'une voix un peu essoufflée et sans interrompre ses exercices. J'ai les nerfs assez tendus comme ça pour ne pas les arroser de café. Six, sept...

– A quelle heure arrive Churchill?

– Dans la journée. Quatre, cinq, six... Si la chasse allemande ne descend pas son appareil. Weygand en serait ravi.

Mains sur les hanches et rotation du tronc. Douze fois de chaque côté. Tête relevée en avant et renversée au maximum en arrière.

– C'est lui qui l'a convoqué?

– Oui, ma chère Hélène, c'est lui.

– Et vous supportez que le généralissime convoque le Premier ministre britannique pour lui chanter que tout est perdu et que nous devons aller nous jeter aux pieds de M. Hitler?

– Huit, neuf...

Elle attend, tranche de pain finement beurrée et levée au-dessus de la tasse de thé mais Paul, lui, attend d'avoir terminé ses rotations pour lui répondre. Impatiente, elle plante ses dents dans la tartine en retroussant ses lèvres minces. Le pain craque. Elle a un rictus, comme si elle venait d'enfoncer ses crocs dans les fesses de Weygand. Le président, torse bombé, inspire. Puis, tête penchée, poitrine creusée, expire.

– En fait, ce n'est pas lui qui lui a demandé de venir. C'est Churchill qui s'est invité.

– En prévenant d'abord Weygand.

– Oui... Il y a eu des difficultés de liaison téléphonique pour me joindre avant lui.

– Taratata! On vous manœuvre, Paul. Écartez Weygand! Écartez-le! Vite! Vous le ferez?

– Si Huntziger accepte de le remplacer, ce sera fait dès aujourd'hui.

– Voilà au moins une bonne nouvelle.

Sautillements sur place, bras ballants le long du corps.

– La guerre n'est pas perdue, Paul.

– Mais elle n'est hélas pas gagnée, ma chère Hélène. Le dieu des Armées décidera.

Lancer la jambe et toucher le pied de la pointe des doigts, bras tendus. C'est à la gymnastique, quotidiennement pratiquée, que le président du Conseil Paul Reynaud doit sa célèbre agilité physique. Rotation du tronc, le bassin ne bougeant pas. Une, deux, trois... Arriver jusqu'à douze.

12 JUIN

Le Pont était toujours là quand le soleil s'est levé. Valentin, réveillé avant ses hommes, est allé se raser au bord de la rivière, sans miroir. Au blaireau. Lorsque N'Doulo arrive qui, lui, ne se rase jamais et n'est pas barbu. Aujourd'hui, Valentin avait regardé « ses hommes » dormir. Ballu sur le dos, comme un gisant. Ramier sur le côté, main sous la joue, comme un enfant. Perou sur le ventre, comme s'il baisait la terre. Je les réveillerai rasé et propre. Bon pour leur moral. Donnons l'exemple.

Il va pour se raser mais N'Doulo est derrière lui. Il ne dort que d'un œil, le Noir.

– Attends, mon litnou, j'ai la glace.

Il sort d'une poche un petit miroir ovale, au dos duquel, sous une enveloppe de mica, Joséphine Baker sourit de toutes ses dents. Et l'iris de ses yeux est une petite bille.

– Regarde.

Il fait osciller le miroir et Joséphine, grâce au mouvement des billes, tantôt roule des yeux lentement ou à toute vitesse, tantôt lève au ciel son regard puis le tourne à gauche ou à droite, tantôt louche. N'Doulo, à coups subtils de poignet, manœuvre les minuscules billes qui animent le visage. Il est virtuose, dans cet exercice. Quand il reviendra au village, en Afrique, il fera des démonstrations avec son miroir magique et sera respecté. En attendant il rit. Il tient maintenant le miroir, calé au creux de sa main, et Valentin s'y mire pour se raser.

– Il est petit, ton miroir, N'Doulo.

Le Noir lui dit qu'il est petit mais qu'il y a, derrière, la femme aux yeux qui bougent.

– Toi, bouge pas ou je vais me couper le cou.

Ensuite le lieutenant ôte sa chemise, se frictionne le torse à l'eau fraîche et enfin se peigne.

– Tu devrais te laver, N'Doulo. Surtout les pieds.

Le Nègre fait : « Non, non... » de la tête.

– Si tu es blessé, N'Doulo, on ne saura pas si c'est la gangrène de ta blessure qui pue ou bien tes pieds.

Le Nègre fait « Oui oui... » de la tête.

– Tu comprends?

Le Nègre a un sourire doux. Il s'en fout de comprendre quand lui parle le litnou. Valentin, habillé, peigné, rasé, regarde les herbages qui fument, caressés par les premiers rayons du soleil. La brume flotte, légère et brillante au-dessus des prés étrangement vides de troupeaux et se brise contre la barrière des basses fûtaies qui, là-bas, couronnent les collines, redescend et s'avance, de l'autre côté de la rivière en gros bourrelets qui stagnent au bord des pentes plus raides. Dans quelques minutes, le soleil aura dévoré, dans sa gueule d'or, cette crème impalpable. Le lieutenant, assis sur une pierre plate, regarde l'eau qui se glisse et fuit entre les rochers. Il ferme les yeux, – appuie ses doigts sur ses paupières closes – les rouvre et pendant deux secondes la rivière est rouge sous son regard ébloui, comme si elle charriait du sang. Le Noir, debout derrière lui, rêve, plus immobile qu'une statue et son ombre s'effile au flanc du lieutenant. Une rivière qui fuit. Vers où? Et les soldats de France, où sont-ils? Est-ce qu'ils se battent, dans des plaines embrumées ou adossés à des fleuves dans lesquels roulent leurs cadavres? Ce ruisselet, pour stopper l'invasion? Ce pont qui ne sautera même pas si, là-haut, à la lisière des bois apparaissaient des tanks ennemis et si les soldats verts surgissaient, comme nés de la terre et les bottes plongées dans la brume qui se traîne au ras du sol. Le lieutenant Valentin, de l'index, frôle les deux galons d'or de sa veste posée sur la pierre, près de lui. Il commande une armée de quatre hommes qui, tout à l'heure, joueront à la belotte avec des cartes crasseuses, et le soldat Perou avalera ses joues, de rage, si le sergent Ballu abat un valet d'atout et lui lance : « Tu vois, l'Étudiant, faut toujours respecter les sous-officiers ! » Le lieutenant caresse ses joues. Pourquoi s'est-il rasé alors que ses vingt-trois ans sont encore quasi imberbes ? Parce que se raser est un acte solennel et qu'il craignait, à huit ans, d'être pris pour une petite fille. Ensuite, à quatorze ans, il voulait tout à la fois être moine et soldat, autrement dit une créature très pure et très brave. Plus tard, à Saint-Cyr, lors d'un bal de l'école, Carbonnel qui mettait en scène les saynètes burlesques, lui avait dit : « Toi, Valentin, tu feras Milady ! Discute pas, c'est un ordre ! » « Vas-y, Valentin ! avaient braillé les copains, te dégonfle pas ! » Il avait accepté. « Je pâme pour vous, Porthos... » Porthos, c'était justement Carbonnel – dit Carbo – un catalan brun et noir, qui gueulait : « J'égorgerai le cardinal ! » Et Valentin minaudait en exhibant ses cuisses. Dans une autre saynète, il jouait Charlotte et s'écriait : « Ach, mon bedi Ferther, il z'est suizidé ! ach, et gui cheu fé m'enfoyer maintenant ? » Au fond, tous des jeunes filles mais qui se brûlaient la peau, chaque matin, en se rasant des barbes imaginaires et en débitant à grosse voix des obscénités innocentes. Sauf qu'ils croyaient qu'ils épouseraient la guerre et une victoire lorsqu'ils s'envoleraient hors du couvent. Or, lui Valentin, maintenant assis au bord d'un ruisselet, ni Meuse, ni Sambre, ni Marne, ni Rhin, fraîchement rasé par un Nègre amoureux de Joséphine Baker, frotte pensivement ses joues de Milady déguisée en lieutenant de bergerie. A jamais puceau de la guerre ? C'est en lui comme une légère angoisse.

« Atout carreau! » dit Ballu. Valentin se lève, enfile sa veste, cambre les reins et se jure de ne jamais jouer aux cartes avant la fin de la guerre. Après la victoire. Oui, après la victoire car, s'il y a défaite, il ne la verra pas puisqu'il se fera tuer. Oui, il se fera tuer! Bonne décision de prise! « Allons, N'Doulo! » dit-il d'une voix dure. Près de la cabane, le caporal Ramier, après avoir fait sa prière, masse ses mains, comme il le fait chaque matin, pour en assouplir les jointures; et chaque matin le soldat Perou lui dit : « Tu crois que c'est aujourd'hui que tu vas jouer du violon, pomme à l'eau? » Et l'autre répond en passant sa main osseuse sur sa frange : « Perou, tu me fais chier. Mais je suis un bon chrétien et ce n'est pas une injure... Tu me fais *vraiment* chier. Sur ce, j'y vais. » Il s'éloigne, très grand, un peu voûté, en tricotant lourdement de ses grands pieds et se dirige vers l'arrière de la cabane. « Ramier, où vas-tu? » hurle Ballu. Ceinture déjà débouclée, le violoniste sans violon répond : « La vidange, sergent... » Ballu gueule : « Vous chierez dans la rivière! Pas ici! Ici, pas de merde! Allez, on y va! » « On prend les fusils, sergent? » « Oui, on sait jamais. Cinquième colonne partout! » « Et si des fois on se faisait un Boche déguisé en lapin, hein, sergent? » dit Perou le plus sérieusement du monde. Ballu le regarde, ahuri, et son esprit vacille quelques secondes. Son regard balaie la campagne d'une lueur de haine puis rencontre celui du soldat qui brille un peu trop. « Perou, nous verrons si vous avez des couilles devant de vrais Boches. Pas devant des lapins, monsieur. Là, nous verrons. » L'autre, surpris d'entendre le sergent lui dire « vous » reste sans voix. « Aux chiottes! » gronde Ballu qui salue le lieutenant de retour. « Lavez vos chemises et vos chaussettes, dit Valentin. Vous les étalerez sur les pierres. Dans une heure le soleil sera haut et ça séchera vite. N'Doulo restera ici et veillera sur la Hotchkiss, le F.M., les masques et les réserves de vivres. Moi-même, j'irai à bicyclette faire une reconnaissance des environs... » « Bien, mon lieutenant! » dit Ballu.

Au bord de la rivière, les trois hommes baissent le pantalon et s'accroupissent en exhibant trois derrières blancs. Perou regarde celui de Ramier et Ramier celui de Ballu. Aucune obscénité, dans ce spectacle, et aucune pudeur. Une fraternité.

Il a beau appuyer sur les pédales, la petite route qui dévale de la colline était à la fin trop méchante et, essoufflé, il a dû mettre pied à terre et pousser le vélo jusqu'au sommet d'où il a découvert une autre vallée. Déserte. Ni troupeaux ni habitation. « C'est un pays perdu... Magnifiquement perdu. » Il a de nouveau enfourché son vélo de dame et a roulé sur un sentier de terre dure, longeant en crête la forêt, lorsque soudain, en bas, à deux kilomètres environ, il a aperçu la rivière et la ferme vers laquelle un chemin de troupeau serpentant à travers les herbages l'a invité à descendre dans un pathétique grincement de freins.

– Et d'où vous sortez, lieutenant? Vous n'avez pas pris le bon chemin?

– De là-haut... J'ai fait... un tour, pour voir.

– Il n'y a à voir que de l'herbe. De l'oseille sauvage, du trèfle, des avoines... Rien que de l'herbe, quoi.

– Mais les troupeaux?

– On ne les sort plus. Les gens ont peur des avions. Ils ont peur que les Allemands leur mitraillent les vaches. Vous venez aux nouvelles de la T.S.F.? Ils disent qu'on décroche mais qu'on se bat. Le gouvernement n'est plus à Paris.

– Ah! Où est-il?

– Il s'est replié.

– Où?

– Ils ne l'ont pas dit. Décrocher, ça voudrait pas dire foutre le camp? Vous arrivez à point pour boire le café pendant que Marie me coupera les cheveux. C'est le jour où elle me tond.

Il ôte son béret et froisse à quatre doigts sa tignasse grise.

La fille est de nouveau apparue, crevant le rideau de perles (pourtant elle est sourde et n'a pas pu entendre nos voix, a pensé Valentin) et, debout au haut des deux marches de pierre, a planté son regard droit et noir dans celui de Valentin. Jamais une femme n'avait regardé le jeune officier avec cette audace tranquille. « Nous sommes contents de vous voir, lieutenant », dit Courtaud. Puis à la fille : « Tu lui donnes un bon café qu'il boira pendant que tu me coupes les cheveux. » Il explique ensuite longuement, en sortant deux chaises de paille de la cuisine qu'il plante dans la cour de la ferme, au milieu de la volaille balayée par une escadrille de pigeons blancs venus aux nouvelles, que la journée va être très chaude.

Il s'est installé sur la chaise de paille, une serviette autour du cou. Le lieutenant, assis sur les marches de la cuisine, boit le café. Les mèches du Vieux, mèches ou plutôt crins durs, crissent sous les ciseaux qui les scient. Il se soumet, très grave, au sacrifice. Le grand chien noir, détaché, vient flairer les cheveux tombés, éternue et en disperse les touffes. Marie, taille ployée, se penche sur la nuque de l'ancêtre, tannée par le soleil et quadrillée de rides, et maintenant fait glisser sur elle le rasoir. Valentin, lui, les yeux au ras du bol porté à ses lèvres, fait glisser son regard sur la mince vallée qui se creuse au milieu de la gorge de la fille et même essaie de l'y plonger plus avant. Les poules et les dindons ont repris leur circulation, à pas de goutteux, dans la vaste cour où monte leur vacarme discret et, là-bas, sur la mare, la flotte des canards croise en silence. En vérité, on n'entend dans cette paix que le raclement du rasoir sur la nuque de cuir et, quand la fille redresse sa taille pour contempler son œuvre, quand un éclair de soleil éclate sur la lame qu'elle nettoie précieusement avec un coin de la serviette, le lieutenant porte à ses lèvres le bol de café pour en boire les dernières gouttes. « Et voilà! » dit Courtaud en se levant pendant que Marie secoue la serviette. « Et voilà, dit-il en se frottant la nuque, c'est du travail, ça. Et maintenant, à vous, lieutenant! Vous avez les cheveux trop longs pour un soldat. » La fille attend, debout devant la chaise, serviette tendue comme le linge de Véronique, jambes nues, poitrine gonflée, et ses yeux noirs boivent tranquillement le regard bleu du lieutenant qui se lève et va s'asseoir, vaincu, sur la chaise de paille. Les mains de la fille, il aimerait maintenant qu'elles s'attardent pour glisser la serviette entre col et chemise; il aimerait que le peigne ne démêle que très lentement sa chevelure, que tout ne soit que ralentis et caresses. Quand les ciseaux ont fait tomber les premières mèches, il a pensé : « Merde! Et mes hommes? Comment leur dire que je suis allé chez le coiffeur? Et où? Je vais avoir l'air d'un con! » Mais c'était trop tard. Dalila-la-Muette, Dalila-aux-oreilles-mortes, cisaillait et rasait. Assis sur les marches de pierre, le grand-père, en roulant une cigarette, regardait Valentin, raide sur sa chaise, sage comme un enfant avec la serviette autour du cou et cette autre enfant qui en sa compagnie jouait au coiffeur. Comme ils étaient sérieux! Jamais Courtaud n'aurait osé espérer qu'un jeune homme beau et fort viendrait un jour s'asseoir sur une chaise, dans la cour de la ferme, et accepterait que sa Marie s'approchât de lui, si près, et lui coupât les cheveux. Grâce à la guerre elle aura touché un homme. Mais, le Vieux, après avoir allumé sa cigarette d'où s'échappaient, au bout, deux brindilles de tabac qui grésillèrent, vit que Marie, pour « dégager » les oreilles et effiler soigneusement les cheveux au rasoir, s'était approchée plus près encore et que sa poitrine frôlait et touchait le bras du lieutenant. Mais elle continuait son ouvrage, comme si elle n'était pas consciente de ce contact, et le jeune homme restait impassible. Alors, le grand-père se leva et comprit brusquement qu'il devait aller rétamer un chaudron et que c'était la chose la plus urgente au monde car une idée venait de le foudroyer et le faisait presque tituber alors qu'il marchait vers l'appentis où il allait marteler le cuivre. Et l'idée lui martelait la tête.

« Maman, on m'appelle le garçon-fille! Je veux qu'on me coupe les cheveux! » Il en avait assez de ses boucles soyeuses, il marchait à l'ombre en revenant de l'école, sur le trottoir de gauche, pour qu'elles ne flambent pas au soleil et il avait honte de n'avoir ni cou ni oreilles comme ses copains qui, comble d'humiliation, dans les bagarres, lui tiraient les cheveux. Alors sa mère l'emmena enfin chez le coiffeur mais elle était triste de voir tomber les boucles d'or sur le carrelage du « Salon Henry », situé rue de la Gare, à Rethel. « Parfait! Terminé! Regarde-toi dans la glace » dit M. Henry. Et Paul leva les yeux qu'il avait jusque-là gardés baissés et découvrit avec horreur une nuque maigre et blanche et deux oreilles qui lui parurent trop grandes.« Attendez! » Sa mère arrêta le balai, ramassa une mèche et ce fut alors qu'il se mit à pleurer. Et il avait beau se répéter : « Je suis un garçon, maintenant je suis un vrai garçon », il pleurait tout de même; et maman reniflait en enveloppant la mèche dans un bout de papier. Elle donna vite de l'argent à M. Henry et ils sortirent du « Salon » comme deux voleurs. « J'ai peut-être toujours dû regretter de m'être fait couper les tifs. C'est pour ça que j'ai rêvé du casoar et d'avoir des plumes sur la tête? Voilà, je suis devenu militaire à cause de M. Henry... » Le Père Carilhat, le lendemain, dans la cour du collège Saint-Joseph, lui posa une main sur la tête et lui dit : « Ah! très bien, Valentin. Te voilà enfin comme les autres... »

Elle secoua la serviette puis resta là, immobile, devant Valentin qui se frottait lentement la nuque. Elle savait que ses seins avaient caressé le bras de cet homme; et lui savait qu'il ne s'était pas dérobé à cette pression. On entendait le bruit monotone du marteau qui battait le chaudron. Elle ne bougeait toujours pas, tête baissée, et lui non plus, en face d'elle. Et cette situation aurait duré très longtemps si Valentin n'avait pas fait un pas vers elle. Il avance encore et lui prend la main, forte mais blanche à force d'être polie par le lait des traites; ensuite, de la main gauche, à deux doigts, il lui relève doucement le menton et les yeux noirs, dans le visage d'ivoire, s'agrandissent. « Merci », dit-il.

Maintenant il pédale vers le pont, juché sur ce vélo de femme dont la selle est trop basse, ce qui lui donne une allure de clown de cirque déguisé en officier dans un numéro antimilitariste. Il respire très fort. Quelle est cette odeur qui l'accompagne? Celle qui montait tout à l'heure, violente, dans la cour de la ferme, odeur des bêtes, des fientes de volailles, des fumiers d'or pourri embrumés d'une vapeur que le soleil de midi dissipera, de paille remuée, de suint de mouton, odeur de chien, de savon, de lait, que dégageait cette fille à chaque mouvement de son corps lorsqu'elle dansait autour de lui le pas du rasoir et du ciseau. Il respire très fort comme pour engouffrer encore cette odeur dans ses poumons. Il appuie sur les pédales. Il serre les dents. Il est bouillant de sang et d'un désir où tout se mêle, la violence et une pitié, la honte et une colère. Il marmonne : « J'ai oublié de prendre congé du Pépé. Je ne reviendrai pas dans ce trou à vaches et à fumier. Il ne faut pas. C'est la guerre! Et toi, Milady, Charlotte et Graziella de Lamartine, et toi, crétin, tu reviens de chez le coiffeur! »

A la ferme, Courtaud continue de marteler son chaudron et l'idée qu'il a eue, lorsque Marie découpe sa silhouette sur la porte de la remise. Il lève les yeux. C'est vraiment une belle fille, pense-t-il, et ce que je veux arrivera. Il range son marteau, se lève, lui caresse tendrement les épaules, le dos, puis il a un sourire malin et lui tape sur les fesses. Elle se jette contre la poitrine de son grand-père et pose la tête contre son épaule.

N'Doulo a écarquillé les yeux quand il a vu que son litnou avait le cou, derrière, tout blanc. Le sergent Ballu, les soldats Ramier et Perou n'ont rien dit car le lieutenant, en arrivant de sa mystérieuse expédition, avait l'air d'une humeur de chien et a jeté violemment la bicyclette par terre, près de la Hotchkiss. « On a lavé le linge, mon lieutenant. Ça sèche sur les pierres, près du pont. » Les trois hommes étaient torse nu. « Bien! » a répondu Valentin. « Rien à signaler? » a demandé Ramier. « Rien. » « Alors on reste ici? » « Vous avez peut-être reçu un ordre de repli, pendant mon absence? » demande sèchement Valentin. « Non, mon lieutenant, mais je pensais qu'on était maintenant isolés, près de ce pont... » dit Ramier en pointant son nez vers l'horizon des collines. « Ça arrive, figurez-vous, d'être isolés, à la guerre. » (« Qu'est-ce qu'il en sait? » pense le soldat.) Ensuite, le lieutenant déclare que cet après-midi on fera un exercice de repérage, de chaque côté du pont. Avec camouflage possible et mise en batterie du F.M. Pendant qu'il disait ça, l'air vraiment sérieux, Perou a donné un coup de coude à Ramier.

– Je n'irai jamais coucher dans les lits à colonnes des Bretons! glapit Hélène de Portes. Mais qu'est-ce encore que cette idée folle? C'est votre Gaulle qui vous a mis ça dans la tête?

– On dit de Gaulle, ma chère, corrige Paul Reynaud.

– Darlan dit Gaulle, et il a raison. C'est un nom flamand et la particule n'a pas à être prononcée. On dit Vlaminck, le peintre. Ostade! Beethoven... Je vous signale qu'il était flamand, celui-là, et non pas allemand; et que son nom signifie « champ de betteraves ». Donc, c'est Gaulle qui est juste.

– Ces considérations sont absurdes, Hélène. Vos betteraves...

Elle frappe du pied nu sur le tapis.

– Votre Gaulle l'est encore plus. Pour qui se prend-il, ce tamanoir interminable dressé sur ses pattes arrière, avec son long nez, ses petits yeux et sa voix d'archidiacre. Et même pas capable de convaincre Huntziger de remplacer Weygand! Évidemment, je le comprends, ce pauvre Huntziger : être le troisième généralissime, le troisième et vraisemblablement le dernier, à commander une armée en déroute n'a rien de réjouissant. A ce propos, où est donc passé Gamelin?

– Je l'ignore et ce n'est pas mon souci.

– Il doit être en train de soigner sa syphilis.

– Je vous en prie, Hélène...

Elle joue l'étonnée, ouvre deux grands yeux et trois rides plissent son front têtu.

– Paul! Voyons! Vous ne saviez pas que l'Armée française avait été commandée par un syphilitique?

– Il a été soigné. On lui a fait de l'impaludation.

– Tiens donc!

Elle lève les sourcils et hoche la tête.

– C'est-à-dire, car vous semblez l'ignorer, qu'on lui a injecté du sang de paludique. Oui, ma chère.

– Ah! je vois! comme les microbes paludéens sont ennemis des microbes syphilitiques, ils les ont proprement vaincus et le grand général a été guéri. C'est un conte de fées! Mais il est seulement dommage que Gamelin ait été plus occupé à combattre sa syphilis que les Allemands.

– Je vous en prie, Hélène, je vous en prie.

– Et votre Gaulle, êtes-vous sûr qu'il soit en bonne santé? Il a des gestes d'ataxique. Comment avez-vous pu écouter deux secondes ce fou vous proposer de reconquérir la France à partir de la Bretagne! Il déplacerait les menhirs pour les transformer en barrages antichars?

Paul ne répond pas. Évidemment, Quimper, capitale de la France... Il sort de la chambre, dévale l'escalier du château, passe devant les factionnaires éberlués de le voir, à pas vifs, se diriger vers le parc, un revolver à la main et une boîte de cartouches sous le bras. Bientôt retentit le bruit de détonations qui affolent les oiseaux du parc. M. le président du Conseil s'entraîne au tir sur les troncs des arbres dont l'écorce tourangelle vole en éclats. Si seulement Hitler apparaissait et risquait une tête derrière ce tilleul, il recevrait à n'en pas douter, juste au ras de sa mèche, une balle française entre les deux yeux.

Au château du Muguet, Churchill, qui a ronflé toute la nuit, brame sa fureur. Comment a-t-on osé lui donner une chambre sans salle de bains? Il a erré, en pantoufles et robe de chambre rouge, dans les couloirs, avant de débouler, énorme masse de feu, dans la salle à manger. « Ma bain! où aï ma bain? », hurle-t-il sous le nez de deux officiers français de l'état-major de Weygand, raides-stupéfaits devant cette apparition. L'hippopotame rose, rouge et bleu exige de s'ébattre immédiatement dans une baignoire. L'un des deux officiers salue – « A vos ordres, Monsieur le Premier ministre! » – mais oublie qu'il a une tartine à la main et se colle du beurre sur la tempe.

Enfin, une baignoire dans laquelle glisse délicieusement l'animal britannique. Le maréchal de l'air Barrat assiste aux ablutions.

– Les Français vont exiger l'intervention de toute notre chasse, sir.

– Ils ne l'auront pas, Barrat!

Churchill savonne doucement ses ballottantes mamelles roses.

– Leur guerre est perdue et maintenant une seule chose importe, une seule : ils ne doivent à aucun prix livrer leur flotte. Si j'obtiens ça de Darlan...

– Et de Reynaud, sir.

– C'est Darlan qu'il faut convaincre. Reynaud n'a jamais vu un bateau. Passez-moi un peignoir, Barrat.

– Quand repartons-nous en Angleterre, sir?

– Le plus tôt possible. Immédiatement après la réunion. Nous n'avons plus rien à faire dans ce foutu pays.

Il se frictionne avec une surprenante souplesse et la masse de chair tremble.

– La flotte? J'aurai des larmes dans les yeux, s'il le faut, mais je supplierai Darlan de ne pas livrer la flotte!

Il souffle un peu, friction terminée. Il tire sur la chaînette qui retient le bouchon de vidange et regarde l'eau qui glougloute dans le trou où il croit voir s'engloutir la flotte française.

Le président de la République Albert Lebrun, en son château de Cangé, n'a pas été content d'apprendre que le Premier britannique n'avait même pas daigné venir le saluer. Et voilà que Reynaud l'avise qu'il devra présider un conseil à 20 heures! Pourquoi si tard? Parce qu'il a été impossible de réunir le conseil plus tôt, monsieur le Président, en raison de la dispersion des ministères dans tous les châteaux des environs.

– Ah, bon!... Ah, je comprends... répond Lebrun.

Il lisse, de l'index, sa moustache. Un miroir, en face, lui renvoie son image en buste. Il s'immobilise. Qui est cet homme? Quel est ce buste de plâtre que reflète le miroir? « Pourvu que Reynaud et Weygand ne se querellent pas à voix trop haute! Quand Reynaud nasille, je ne comprends plus rien... Pétain a de la chance. Lui, au moins, a l'oreille dure... » Le président Albert Lebrun, tout à l'heure, pendant que le généralissime et le président du Conseil parleront d'honneur intarissablement et que le mot « armistice » rôdera comme un vautour en déposant sa fiente dans la pièce, sera le seul à remarquer que la lumière baisse et que s'installe la pénombre. Pétain observe attentivement, ses mains posées à plat sur la table. Chautemps, mais c'est peut-être un tic, secoue l'épaule gauche chaque fois que l'on parle du « réduit breton ». Pourquoi pas le réduit arverne, dans Alésia? L'ombre qui, de l'extérieur, coule dans la pièce, ronge les visages des ministres épuisés et, seules, brillent faiblement les feuilles de chêne des képis que les généraux Weygand et Georges ont posés sur la table. Un huissier est entré, auquel le président de la République a fait un geste. L'homme s'est approché et Lebrun lui a murmuré à l'oreille : « De la lumière, s'il vous plaît... » Les ministres continuent à parler d'honneur, de sacrifices consentis par notre glorieuse armée, de M. Churchill qui a refusé d'envoyer neuf squadrons de chasseurs, d'armistice nécessaire selon le commandant en chef, de réduit breton selon le président du Conseil, et le général Georges dont la tête ronde n'est plus qu'une lune blanche, dans l'obscurité, raconte qu'il a vu des attelages de chevaux, sur une route, qu'il a vu de ses yeux vu, messieurs, les malheureuses bêtes, mitraillées par l'aviation ennemie, rouler dans les fossés, les pattes en l'air, en hennissant de douleur. Elles s'écroulaient, déchiquetées, les unes sur les autres, au milieu du désordre des fourgons renversés et il n'avait jamais vu, lui, général Georges, pareil massacre de chevaux. A cette évocation, le président Lebrun eut les larmes aux yeux et répéta : « C'est affreux, c'est affreux... » pendant que l'huissier tâtonnait à la recherche d'un bouton d'électricité, errait dans le salon en soulevant des tapisseries, renversait une potiche et enfin se prenait les pieds dans un tapis et ne se rattrapait que de justesse. Alors tous les ministres et généraux tournèrent enfin vers lui leur visage de cendre. Seul, Pétain n'avait pas bougé. Et tout le Conseil attendait que l'huissier eût enfin déniché le mystérieux bouton et le sort de la France semblait suspendu aux gestes de cet ahuri tâtonnant qui, de plus en plus affolé et maintenant à quatre pattes, laissait courir sa main le long des plinthes jusqu'à ce que le président de la République fît enfin preuve d'autorité et s'écriât : « C'est assez! Apportez donc des bougies s'il n'y a pas de bouton! »

En vérité, les soldats de la « Leibstandarte » chargés de la garde rapprochée du Führer, ont tous un petit chiffon de laine dans la poche avec lequel, chaque jour, ils frottent vivement leurs casques qui sans cela ne brilleraient pas de ce doux éclat, sous la lune qui caresse la forêt et de sa neige inonde la vaste clairière. L'ingénieur Todt avait proposé d'établir le G.Q.G. à Rocroi puis s'est ravisé quand il a appris que ce bourg était aussi le nom d'une victoire française. D'ailleurs, Hitler aurait refusé : pas de G.Q.G. en France. Le loup a préféré se tapir en Belgique, à la porte de la bergerie, au cœur de la forêt ardennaise, et s'avancer vers sa proie en se glissant sous les fûtaies. Le loup ou le Grand Forestier? Même animal. Les villageois de Bruly-le-Pêche ont vu passer les lourds camions escortés de motocyclistes, d'automitrailleuses et de plates-formes tractées de la Flak. Ensuite, ordre a été donné d'évacuer le village dans les vingt-quatre heures, puis un contrordre est venu leur enjoignant de rester chez eux mais de ne pas dépasser un certain périmètre; si bien qu'ils n'ont pas vu les charpentiers en uniforme débarquer des camions les éléments numérotés – cloisons, portes, toitures goudronnées et pulvérisées de sable vert, marches d'accès, lits de camp montés sur châssis de bois, tables, chaises pliantes, lavabos en étain et tout un étrange matériel – et qu'ils n'ont pas pu s'émerveiller en voyant surgir, dans une clairière, un village de baraques ordonnées autour de l'une d'elles, plus spacieuse, aux cloisons de bois passées au brou de noix plus sombre et au fronton de laquelle a été fixé un aigle d'acier et de métal argenté tenant entre ses serres la croix gammée cerclée d'une couronne de chêne. De coffres de cuir marqués du même sigle mais sommés des lettres « A.H. » frappées en gothique, on a déballé la vaisselle du Führer, les uniformes du Führer, les bottes du Führer, le linge du Führer et même le pot de chambre du Führer. On a disposé le lit de camp dans un coin de la grande baraque, on a isolé le cabinet de toilette et la douche, on a placé au centre la table où le Führer consulte les cartes mais prévu, en face, un grand panneau de liège pour clouer les grandes cartes aux échelles au millième que le chancelier adore zébrer de flèches rouges. Parfois, le crayon hésite et il se tourne alors vers un jeune capitaine qui lui-même consulte les cartes.

– Troyes?

– Oui, mon Führer, atteint!

Un cercle noir autour de la ville et la flèche repart. Ou bien, une forte loupe dans la main gauche, il s'approche de la carte murale. Derrière lui, Keitel lit des messages en égrenant noms de villes et villages. Pendant que son maître trace, cette fois, une ligne rouge, le colonel-général, à la dérobée, dévore le profil au nez pointu, la lourde mèche noire et grasse qui barre le front, la bouche dont l'attention avale les lèvres. Hier, le Führer a sorti un mouchoir de sa poche pour nettoyer la loupe embuée par sa respiration, en a éprouvé la transparence en regardant les poils de sa main puis, une seconde, quand il l'a relevée et avant qu'il ne baisse le bras, Keitel a vu l'œil démesurément agrandi. Bleu et froid. De cette seconde, il se souviendra comme d'une éternité et jamais n'oubliera cet œil qui n'avait plus de regard mais qui l'aspirait comme un gouffre.

– Veules-les-Roses, dit le capitaine qui prononce bien, parce qu'il parle le français.

– Bitte? demande Hitler, collé à sa loupe.

L'officier écrit le nom du bourg et tend le papier au Führer qui lit.

– Ach, ya, Feul-le-Roz...

– Atteint par la cinquième Panzern, mon Führer.

– Très bien, merci. Vous prononcez trop bien le français, capitaine.

– Je m'excuse, mon Führer.

– Non, non... C'est moi qui devrais bien prononcer. J'ai été en France avant vous. Et le général Keitel, aussi. N'est-ce pas, général?

– Oui, mon Führer, mais en ce temps-là nous n'étions pas allés si loin.

Hitler a un sourire. Le crayon rouge fait un crochet au-dessus d'Argentan, au nord zigzague, sans appuyer, vers Caen, sautille en pointillé vers Cherbourg. « Cette fois, nous irons plus loin encore, général. »

Dans la nuit, luisent les casques des soldats postés de la « Leibstandarte » disposés autour du camp de baraques, en dix cercles concentriques, aux circonférences distantes de quarante mètres l'une de l'autre; et plus s'agrandissent les cercles et plus sont proches les uns des autres les S.S. qui forment cette toile d'araignée dont les mailles vont se resserrant à partir du centre vers la périphérie. Entre les cercles patrouillent des soldats, chiens en laisse. Aux quatre coins de la clairière, montés sur miradors, des projecteurs prêts à inonder le camp d'une brutale clarté. Douze batteries de la Flak veillent, canons pointés vers le ciel, aux angles d'un losange qui écartèle ses branches en d'autres sites de la forêt. A minuit trente, le Führer a mangé des épinards broyés avec des œufs durs et une belle portion d'apfelstrudel. Il a bu deux tasses de café clair. A la même heure, écrasé par les voûtes de la salle à manger, Paul Reynaud, à Chissay, dîne en la seule compagnie d'un sous-secrétaire d'État, ramassé au hasard d'un couloir, et que cet honneur intimide. Omelette et pigeon aux olives. Le grand escogriffe, qui a déclaré ne pas avoir faim, arpente la pièce en déclarant qu'il faut se battre dans le Réduit breton et en agitant ses manches où brillent deux étoiles.

13 JUIN

Journal du lieutenant Valentin : « L'armée française, par moi et mes quatre hommes représentée, continue de défendre victorieusement le pont de la Brèche par la seule vertu de l'absence d'ennemi. Trêve d'ironie : Par qui avons-nous été abandonnés ? Où sont les PC, les étoiles, les galons, les ministres, où est la France ? La T.S.F. annonce nos “ replis ” sans donner désormais de noms de ville. Tous les ponts de France – de l'Aisne, de l'Oise, de la Meuse, de la Marne – sautent pour retarder la progression de l'ennemi, sauf le mien qu'on m'abandonne comme un jouet. Toute la question est de savoir si je serai un jour général en enfourchant un vélo de femme et en allant chaque soir présenter mes hommages à pépé Courtaud. J'ai déjà mes habitudes, dans sa hutte. Ma chaise, mon coin de table près de la T.S.F., mon bol de café décoré par *L'Angélus* de Millet. Le chien noir remue maintenant la queue lorsque j'arrive. Et Marie, cet après-midi, tout naturellement repassait chemises, pantalons et corsages durcis par le soleil et qu'elle humectait avec une sorte de goupillon trempé dans une petite jarre. Mais de grands événements se sont produits, aujourd'hui. D'abord, Courtaud a mystérieusement disparu dix minutes après mon arrivée. Il a tout de même eu le temps de m'apprendre que « les Boches allaient prendre Paris » et que « c'était comme si c'était fait ». « Ils l'ont dit sans le dire mais c'est facile à comprendre », m'a-t-il assuré. Bizarrement, la nouvelle n'avait pas l'air de l'émouvoir outre mesure. J'ai cru comprendre que, pour lui, les Parisiens, peuplade débauchée dont les femmes fument des cigarettes parfumées et dont les hommes injurient la police, n'étaient dignes d'aucune estime. Il m'a raconté qu'au cours du 14 Juillet, quand défilaient les régiments de cavalerie, les gens criaient : « Vive les chevaux! », pour manifester non pas leur amour des bêtes mais leur mépris de l'armée. « Alors, hein, si l'Armée les laisse le cul nu devant les Boches, on verra ce qu'ils crieront... » Oui, décidément, il déteste « ces » – dit-il – Parisiens. « Les femmes fumaient, se faisaient entretenir par les types de la Cinquième colonne et leur racontaient ce qu'elles avaient appris en couchant avec l'état-major. Les Parisiennes ça ne vaut rien. » Il a jeté un long regard, rude caresse, sur Marie, madone du Repassage, comme s'il m'invitait à la comparer aux garces de Paris. Ensuite il a tourné les talons et a disparu je ne sais où, tel un dieu de colère. Elle, elle repassait, sur la table installée dans la cour, à l'ombre d'un grand orme. Sur un réchaud à charbon de bois, les fers dont elle éprouvait la chaleur en les approchant de sa joue. Elle repassait et, parfois, pendant qu'allait et venait le fer, elle me jetait un large – elle a le regard large – coup d'œil. Il y avait aussi cette bretelle du corsage qui glissait et découvrait l'épaule de marbre rond. Et je ne sais plus si elle attendait que l'épaule soit largement découverte, presque jusqu'à la gorge, avant qu'elle ne remonte la bretelle. Elle ne cherche jamais à me parler. Je veux dire à aboyer ses cris qui m'ont glacé la première fois où je les ai entendus. Elle a dû lire une peur dans mes yeux et ne veut plus la revoir. Je suis certain qu'elle m'écoute aussi, je suis certain qu'elle m'entend et que son infirmité l'a dotée d'antennes de sorcière. Mais, pour elle, qu'est-ce que je chante? Si je m'approchais d'elle, si je la touchais, si je passais une main légère sur ses bandeaux noirs et de l'index suivais la raie blanche qui les divise, si mon doigt parcourait ensuite la courbe de son front, glissait sur l'arête de son nez, atteignait la bouche, caressait ses lèvres, effleurait le menton, le cou... Et si ma main s'ouvrait, plus bas, est-ce qu'un aboiement sortirait de sa gorge ou bien est-ce qu'elle s'enfuirait, ou bien est-ce qu'elle pleurerait ? Et moi, que ferais-je encore ? Je n'ai pas le droit. Elle n'est qu'une infirme. A part ça, si on m'avait dit qu'à l'occasion de cette guerre je découvrirais dans une ferme la Vénus de Milo avec deux bras...

Le deuxième événement de cette journée de juin a été l'Égorgement du poulet. Après la cérémonie du Repassage – et le grand-père s'obstinant toujours à être absent – Mlle de Milo a désigné un poulet. « Celui-là ? » m'a-t-elle demandé par une mimique. J'ai, en pleine ignorance, fait « Oui... » de la tête. Elle a répandu du grain dans une auge, est arrivée à pas mesurés derrière la volaille avide et s'est jetée sur le malheureux qui l'a giflée de ses ailes en poussant des cris de terreur. Puis, elle me l'a flanqué dans les bras et a disparu dans la cuisine d'où elle est ressortie armée d'une assiette, d'un couteau et d'un bout de papier qu'elle m'a tendu sur lequel il y avait écrit : « Vous le mangerez froid demain. » Elle m'a montré comment tenir solidement les ailes et les pattes, de la main gauche a enserré et tendu le cou du condamné puis lui a plongé le couteau dans la gorge et, le long de la lame, le sang a coulé dans l'assiette. Dix interminables secondes. Ou des minutes, je ne sais pas. Je serrais les ailes et les pattes à m'en blanchir les phalanges puis j'ai levé les yeux et j'ai vu qu'elle m'observait attentivement avec une sorte d'ironie pour savoir comment se comportait un guerrier, complice avec elle d'un meurtre. J'étais pâle. Elle était rose. Les congénères du poulet n'avaient prêté aucune attention au sacrifice de leur frère et avaient continué de piailler en picorant férocement le grain. J'ai pensé que tous les peuples étaient ainsi : qu'on leur jette du « bonheur » à la volée et ils se détournent de ceux qu'on égorge. Jusqu'au jour où les tueurs massacrent toute la basse-cour. Un autre papier : « Revenez demain, il sera cuit. » J'ai répondu : « Merci. Maintenant, je reviens au pont. » Elle a écrit : « A demain, monsieur le soldat ? » J'ai répondu : « A demain, Marie. » Quand j'ai enfourché la bicyclette, pour regagner mon G.Q.G. et mon armée, elle était debout, sur le seuil, et les perles du rideau roulaient leur flot sur ses épaules. De retour au pont, j'ai cru bon de dire à mes troupes qu'elles mangeraient du poulet, demain, et de leur fournir des explications : « Il y a un poste de T.S.F., dans cette ferme, et j'ai obtenu la confiance du Vieux. Intéressant à fréquenter pour le ravitaillement. » Le sergent Ballu m'a dit qu'ils pourraient être de corvée à tour de rôle mais j'ai répondu : « Non, le Vieux serait vexé. Il est heureux d'avoir affaire à un officier et par ici les poulets et les tranches de jambon!... A part ça, rien de nouveau pendant mon absence ? » « Rien à signaler, mon lieutenant, a dit Perou. Nous continuons de faire une peur bleue aux Boches. » J'ai rangé le vélo derrière la cabane. J'ai entendu Ramier qui ricanait : « Ils ont dû apprendre, les Boches, que le deuxième classe Perou crevait d'envie d'avoir la médaille militaire. » « Et que le deuxième classe Ramier était prêt à les assommer à coup de goupillon. » « Vos gueules! » a grondé Ballu. Donc, bilan de la journée : capture et mise à mort d'un poulet. »

Valentin referme sèchement le carnet et d'un geste rageur, le jette sur l'herbe. Il le ramasse, le rouvre et écrit en grosses lettres : « Ce journal est ridicule et je l'arrête ici. » Il souligne et tire deux traits au milieu de la page. Il s'allonge et, mains derrière la tête, regarde le ciel.

Vrai, tout à fait vrai ce que disait le pépé. « Ils » criaient « Vive les chevaux! » à Paris. Valentin a lu ça dans les journaux que son père feuilletait en grondant. « Écoute ça, Hélène! Ils ont lancé des billes, des billes de roulements à billes, sur la chaussée, pour que les chevaux des gardes mobiles tombent et se cassent les pattes! Ah! Je te signale que Blum a été renversé et remplacé par Chautemps. Et que je m'en fous! Qu'est-ce que vous en dites, mon garçon, dans l'Armée, de ce cirque? » Rien, on n'en disait rien. Presque personne, à l'École, ne lisait de journaux et la politique pékinoise – puisque pratiquée par « les Pékins » – faisait l'objet d'un solide mépris. « On nous applaudit tout de même, quand on défile. » « Oui, avait répondu de Lastour de Cardot dont le père était colonel et qu'on appelait " Rallonge " à cause de ses particules, oui, parce que nous sommes mignons. Nous sommes les " Folies-Bergères " de la République et, si nous dansions le French-Cancan, ils nous applaudiraient encore plus. » On avait un prof qui citait sans cesse Taine et Renan. L'un d'entre nous, au début, avait cru qu'il s'agissait d'un département français. Tarn-et-Garonne. Taine-et-Renan. « Messieurs, dans " Les origines de la France contemporaine ", vous apprendrez que le principe de l'égalité, avant et après la Révolution, n'a fait qu'inverser ses concepts et n'a en vérité pas bougé d'un iota... » Le père, lui, aimait à rappeler que, dans les tranchées, il lisait Sophocle à livre ouvert, avec le secret espoir qu'en face un Allemand lisait Thucydide. « Je suis athée mais je crois aux dieux, mon garçon. » Un jour, Valentin avait demandé à sa mère : « Dis-moi, maman, comment, toi, si pieuse, as-tu pu épouser ce païen gréco-romain de papa? Je sais bien que vous êtes évidemment mariés à l'église mais... » Elle avait répondu qu'elle l'aimait, tout simplement, qu'il était « bon malgré... eh bien... malgré tout » et puis, avait-elle ajouté, « quand je me réveille et qu'il me dit en riant : " Alors, ma fille, as-tu bien dormi? Comment va l'Absolu, ce matin, et comment se porte l'Infini? " j'oublie qu'il est païen, comme tu dis. » Elle avait confié aussi à Valentin, une autre fois : « Tu sais, je crois qu'il suffit à Dieu que les mères, les épouses et les sœurs croient en Lui pour qu'Il soit satisfait. Les hommes, sauf ceux qui sont prêtres, au fond vous n'êtes tous que des mécréants. »

Le dimanche, Charles n'accompagnait pas la mère, Lison et Paul à la messe, mais venait les attendre en se postant à une vingtaine de mètres devant le porche ou leur donnait rendez-vous dans le jardin public. « Bien, et maintenant que vos capucinades sont terminées, allons acheter le gâteau! » Hélène, en vérité, considérait le plus souvent que l'athéisme de son mari n'était qu'une sorte de lubie, avec d'inoffensives idées fixes et d'ailleurs parfaitement contradictoires. « Mais La Rocque est catholique, Charles! Il ne dépose pas des gerbes au pied de la statue de Voltaire mais de celle de Jeanne d'Arc! » « A défaut de grives, ma chère, on mange des merles! En outre, je ne suis pas contre la religion pour le peuple ou pour les femmes. » « Vraiment, murmurait Hélène, tu t'es trompé d'époque. Ou bien tu aurais dû naître allemand. (Elle déposait son chapeau de paille sur la commode et ajoutait, dos tourné :) Il paraît que M. Hitler ne croit pas non plus en Dieu. » « Et les citoyens Herriot, Cachin, Blum, Thorez, Sarraut, Tardieu et Gracchus Babeuf, ils y croient? Que vient faire Dieu, dans l'Histoire? Ça, c'est une de vos inventions. » « M. Hitler pense comme toi. Il a dit des femmes : " Kirche, Küche, Kinder. " A elles l'église, la cuisine et les enfants. Aux hommes la guerre. » « D'abord, ma chère, ce n'est pas ce fou autrichien qui a dit ça. C'est l'empereur Guillaume Ier. Ensuite, comme l'a écrit Tolstoï, cette devise vous laisse la meilleure part : les rapports avec le divin, avec les nourritures terrestres et enfin avec la vie. Que nous reste-t-il donc, à nous, pauvres hommes, sinon à défendre tout cela? » « Mais pourquoi? Mais pourquoi cette rage de vous battre? » « Hé! Mais que fais-tu donc en ce moment sinon me livrer bataille? Certains jours, tu es si ardente que j'ai envie de te décorer ou (il déposait un baiser sur le front de sa femme) de capituler. » « Imbécile... Cher imbécile... » Ces discussions n'étaient évidemment pas quotidiennes et la vie glissait, douce, sur les meubles cirés du salon et les géraniums du jardin. Lorsque Paul fut pensionnaire à Paris, au lycée Saint-Louis, la grande affaire était le commentaire de ses lettres bi-hebdomadaires. « Personne ne nous aime : ni les taupins qui nous prennent pour des ratés de la mathématique, ni les khâgneux qui nous considèrent comme des imbéciles tricolores, ni les colos qui estiment que l'Empire leur appartient. Le résultat est que nous nous formons en carré, vive la Corniche! autour du concierge, notre seul ami, qui est un ancien combattant et a une jambe en bois, ayant égaré la précédente, en chair et en os, du côté de Thiaumont, en 1916. Je lui ai demandé si par hasard il n'était pas au 272ᵉ? Non, hélas, papa, il a servi dans le 130ᵉ. Dommage, il aurait eu pour moi une considération choisie... »

Quand le père est mort, il a été enterré religieusement. Comme il avait eu la bonté de n'émettre à ce sujet aucune « dernière volonté », la mère en a profité pour l'expédier clandestinement au paradis. Il doit s'y promener un peu furieux, son diplôme d'agrégation de Lettres sous le bras, en demandant l'adresse de Mars et de Jupiter et les anges certainement se moquent gentiment de lui et lui répondent qu'il s'est trompé de ciel.

Du haut d'un autre ciel, le capitaine Eisenbach, aux commandes de son Dornier et qui vole en tête de formation, a survolé Troyes puis a mis le cap sur Sens, les soutes de ses appareils bourrées de bombes à ailettes. Il se penche puis se tourne vers le sergent radio. « Il neige partout », dit-il. De vrai, en bas, la ville est toute blanche. « Pas la peine de gaspiller les œufs », ajoute le capitaine. « Die Eier », les œufs. Dans l'escadrille ainsi appelle-t-on les bombes. Tranquille, ventre gonflé de mort, la formation survole la ville et met le cap au nord. Sur Sens, sur Troyes, sur Châtellerault qui bientôt détiendra un record de blancheur, sur dix et cent villes et villages, les habitants ont eu cette idée de faire neiger leur frousse blanche. Mais qui, le premier, a eu l'idée et par le bruit de quel tam-tam s'est-elle répandue? On a sorti les nappes, les serviettes, les draps, les couvertures, même celles qui sont brodées et précieuses... « Surtout pas du rouge! » dit Mme Gensac à son voisin de la rue Jean-Jaurès. « J'ai que ces deux édredons bleus... » Mme Gensac, devenue experte, réfléchit puis déclare : « Le bleu, ça ira. Du ciel, ça paraîtra blanc. » Alors, édredon sur l'épaule, le voisin rassuré grimpe à son échelle. Sur les toits, on étend les draps de lit qu'on arrime avec des ficelles ou des pierres; aux fenêtres sont accrochées serviettes, taies d'oreiller et chemises; de hardis acrobates sont même montés dans les arbres et les ont coiffés de nappes, comme de calottes. « Il paraît que ça marche et que, quand ils voient du blanc, ils ne bombardent pas. » « Bien sûr, à quoi ça leur servirait! » On s'affaire. On vide coffres et armoires. On s'introduit dans les maisons dont les occupants ont fui pour razzier le linge blanc. On s'angoisse s'il reste une trop grande surface de toits inaccessibles. « Si seulement les pompiers n'avaient pas foutu le camp, ils auraient pu nous aider, avec la grande échelle. » Pourvu que les avions boches ne soient pas attirés par les chicots noirs que l'on n'a pu combler de neige blanche et ne les forent pas à coup de bombes. « Le gouvernement aurait dû prévoir ça et distribuer des bâches! » s'écrie en colère M. Ribon, patron du « Café des sports ». Mais les Dornier, après avoir grondé, à trois cents mètres au-dessus de la ville, ont repris de l'altitude et s'éloignent, là-bas. Le ciel était clair et on apercevait la croix noire, sur le fuselage, et l'autre, gammée, sur l'empennage. « Ils n'ont rien lâché, ça marche! » Une seule crainte pourtant : pourvu qu'un orage ne s'abatte pas sur la ville, accompagné d'un vent d'enfer qui arracherait draps, serviettes, nappes, couvertures, chemises et jupons, et les emporterait comme un immense vol de cygnes au fond du ciel qui les engloutirait dans un maelström de tempête. Non seulement on perdrait tout ce linge mais, réserves épuisées, on serait à la merci des Boches et comment leur faire savoir, au soleil de juin revenu et sous une pluie de bombes, qu'on voulait se rendre et qu'on n'a pas pu les prévenir à cause d'un vent criminel qui balaya notre candeur et sous elle découvrit la suie.

La suie qui, en revanche, s'est répandue sur Paris, d'où vient-elle ? Jamais on n'avait vu et jamais on n'aurait imaginé pareil deuil. La plus belle ville du monde, enveloppée de voiles derrière lesquels elle dissimule un veuvage ou une honte, on ne sait pas, attend la souillure de la Bête qui la violera en soulevant ses voiles de deuil. Des êtres, qui ne sont ni hommes ni femmes mais des ombres noires trottinent et zigzaguent, décérébrés, dans les rues quasi désertes comme des personnages rapetissés par l'angoisse, dans des tableaux de cauchemar et écrasés par la masse de monuments absurdes. « Les Allemands ont lancé des nuages artificiels pour traverser la Seine », murmure une ombre. « Ça va des Andelys à Corbeil, il paraît... » ajoute une autre ombre. Alors, que peut-on faire contre le Boche-Faiseur de nuages, contre ces anges noirs qui traînent derrière eux des nuées accrochées à leurs plumes, nuées exhalées par les forêts de Germanie et qu'ils viennent, en secouant leurs ailes marquées d'une croix satanique, répandre au-dessus de nous ? Ce n'est plus contre un ennemi que nous luttons mais contre le démon. Un fantôme à casquette hausse les épaules.

« Ce sont les dépôts d'essence et de mazout qui brûlent à Charenton, Joinville, Bercy, partout... Il y a même des péniches auxquelles on a fichu le feu. Les poissons vont en crever. » Mais un quatrième fantôme s'approche et déclare : « Il paraît que le gouvernement a dit qu'en cas d'attaque, les gens qui ne seront pas partis auront une prime de bombardement. » Soudain, le ciel se mit à pleurer. A travers les voiles de deuil coulaient les larmes. Mais voilà que c'était presque rassurant que la nature fût ainsi impavide et que la pluie succédât au soleil comme si le monde et la vie continuaient. Après tout cette pluie était moins triste que le soleil et tout s'accordait, comme dans un cimetière lorsque, sous un ciel gris, un orphéon joue une marche funèbre devant des silhouettes noires dressées au bord d'une fosse ouverte dans laquelle descend un cercueil. Et dans les églises on disait des messes et Mgr Bonnet, rue Barbet-de-Jouy, attend sous la pluie – mais il a un vaste parapluie tenu par un autre prêtre et qui l'en protège – qu'une voiture vienne le chercher afin qu'il puisse se rendre dignement en l'église Saint-Germain-des-Prés où il doit à 18 heures concélébrer une messe. Rue Barbet-de-Jouy, point de véhicule; alors il a téléphoné, en désespoir de cause, au commissariat du VIe où le secrétaire-chef lui a dit avec beaucoup de déférence qu'il viendrait lui-même le chercher. Et Monseigneur voit enfin arriver une bizarre Vivaquatre, capot fermé mais sans porte. Et le secrétaire-chef s'excuse : « C'est tout ce qu'il nous reste, Monseigneur. » Devant l'église, une petite file de paroissiens qui attendaient respectueusement le prélat, voient descendre un Nègre de la Vivaquatre. Un Nègre? Mais non, c'est Monseigneur qui a le visage tout barbouillé de suie mêlée à l'eau du ciel en poussière humide. Les paroissiens, d'ailleurs, ont également un masque nègre plaqué sur le visage. La tribu, derrière le grand sorcier, entre dans le temple pour demander aux dieux de protéger la France. A l'intérieur, à l'abri, tout le monde s'essuya et les visages se balafrèrent de larges traînées blanches. Tout cela, ô souvenirs, était fantastique. Et les boîtes aux lettres, dans Paris, vomissaient le courrier non ramassé dont elles étaient bourrées jusqu'à la gueule. Mais à quel Père Noël, avant de fuir, avait-on écrit et qui jamais recevrait ces lettres fébrilement rédigées avant que l'ange ne désignât Babylone d'une épée de feu pour qu'elle fût anéantie?

– Il paraît! Il paraît que les Allemands sont à Pantin et à Aubervilliers! Où est-ce que ça (et il appuie sur le « ça ») paraît! Où sont les télégrammes, les notes, les rapports? Est-ce que la France est gouvernée à travers des bruits et des bobards?

– Voici, monsieur le Président.

Paul Reynaud arrache des mains du général Koelz le feuillet que celui-ci lui tend : « P.P.M. Der deutsche Oberkommando an Kommandant V.S.N. Paris. Deutscher Unterhändler bei Saint-Brice beschossen Französischer Unterhändler bis 14-6-0500 Uhr Deutscher Zeit nach Sarcelles entsenden sonst beginnt Angriff aŭf Paris. Bestätigung aŭf gleicher Welle geboten. Deutsche Oberkommando. »

– Et alors? Qu'est-ce que c'est que ce charabia? crie Paul Reynaud.

– La traduction est sur l'autre feuillet, monsieur le Président.

Paul Reynaud, sourcil levé, dit : « Le Haut Commandemant allemand à Commandant V.S.N. Paris. On a tiré sur parlementaire allemand près de Saint-Brice. Envoyez parlementaire français à Sarcelles avant le 14-6-5 heures, heure allemande. Sinon commençons attaque sur Paris. Prière confirmer sur même longueur d'onde au Haut Commandement allemand. »

– C'est Dentz qui a reçu ça?

– Oui, monsieur le Président. Il y a un troisième feuillet.

Reynaud lit, comme à regret : « Blindés allemands atteignent Saint-Dizier. Troyes et Dijon menacés. Haute Seine atteinte à Romilly. IIe Groupe d'Armées général Prételat... »

– Oui, bien, je vous remercie.

Il fourre les feuilles, sans en terminer la lecture, dans sa poche. Il se dirige vers MM. Jeanneney, président du Sénat, et Herriot, président de la Chambre, qui viennent d'entrer et sont debout, là-bas, dans un coin du salon. Jeanneney serre les dents sur une proie imaginaire. Herriot tire sur son gilet pour donner de l'air à sa vaste poitrine. Les trois hommes s'assoient dans des fauteuils dont la tapisserie figure des fables de La Fontaine. Paul Reynaud a « Le Corbeau et le Renard » mais, en raison de sa petite taille, on aperçoit comme perché sur son épaule gauche, le corbeau. Le vaste dos d'Herriot masque complètement « La Cigale et la Fourmi ». Jeanneney s'agite sur son fauteuil où deux pigeons se bécotent. L'heure étant grave, les propos le sont aussi mais Herriot déclare qu'une guerre n'est perdue que si on la déclare telle, lève son bras d'avocat, allume sa pipe et le voici transformé en bombardier qui s'envole, pour se battre, en Afrique du Nord. Jeanneney approuve. Reynaud écoute, les sourcils maintenant levés en parfait accent circonflexe et la raie impeccablement tracée sur sa tête qu'elle divise en deux hémisphères. Dans l'un tinte le grelot « Réduit breton! », dans l'autre « Afrique du Nord! »

– Il suffira, dit Herriot, que le président Lebrun emporte les Sceaux.

– Pétain s'en passera, des Sceaux! réplique Reynaud, bouche tordue.

– Mais... et la Constitution? dit Jeanneney, éberlué.

– Il s'assiéra dessus avec Weygand sur ses genoux.

– Impossible, dit Herriot, impossible. La République...

Déjà envolé vers l'Afrique du Nord, il vire sur l'aile et son bombardier à moteur de pipe atterrit dans le salon. Son regard noir semble en sonder les recoins, à la recherche des Sceaux et comme s'il était prêt à les emporter, cachés sous son gilet, pour les déposer aux pieds du président Lebrun, assis sur un tapis, jambes croisées, sous une tente inviolable, au cœur d'une oasis. Les Sceaux!

Six heures plus tard, le président du Conseil arrive au château de Cangé. Dans son sillage et suivi comme toujours par l'ombre de Clemenceau, marche Georges Mandel, visage morne à la peau trouée par deux yeux aux aguets. Nez et bouche pendent mais le dos remonte, lourd et puissant. Et le col monte, lui aussi, raide et haut où la tête, qui aurait été décapitée, semble avoir été posée comme dans un plat au bord mince et à l'émail luisant. On dirait de deux poissons dont l'un, le Reynaud, frétillerait dans une eau toujours fraîche; dont l'autre, le Mandel, glisserait dans une onde grasse. La tête, aux cheveux noirs et plaqués, entraîne ce corps, et ce dos, et cet homme, qui n'est pas un poisson mais le ministre de l'Intérieur.

Le président Lebrun, sans protocole, accueille lui-même les membres du Conseil à l'entrée du grand salon et sa moustache est aujourd'hui si terne qu'elle en semble postiche. Son regard erre au-dessus des têtes, bleu et comme s'il avait été lavé par des pleurs nocturnes d'enfant abandonné et ne se rassure que lorsqu'il aperçoit, conduisant les ministres vers la salle du Conseil, le brave et imposant général Braconnier, chef de sa Maison militaire, à la barbe étalée de sapeur dont les derniers poils frôlent ses baguettes de décorations, et le secrétaire général de l'Élysée, André Magne, qui, avec l'accent de Toulouse et se souvenant qu'il a un frère poète, aime chanter, le matin, en se poudrant le visage, des chansons allégrement cochonnes. Il régalait naguère de quelques couplets le général Braconnier, à l'Élysée et à Paris, et la barbe du général tremblait de joie à écouter ces rudes gaudrioles. C'était le bon temps. Qui eût dit que viendrait un autre temps, celui des lourds requiems ?

Alors le Conseil s'assit et l'on se querella, chacun observant l'autre, le « dur » fusillant le « mou » de brefs regards de mépris et le « mou » observant le « dur » comme on regarde un matamore de carnaval. « C'est à Paris que le gouvernement aurait dû rester. Le sénat romain n'a pas fait autrement quand les barbares sont entrés dans Rome. » Le président Lebrun tâte sa chaise. Est-elle curule ? Non c'est un fauteuil. Nous sommes en Touraine. « Puisque nous avons abandonné Paris, allons-nous maintenant abandonner le sol même de la Patrie ? » ajoute d'un ton cinglant le généralissime. Ayant dit, il sort. Ces délibérations l'exaspèrent. Alors le maréchal Pétain, vice-président du Conseil, se leva à son tour. On fit silence et dehors il pleuvait sur le parc. Le vice-président Chautemps gratta sa tignasse grise. « Merde ! Le Vieux fout le camp ? » pensa-t-il. Grand-père abandonne-t-il ses enfants dans la forêt pleine de loups ? Mon Dieu, qu'allons-nous devenir ? S'il nous laisse seuls, dans cette fosse, les Français vont la combler en y déversant des charrois de pierres. Ensuite ils cracheront dessus. Chautemps eut une bouffée d'angoisse mais se rassura car il vit un mince sourire glisser sur les lèvres de Mandel qui, lisant ses pensées, lui fit « non » de la tête. Un maréchal de France ne calque pas sa conduite sur celle d'un général et si grand-père Pétain se lève ce n'est pas pour suivre le père Weygand. Voilà pourquoi Mandel a fait « non » en étirant ses lèvres mauves en un bref sourire. Le maréchal se dirige vers la haute fenêtre. Pour bouder dans l'embrasure ? Pour rêver en contemplant le parc ? Pour penser, dos tourné afin que personne ne le voie mordre sa moustache de neige ? Le président Lebrun, les mains courant sur le tapis, se tourne vers l'ancêtre. Tous les ministres l'imitent. Pétain repousse le rideau, sort un papier de sa poche, le présente à la lumière du jour grâce à laquelle, et même s'il pleut dehors, il voit mieux. Il lit : « Nous reconnaissons tous que la situation militaire est aujourd'hui très grave. Elle est telle que, si le gouvernement français ne demande pas l'armistice, il est à craindre que les troupes, n'écoutant plus la voix de leurs chefs, ne se laissent entraîner à une panique qui mettrait l'armée hors d'état d'entreprendre la moindre manœuvre... » Mais est-ce seulement à cause de la lumière qu'il s'est levé et se dresse dans l'embrasure, ou a-t-il estimé, pour prononcer son discours, qu'il se devait d'être debout, qu'il ne pouvait être confondu aux autres, que la gravité de son propos l'empêchait d'être assis à la droite d'un pantin, Lebrun, et à la gauche d'une couleuvre, Mandel ? Il a la haine de toutes ces jaquettes, de ces gilets et guêtres, de ces pieds vernis, de ces joues qui pendent, de ces tailles ployées à la Chautemps ou, droites pour quoi faire ? à la Reynaud. Quant à de Gaulle, tout frais général, qui croit-il être avec ses deux étoiles, achetées chez « Piédemange, Père et fils » et qui brillent, trop neuves, sur ses manches ? Moi, pense Pétain, j'ai la tête ronde, l'œil bleu, les reins droits, la peau rose, je suis la France éternelle et des forêts de chênes me poussent sur la tête. Il lit, lentement : « Il faut bien examiner les conséquences qui résulteraient de la continuation de la lutte... » Il ne s'adresse pas à ces hommes mais, à travers la vitre, à l'herbe et aux arbres du parc, à l'eau de la Loire, à la terre. « Il est impossible au gouvernement, sans émigrer, sans déserter, d'abandonner le territoire français. Le devoir du gouvernement est, quoi qu'il arrive, de rester dans le pays, sous peine de n'être plus reconnu pour tel... » Les vitres tremblent. Au loin, un grondement étouffé. Les ministres lèvent le nez. Le ciel va-t-il leur tomber sur la tête ? Les Allemands bombardent Tours. Ils s'acharnent sur l'aérodrome où deux Potez 63 qui dormaient là, aile contre aile, sont brusquement soulevés par le souffle d'une bombe, sautillent et retombent sur le ventre, intacts mais pattes brisées. Pétain, posément, lit son deuxième feuillet : « Ainsi, la question qui se pose en ce moment, n'est pas de savoir si le gouvernement demande l'armistice mais s'il accepte de quitter le sol métropolitain... » Sur l'allée du parc qui longe le château, passe un jardinier sous un parapluie bleu. Il tourne la tête vers la fenêtre et, stupéfait, n'en croit pas ses yeux. Oui, c'est Pétain, derrière la vitre! Mais que fait-il, là, tout seul? Il lit un papier? Il chante? Il a perdu la boule? Le jardinier, bouche ouverte, regarde. Oui, il parle tout seul, le maréchal. Ses lèvres remuent. « L'armistice est, à mes yeux, la condition nécessaire de la pérennité de la France. » Il y a maintenant dix minutes que Weygand est sorti et, tant il était furieux, qu'il s'était enfoncé son képi de guingois sur la tête. Il hurlait : « Ils ont le cul sur un fauteuil et ils s'en foutent que pendant ce temps on soit en train de massacrer l'Armée française! » Les attachés de cabinet, pétrifiés, l'ont vu se diriger à pas d'automate rageur, vers sa voiture. Trois officiers se sont précipités derrière lui mais il n'a pas attendu qu'on lui ouvre la portière et s'est jeté sur les coussins arrière. Le maréchal replie ses feuillets, les glisse dans sa poche, revient s'asseoir à la table. « Ce que vous venez de dire, murmure Paul Reynaud, est contraire à l'honneur de la France. » Pétain a-t-il entendu? Peut-être puisqu'il se tourne vers le président qu'il regarde, très calme, parce que déjà il ne le voit plus.

A Paris, des vaches de la Ferme d'Auteuil promènent leur étonnement place de l'Alma. Et, partout, des chiens abandonnés qui trottinent, haletants, échines ployées et la queue terne, en quête de maîtres disparus. Aux oiseaux, on a ouvert les cages et Paris n'avait jamais vu autant de perruches, canaris, serins et même perroquets en liberté agitant en vols vite épuisés leurs ailes atrophiées. Rue Monge, Mme et M. Trillon ne savaient que faire de leur singe mais ils ont repéré une épicerie abandonnée dont il a suffi de briser une vitre. Et là ils ont lâché le singe. « Va, mon petit Bambou, et débrouille-toi. Il y a des biscuits, du sucre... » Mme Trillon pleurait tout de même mais Bambou était ravi et déjà, entre ses mâchoires, écrasait des noix. A Drancy, Bobigny, Sarcelles, les Allemands nettoient leurs bottes et étrillent les chevaux. « Demain, on défilera dans Paris, les enfants », dit le commandant Unger à un groupe de fantassins assis sur les bancs du square Painlevé. Tout est prêt. A Saint-Maur, dix camions sont pleins de panneaux de signalisation prêts à être plantés dans la ville conquise et deux camions remplis de drapeaux de toutes dimensions, frappés de la croix gammée et enroulés dans des étuis de toile, attendent derrière l'école des garçons. Tous les motocyclistes du 2e bataillon ont un plan de Paris dans la poche intérieure de leur manteau de cuir, un plan que, depuis quatre jours, le conseiller Turner, qui sait qu'il sera le patron, consulte sans cesse. Il s'installera ici, au Palais-Bourbon. Le général von Studnitz et son monocle, là, au Crillon. Von Briesen au Meurice. Et surtout ne pas oublier d'accrocher, dans tous les bureaux où s'installeront les officiels allemands, le portrait encadré du Führer. Le camion B 412 C, à Noisy-le-Sec, en contient plus de deux mille. Veiller à ce que ce camion fasse son entrée avec les premières troupes. Accrocher les portraits, dès l'installation dans tous locaux, en priorité, de façon à ce que les officiels français convoqués les aperçoivent d'abord. Comme s'ils avaient toujours été là. Ou comme si spontanément ils étaient nés sur les murs. Tenue impeccable pour recevoir les Français. Le conseiller Turner sourit et lisse sa crinière blonde de lion. Recommandation inutile. Il sera, lui, en dolman blanc.

14 JUIN

Tantôt les collines tremblent, sous le regard, comme saisies par une fièvre, tantôt paraissent pétrifiées d'immobilité sèche sous le ciel implacablement bleu. Le soleil règne sur ces champs et ces bois où toute vie serait indécente, si elle osait se manifester, et indécent l'oiseau qui traverserait le ciel et se poserait sur un rameau qui ploierait sous son poids de plume et dont le mouvement dérangerait un ordre. Et les jours tournent et sont les mêmes, là où la guerre est absente, comme si cet été allait être éternel. Tout est attente. La Hotchkiss, portières ouvertes, ressemble à un gros insecte mort, brûlé par le soleil et corset éclaté. La cabane est un tombeau, perdu dans la campagne, derrière lequel le sergent Ballu, couché sur le ventre, dans l'ombre mauve, mais accoudé et poings sous le menton, mâchonne une paille, et regarde attentivement s'affairer un peuple de fourmis. Avec cette chaleur! Vraiment malades, ces bestioles! Où vont-elles? Pourquoi cette colonne monte et pourquoi celle-ci descend? Et celle-là, pourquoi revient-elle brusquement en arrière comme si elle avait oublié son fric pour faire ses provisions? Et celle-là, pourquoi escalade-t-elle une herbe au lieu de l'éviter? Et cette colonne, pourquoi n'avance-t-elle pas droit alors qu'il n'y a aucun obstacle? Et pourquoi ces deux-là trimballent-elles un colis alors que les copines ne foutent rien? Et comment faire la différence entre une fourmi-gonzesse et une fourmi-mec? Et comment ça baise, ces petits grains de tabac qui trottinent comme montés sur ressorts? Il n'a jamais vu des fourmis s'envoyer en l'air, Ballu. Sans doute ce con de Perou sait comment elles s'y prennent mais comment lui demander : « Dis donc, Perou, comment ça fricote les fourmis? » Il croirait que je rêve de m'en taper une, une de géante. Il aura fallu la guerre pour que le sergent Ballu s'intéresse à la vie et aux mœurs des fourmis. Cette guerre, en tout cas, qui laisse des loisirs. Ramier a repéré des buissons de mûres, en aval, qui poussent accrochés entre les rochers, là où la rivière s'encaisse. « Je vais aux mûres, mon lieutenant. J'en rapporte un plein casque. Ça nous fera un dessert. D'accord, mon lieutenant? » « Oui, oui, d'accord... » « Je vais aux mûres, Perou, tu m'accompagnes? » « Non mais fais gaffe. T'es pas une chèvre et tu pourrais te casser la gueule... » Il s'éloigne, torse nu, les épaules rougies par le soleil, portant son casque comme un panier dont l'anse serait la jugulaire. Bizarre, cette phrase de Perou. C'était gentil. Ramier réfléchit, en balançant le casque. Au fond, pense-t-il, c'est un vrai copain, ce con, et à la guerre on devrait toujours se demander, avant de dire qu'un zigue vous emmerde, quelle tête on ferait si un jour il était tué à vos côtés. Bouche ouverte. Les yeux aussi. Une tache rouge sur la capote. On prend son portefeuille et on voit la photo de ses vieux ou d'une fille qui rit avec lui, à la foire, et en avion, la tête passée dans un trou de la toile. Supposons qu'alors que je cueille mes mûres, j'entende une fusillade – c'est trop tranquille, ici, mais supposons – je me planque, j'attends, je surveille, je reviens et je les retrouve tous tués. Qu'est-ce que je dirais, devant chacun d'eux? Jouons à ça. Devant N'Doulo, je dirais : « Pauvre petit négro, t'as fini de rigoler. Tu étais si gentil... » Je lui caresserais sa laine, sur la tête. Devant le sergent, qu'est-ce que je dirais? Je dirais : « Tu es redevenu un gosse, sergent. Tu voulais jouer à la guerre, tu adorais tes fusils, tes grenades, tout ce qui crachait et pétait, comme toi, mais tu vois, c'était sérieux... Tu étais quand même un sacré bonhomme, sergent, une sacrée brave mule... » Devant Perou, qu'est-ce que je dirais ? Je dirais... Rien, je crois. Je crois que je pleurerais, en fermant les yeux à ce sale con, et que je serais triste en pensant qu'il ne me fera plus chier. « Et voilà, mon pote, tu détestais la guerre et tu disais que c'était moins dégueulasse de la perdre que de la gagner. En même temps, je vois que tu es couché près du F.M. renversé et que tu t'es battu comme un fou, brusquement. Ça m'étonne pas, mon pote... » Et comme je suis sûr que les parpaillots vous croyez encore plus en Dieu que nous, les cathos, même quand vous ne croyez pas, je te tracerais une croix sur le front. Et devant le lieutenant, qu'est-ce que je dirais ? Je dirais : « Vous avez dû être heureux, mon lieutenant, de faire une minute de vraie guerre. Toute votre honte et votre rage d'être ridicule, envolées d'un coup quand la mort est venue. Voilà, terminé, vous êtes un héros. Un jour, je me souviens, Ramier a grogné : « Je préférerais crever que d'être officier ! » Vous l'aviez entendu, il ne savait pas que vous étiez là, et vous lui avez dit, très calme : « Vous n'aimez pas votre pays ? » « Je n'aime pas la guerre, mon lieutenant. » « Mais si votre pays la fait ? Et si ce pays est la France ? On ne vous a pas appris à l'aimer et donc à le défendre et à mourir pour lui s'il le faut ? » « Mon lieutenant, permettez mais... » Vous avez tourné les talons. « Cette conversation ne m'intéresse pas. »

Ramier cueille les mûres. Pas de fusillade. Rien que le glouglou frais de la rivière, en bas. Quand il reviendra au pont, son casque plein de sang qu'il présentera fièrement à l'assemblée, Perou lui dira : « Tu vois, j'adore les mûres mais je paierais n'importe quoi pour t'enfoncer ta casserole sur le crâne. Chlac ! Cette bouillie qui te coulerait partout et la gueule que tu ferais ! Je paierais n'importe quoi. On essaie ? » « Si tu continues à déconner, privé de dessert, petit ! »

A la ferme, Courtaud a ôté son bourgeron mais gardé son gilet noir puce devant, gris derrière, pour faire une sieste dans la remise aux outils où s'entassent aussi les meules de paille. Auparavant il a arrosé le sol de terre battue pour que monte un peu de fraîcheur, ensuite il s'est installé sur la chaise longue qu'il appelle « le pliant ». Il a fermé les yeux, béret basculé au ras des yeux, mais il ne dort pas, aujourd'hui. Il pense à cette bonne idée qu'il a eue et dont maintenant sa tête est pleine. Il n'y a aucune place pour une autre. Il n'y a que cette idée. Si le petit lieutenant s'en va, est rappelé on ne sait pas où, est ramassé avec ses types par un camion qui passe, si les Boches arrivaient, on ne sait jamais... Il faut faire vite, c'est l'occasion. Bien sûr, il n'y aurait qu'à laisser courir, normalement, mais la petite n'est pas normale et ça peut le paralyser. Avec une autre fille, ça arriverait tout seul... Le Vieux réfléchit encore. Jolie comme elle est... elle a tout... il n'y a pas un morceau pareil... Nulle part. Mais comment lui dire ça, à ce petit lieutenant ? Et s'il me prend pour un timbré ou pour un vieux cochon ? Et si, alors que ça se serait peut-être fait tout seul, il ne revient plus parce que j'aurai tout gâché en lui demandant cette chose ? Mais si je lui explique calmement, il acceptera. Il doit accepter. Après tout, qu'est-ce que ça lui coûtera ? C'est un homme. Et personne ne le saura. Jamais. Sauf Marie et moi, personne. Je lui parlerai. Je lui dirai : « Qu'est-ce que ça peut vous faire ? »

« Si on m'avait dit que ce serait ma guerre! » Il pédale le long du chemin. Il siffloterait s'il ne se devait pas de se rappeler qu'il est un officier français affecté avec une poignée d'hommes à la défense d'un pont et qu'en pareille circonstance le sérieux est de rigueur. Patriotiquement, il se devrait même d'être triste puisque les fronts, à ce que disent ou cachent les communiqués de la T.S.F., sont crevés, que le gouvernement gouverne à partir d'on ne sait quels trous et que des millions de réfugiés encombrent les routes. Quelles routes? « Mais nos troupes, profitant des obstacles naturels, infligent de lourdes pertes à l'ennemi... » Quel ennemi et pourquoi, ici, est-il invisible? Peut-être le lieutenant Valentin se trompe-t-il et rêve-t-il qu'il ne se bat pas alors qu'il offre, au creux de ce vallon torride où roulent les divisions blindées du soleil, « une résistance acharnée ». Il sera peut-être promu capitaine pour avoir vaincu ce ciel chauffé à blanc, cet air qui tremble, ébranlé par la chaleur des obus célestes, ces régiments de poules qu'il disperse lorsqu'il entre à bicyclette dans la cour de la ferme. Valentin roule sur le sentier blanc, le long de « l'obstacle naturel ». De l'eau. La France oppose ses forêts et ses rivières à l'avance du satyre mais celui-ci est un géant aux bottes de cent lieues, à la face énorme et jaune, dont la main, sur les plaines, rafle nos armées comme la main de Valentin raflait autrefois les soldats de plomb, à Rethel, sur le tapis du salon, au cours des grandes guerres que son enfance toutes remporta sous l'œil ravi de son père qui parfois l'aidait à manœuvrer. L'ennui, c'est que les fabricants de jouets ne vendaient pas de soldats ennemis, allemands, anglais, russes ou arabes, mais uniquement des Français, si bien que l'on était obligé de faire s'affronter Napoléon et Jeanne d'Arc, des poilus contre des spahis, et que toutes les guerres sur le tapis du salon étaient des guerres civiles. Il y avait aussi la ressource de remporter des combats sans la présence de l'ennemi. On organisait des défilés et l'adversaire, sans doute intimidé, ne passait pas les frontières du tapis. Aujourd'hui, en ces jours de juin 40, il y essuie ses bottes grises de la poudre de nos routes. Il baigne son visage, blanchi de la poussière soulevée en nuages par ses chars, dans l'eau de nos fontaines. Pour toutes ces raisons le lieutenant Valentin devrait être triste au lieu d'avoir envie – presque – de siffloter en roulant à bicyclette vers la ferme, ce 14 juin, à 6 heures du soir, mais sa jeunesse est plus forte que tous les chagrins dont sa tête est occupée. Sa chair que ce jour a gorgée de soleil pour qu'elle éclate de joie, malgré lui, à l'heure où la rivière, en bas, chante tout ce qu'elle avait tu dans l'écrasant silence de midi, sa chair est heureuse. Mais sa tête est mélancolique, ce qui arrive fréquemment dans cette querelle qu'est la jeunesse. Valentin pédale au cœur de ce combat. Il est en mission. Il va chercher le poulet que Marie a égorgé, la veille.

Il s'est arrêté pour passer sa chemise et sa vareuse. Soyons toujours digne et ne nous présentons pas à des civils torse nu, en temps de guerre, même pour faire prisonnier un poulet rôti et capturer un panier de cerises. Il s'est arrêté et il allait boutonner son dernier bouton de cuivre quand il a entendu, en bas, des clapotis, des bruits d'eau frappée et agitée. Un sanglier qui s'ébroue ? Des canards qui giflent la rivière de leurs ailes ? Il s'avance à croupetons, caché par de jeunes frênes et se dissimule derrière un arbousier. L'ennemi ?

C'est Marie et elle se baigne nue. Il ne la reconnaît pas tout de suite car, d'abord, il n'a vu que l'éblouissante blancheur de ce corps. Cette fois, c'est la vraie Vénus sans tête. On ne voit que le corps mais, vivante, la statue, après s'être étirée au soleil, se lave les pieds, se savonne le marbre sans oublier les poils qui moussent sous les aisselles et entre les jambes, et le cou qu'elle tend en relevant la tête et en fermant les yeux. Elle accomplit ces gestes naturellement, avec une aisance ménagère. « Mon Dieu, que c'est beau ! » Valentin, au premier regard, a oublié qu'il voit une femme. Elle s'asperge, tape – trois fois – l'eau de ses fesses rondes, s'immerge jusqu'au menton puis nage assez maladroitement, tête triangulaire trop dressée hors de l'eau cisaillée par les jambes blanches, avec, accroché à la nuque, le cortège des serpents noirs de ses cheveux. Elle souffle, elle se renverse sur le dos et sexe, nombril, pointes roses des seins cerclées de cuir noir, tous les yeux de son corps regardent le soleil. Elle sort de l'eau, tord sa chevelure puis tourne sur son socle et offre à Valentin archéologue ses jambes, ses seins et son sexe follement noir. Elle s'agenouille, s'appuie sur les bras, relève la tête, l'appuie sur l'épaule gauche et le mouvement fait saillir l'épaule droite. Seins prisonniers, très hauts, elle regarde la rive. Valentin plonge sa tête de faune dans l'arbousier. « Pourvu qu'elle ne me voie pas! » Mais son regard glisse et rêve. « Au fond, je n'avais jamais vu une femme nue au soleil... » Valentin rappelle ses souvenirs, réfléchit puis conclut : « Non, jamais... » Et il ne comprend pas comment ce qu'il admire, bouche bée, est possible. A qui fait-elle cadeau de « ça » et de l'odeur de savon de Marseille – que Valentin adore – et qui doit l'envelopper ? A personne puisqu'elle ne sait pas que je suis là, à quatre pattes et en train d'attraper une crampe. Tout occupé par ces pensées, Valentin s'est accroupi, a glissé puis s'est raccroché à l'arbousier en se piquant vivement la paume d'une main. L'arbrisseau a tremblé et elle a regardé dans cette direction, longtemps mais toute calme. « Là, elle me voit... sûr... » Face quasi contre terre, il ne bouge pas puis relève lentement la tête, comme s'il craignait d'être frappé entre les deux yeux par la balle d'un guetteur. Elle s'est levée. Elle enfile sa robe grise à petits pois rouges, lace ses sandales. « Merde! Elle va voir le vélo mais, si je bouge, c'est moi qu'elle voit! » Tant pis, il bat en retraite, regagne enfin le sentier, saute sur le vélo et rebrousse chemin. « Et le poulet? » Il décide de s'arrêter et d'attendre qu'elle ait regagné la ferme avant d'y débarquer de l'air le plus normal du monde.

– Marie vous a préparé le poulet, des patates froides et même des cerises.

– Merci, merci.

Il appuie le vélo à côté du rosier.

– Vous allez boire un Pernod. J'ai tiré de l'eau fraîche du puits.

– Merci. Vous avez écouté le poste ?

– Ils ont dit que le gouvernement déménageait.

– Où ?

– Ils ne l'ont pas dit. Reynaud a écrit à l'Amérique. Toujours calme, du côté du pont ? Vous ne l'abandonnez pas, au moins ?

– Non non.

– Je vous prépare le Pernod. Marie! L'eau! Elle est sourde mais moi elle m'entend. On va s'asseoir sous le saule.

Elle apporte l'eau fraîche, dans une cruche de grès qu'elle presse contre ses seins. Valentin sait qu'elle est nue sous sa robe grise à petits pois rouges et, désormais, il sait aussi quelle est la lumière de ce corps. Elle le regarde, presque sévèrement, puis, est-ce qu'elle va éclater de rire ? Non, elle sourit. « Cette garce m'a peut-être vu... » pense Valentin à qui Courtaud verse trois doigts d'un liquide jaunâtre et épais.

– Attention, c'est trop! Ça tape sur le crâne.

Le Vieux rit :

– Vaut mieux ça que des obus, mon lieutenant.

– Et Paris, ils en ont parlé au poste ?

– Kaputt, Paris.

Il a dit « Kaputt Paris » en fauchant l'air de la main et sans aucune émotion comme s'il avait annoncé que la grêle avait, en épargnant ses champs, ravagé ceux du voisin, ce qui ne déplaît jamais à un paysan. Et Valentin a fait « Ah! ça y est, Paris aussi... » en prenant son verre de Pernod dont il boit une gorgée. Voilà qui prouve qu'on s'habitue à *tout,* y compris à l'impossible prise de Paris par les Allemands. Si on lui avait dit ça, au lieutenant Valentin, il y a seulement un an... si on lui avait dit qu'il apprendrait la chute de Paris en sirotant un Pernod dans une cour de ferme et en chassant un frelon alcoolique qui s'obstine à se poser sur le rebord de son verre... On rêve d'une chose et on en fait une autre. On rêve d'une guerre, on se prépare à « vaincre ou mourir » et on prend l'apéro avec un pépé gâteux. On est dressé pour franchir un abîme et on saute gentiment à travers un cercle de papier. « Encore deux doigts, ça fait pas de mal. Ça tue le ver... » dit le pépé. « Oui... » dit Valentin dont la cuirasse tombe plaque après plaque à ses pieds, dans un bruit misérable de ferraille. C'est peut-être ça, la vie, ces plaques délacées et qui se détachent; et l'on est presque indifférent grâce à un troisième verre de Pernod, de les voir qui gisent, par terre, autour de vous.

Un député avait proposé le déménagement du soldat inconnu pour que les Allemands ne le fassent pas prisonnier. On y a renoncé. Reste le problème capital de la flamme. L'éteindre ou la ranimer? Le père Gaudin, qui en est le gardien, ne sait quel parti prendre. La flamme éteinte? Il en mourra. Mais si les Allemands l'écrasent sous leurs bottes, ce sera pire. Il a eu l'idée d'y allumer une bougie qu'il transporterait chez lui et, ainsi, de sauver le feu jusqu'au jour...

Jusqu'à quel jour? Il n'aurait pas assez de bougies. Heureusement, Edmond Ferrand, membre du Comité de la Flamme, a aperçu Gaudin qui rôdait autour de l'Arc de triomphe où sans cesse des Allemands se font photographier. Devant chacune des bornes, un soldat, raide, mitraillette au poing. Quatre automitrailleuses devant chaque portique. Des canons braqués face aux avenues. Et toute la journée, des troupes ont défilé pendant que les musiques militaires, disposées autour de l'Arc, avec leurs soldats aux épaules cuirassées d'argent, jouaient « Alte Kameraden » ou « Das Schönste Land der Welt ist mein Tyrolerland ». Des feldgendarmes, croissant d'acier sur la poitrine retenu par une chaînette passée autour du cou et disques rouge et noir brandis, dirigeaient les flots vers le lit des avenues où ils coulaient, épais. Von Kuchler, dont des éléments de sa XVIIIe armée ont été les premiers à entrer dans la ville, a tenu à assister au défilé perché sur son cheval « Kaiser » qui chaque fois qu'un orchestre, aux quatre points cardinaux de la place, prend le relais de celui qui s'éteint, tourne vers lui le cornet de ses oreilles.

Au Dôme, Myrna a levé son premier troufion allemand et l'emmène baiser dans une chambre qu'elle loue rue Delambre, au troisième étage. Le soldat Mühl regarde le cul de la pute française, bien moulé et qui remue devant lui en montant les marches. A la brasserie Daumesnil, Cynthia a embarqué son premier officier. Paris est tout pourri de petites taches vertes, comme un gigantesque roquefort. Ou noires et ce sont les tankistes. Place Saint-Sulpice, une roulante distribue de la soupe à des soldats du 2e bataillon de fusiliers portés dont les camions stationnent devant la mairie. Le caporal Fuchs braille que la soupe est dégueulasse mais le cuistot rigole et lui répond que les chiens maigres chassent plus vite. Fuchs, qui est de Berlin, le traite de gros porc bavarois mais se tait en voyant le capitaine Olbrich qui entre dans l'église. Immense, maigre, très droit, les yeux enfoncés et un nez en bec d'aigle si long et si courbe que sa pointe rejoint presque la lèvre supérieure, l'officier s'engouffre à longs pas raides dans le trou noir de l'église, se signe et prie, debout. Ensuite il regarde longtemps, à droite, la fresque peinte par Delacroix. L'Ange qui se rue sur l'Homme, genou en avant, ailes déployées dans une grande colère d'amour. Jacob ploie sous le choc. Le capitaine Olbrich, de l'index caresse les ailes d'argent de l'aigle qui frappe sa casquette et dit : « Nous sommes l'Ange... » Il esquisse une génuflexion, face à l'autel, et se signe encore avant de sortir de l'église. Le capitaine Olbrich est catholique. Le conseiller Perckel ne l'est pas. Dans une suite de l'hôtel Meurice, il coche des listes d'appartements à réquisitionner et souligne, de deux traits rouges, celui du « Juif Mandel », avenue Victor-Hugo.

Joues écrasées sur le col dur, Mandel se tait. Même le sourire toujours ébloui d'admiration de Béatrice ne le déride pas. « Vous partez seul, monsieur le Ministre ? » lui a demandé, l'air en dessous, un journaliste. « Non, a-t-il répondu sèchement, Mme Bretty m'accompagne à Bordeaux. » Et peu lui importe que paraisse dans la presse un écho de plus sur sa liaison avec la belle, rose et blonde actrice. D'ailleurs il n'y a plus de presse ! Il emporte sa Béatrice, une malle de cent vingt-cinq kilos et le buste de Clemenceau. « Et je les emmerde tous ! » Il a pris doucement la main de son amie. Devant le château, tout à l'heure, Hélène de Portes, fort agitée, réglait la circulation. Agitée et furieuse car Paul lui a dit qu'ils ne partiraient pas dans la même voiture et qu'il était ridicule qu'elle portât des pantalons rouges.

– Ridicule votre tenue. Savez-vous ce que chantaient les Allemands en 1914, quand ils voyaient nos soldats se lancer à l'assaut en pantalons garance ?

– Ainsi, à votre avis, je ressemble à un soldat de 14 ?

– Ils chantaient : « Verrückt sind die Franzosen, Mit ihren roten Holzen ! » Ce qui veut dire : « Ils sont fous, ces Français, avec leurs pantalons rouges ! »

La comtesse de Portes, née Rebuffel, hausse les épaules. Cette anecdote ne l'intéresse pas.

– Je ne pars pas avec vous? Pourquoi?

– Parce que je suis le président du Conseil, Hélène.

– Vous avez peur que les Allemands découvrent notre liaison? dit-elle, un pli de sarcasme aux lèvres.

Il a eu un geste d'impatience mais l'a assurée que les voitures rouleraient de concert.

– Il y a des réfugiés, sur les routes, Hélène. Peut-être des soldats, des officiers... Comprenez-moi.

Maintenant, escortée de motocyclistes casqués, la Citroën noire roule vers Bordeaux. Après Parthenay, le cortège ministériel s'est brusquement trouvé mêlé à un flot de réfugiés sortis on ne savait d'où et, avant que les motocyclistes et des gendarmes aient pu dégager la route, des hommes et des femmes entouraient déjà la voiture du président. Il a essayé de leur adresser un pâle sourire, a même levé la main comme pour un salut lorsque, soudain, un type a gueulé : « C'est Reynaud! C'est Paul Reynaud! » Alors les visages, derrière les vitres remontées de la Citroën, n'ont plus été les mêmes. Certains se sont empreints d'une curiosité avide de regarder l'animal; d'autres d'un étonnement; d'autres se sont fermés et comme creusés d'une haine. Un soldat, tête nue, a écrasé sa face maigre et avinée contre la vitre et a hurlé : « C'est le salaud qui veut continuer la guerre! Et lui il fout le camp! » Il a craché un énorme glaviot sur le pare-brise, d'autres l'ont imité. Reynaud, blême, regarde fixement ces têtes que les souillures qui coulent sur la glace déforment. Les gendarmes dégagent la voiture. « Accélérez! » lance le président au chauffeur. Celui-ci obéit, puis met en marche les essuie-glaces mais les balais répandent en éventail la morve sur le pare-brise et, penché en avant comme si la voiture perçait un brouillard, il n'y voit que malaisément. Sous l'effet de la chaleur, la morve devient colle. Le président se souvient d'avoir lu que lorsque Louis XVI revint de Varennes, les vitres de son carrosse, dans les faubourgs de Paris, dégoulinaient de crachats. « La canaille! » murmure-t-il. Puis il ajoute d'une voix sans timbre : « Non, ce n'est pas de leur faute. » A Saintes, il apprendra que la foule a acclamé Pétain. Et même « ce con de Lebrun ». « Si ça continue, c'est moi qu'on fusillera! » Oui, la canaille...

A Bordeaux, les voitures ont d'abord erré, lamentables carrosses noirs qui suivaient le corbillard d'une morte absente, et c'était la France, carrosses bourrés d'excellences, de généraux, de secrétaires et sous-secrétaires d'État et d'un État en décomposition, de larbins à chaîne, de chefs de cabinets, d'égéries plâtrées, de courtisans ployés, de protégés, d'amis véreux, de confidents de basses besognes, de présidents de tout et de bordels, de délégués à la catastrophe, de directeurs, de cuisiniers ayant embarqué leurs herbes, leurs huiles raffinées et leurs ortolans confits, de valises pleines d'or, de dollars et de sterlings, de frères complices, de cousins douteux, de compères secrets et, dans une caisse mais enveloppé de fourrures précieuses, du buste de Clemenceau à la moustache plongée dans le vison et éternuant dans le chinchilla. C'est la France, ce serpent noir qui se coule honteusement dans la ville, fuyant une autre peste que celle qui fit décamper autrefois le plus illustre de ses maires, et qui se tronçonne au hasard pour aller se cacher au peuple en déroute qui lui-même bouillonne dans ses rues devenues trop étroites. Von Kleist est à Sens, Guderian installe sa *Gefechstaffel* à Chaumont mais ordonne au camion-radio de bien signaler que l'installation n'est que provisoire car, dès demain, peut-être dans les heures qui suivent, on poussera plus avant. Albert Lebrun, président de la République troisième et française est, lui, installé à la préfecture de Bordeaux, avec Mandel et le buste de Clemenceau. Reynaud campe rue Vital-Carles dans l'hôtel de la XVIIIe région militaire et y contemple les tableaux accrochés aux murs et représentant des scènes de bataille dont le vernis s'écaille. Pétain enrage d'avoir été logé dans un hôtel perdu, mais l'adoration de la concierge, mains jointes et yeux écarquillés, quand il apparaît, lui remonte le cœur. Des spectres qui se prennent encore pour des sénateurs roulent leur bedaine entre les fauteuils du cinéma « Le Capitole », rue Judaïque, transformé par un coup de baguette radicale en Palais du Luxembourg bis. La semaine précédente, on y jouait encore « Ignace » avec M. Fernandel. Maintenant on y joue « La Déroute », avec M. Jeanneney. Devant le rideau de scène, une longue table, recouverte d'un tapis rouge, derrière laquelle personne n'est assis. Les députés rescapés de l'exode tournent en rond dans les salles d'une école primaire, rue Anatole-France, soulèvent les pupitres ou révisent leur géographie le nez collé aux cartes accrochées au mur. Il est fort dommage que la France ne soit pas une tapisserie, mes chers collègues. Nous la battrions, nous la secouerions, en la tenant à l'envers, et l'armée allemande, avec ses soldats, ses chars d'assaut, ses camions, canons et motos, tomberait à terre, en millions de parasites rongeurs, où il ne nous resterait plus qu'à l'écraser sous nos bottines. Hélas, la France n'est qu'un morceau de papier poreux, une sorte de buvard qui semble boire avidement l'encre verte et noire agrandissant depuis le nord sa tache vers le sud. Mes chers collègues, lorsque je contemple cette carte, je ne puis m'empêcher de penser que nous ne sommes pas vaincus par des hommes mais par un élément. L'Allemagne, en vérité, ne nous conquiert pas; elle déborde. J'en veux pour preuve que nous ne sommes pas des fuyards mais des réfugiés. La faute n'en est pas à nous mais à la matière même de la France dont nous savons aujourd'hui qu'elle était un papier buvard aspirant l'encre allemande par un étrange phénomène de succion. Applaudissements. Nouvel orateur. Mes chers collègues, en ces heures tragiques je tiens à affirmer avec la plus grande énergie que nous ne sommes vaincus que par la force brutale à laquelle nous pouvons affirmer, dans l'honneur, avoir opposé notre force douce, souple, joviale, culinaire, rebondie, grasse, rubiconde, éloquente, mes frères, parfumée, experte en belles femmes et, en un mot que tout résume, radicale. Ce qui signifie que le radicalisme étant éternel – comme le prouveraient, si elles avaient lieu, des élections – la France ne saurait être vaincue. Applaudissements.

La parole est à M. Bouthillier, ministre des Finances. Quelles finances? Bien... En ce cas, la parole est à M. Sérol, ministre de la Justice. Quelle justice? La parole est à M. Charles Pomaret, ministre du Travail. Quel travail? La parole est à M. Pernot, ministre de la Famille. Quelles familles? Celles qui s'aplatissent, face contre terre, dans les talus, quand les Stukas brament au-dessus des routes? La parole est à M. Georges Monnet, ministre du blocus. Quel blocus? La parole est à M. Yvon Delbos, ministre de l'Éducation nationale. Quelle éducation et quelle nation? La parole est à M. Henri Queuille, ministre du Ravitaillement. M. Queuille? On demande M. Queuille! Il arrive, messieurs, mais les encombrements de Bordeaux sont tels que sa voiture a du mal à s'y frayer un passage. En outre, comme vous le savez, son ministère étant installé aux abattoirs, la route est longue jusqu'à l'école où nous siégeons. Mais j'aperçois heureusement la brosse du président Herriot qui, après s'être attardé dans le salon d'hiver de la préfecture, devant la statue accorte d'une « Italienne jouant du tambourin », et avoir ensuite déclaré à son ami Février, ministre des Travaux publics, qu'on étouffait dans ce boxon et que le climat de Lyon était bien meilleur que celui de l'Atlantique, heureusement, messieurs, j'aperçois le président Herriot qui vient avec ses bretelles aux belles boucles nous remonter le moral. Il s'avance, précédé par le nuage qui sort de son illustre pipe. Le voici.

– Et celui-là, c'est Reynaud?

– Oui.

– C'est Weygand?

– Je crois.

– Il n'est pas sur le front?

– S'il est là, il n'est pas autre part.

– C'est Pétain ?

– Oui. Il doit souffrir, le pauvre, celui-là.

– C'est Blum ?

– Oui.

– Il est maigre. J'ai un cousin qui l'a entendu parler, à Narbonne. Il m'a dit qu'il avait une petite voix. Comme ça...

– Et Lebrun, où il est ?

– Je ne sais pas.

Dans les rues, sur les quais, la foule va. On parle flamand, on parle ch'timi, on parle parigot, on parle polonais, on parle yiddish, on parle l'alsacien mais à voix basse de peur d'être pris pour un espion de la Cinquième colonne. On parle toutes les langues de l'exode dans la Babylone de la peur. On fait la queue devant la porte du consulat d'Espagne où un fonctionnaire mal rasé demande à son collègue : « Tu crois, Luis, que le Blum (il prononce El Bloumé) va oser demander asile au Caudillo ? » Et l'autre répond qu'au lieu de donner des visas aux Français, on ferait mieux de leur distribuer du papier chiotte tellement ils ont la frousse, ces enculés, ces fils de la pute qui les a mis bas. La foule va et chacun quête une chambre, mendie un appartement, accepterait (et toute fierté s'abolit sur les visages gris et l'homme pose ostensiblement une main sur la tête de son plus jeune enfant et la femme baisse la tête et se donne le maintien d'une pietá) une place dans un grenier...

– Ou dans une cave, si vous en avez une. Je paierai.

On ouvre le portefeuille. On montre les billets. Le propriétaire dont l'œil brille d'abord, regarde la liasse puis son regard s'éteint et il dit : « Non, je n'ai rien. » Il ment. Il a un appartement de cinq pièces, rue Michelet, et n'en occupe que trois mais les réfugiés, Josette, c'est comme les rats ; un dans la maison et tous les autres rappliquent. Tu as raison, Adrien.

– Le maréchal est là, mon général.

De Gaulle, qui dépliait sa serviette, dans la salle à manger de l'hôtel Splendide, tout en essayant de caser ses jambes interminables sous la table, pose sur son officier d'ordonnance, le lieutenant de Courcel, ses petits yeux d'éléphant.

– Ah...

– Dans le coin, mon général, à quatre tables derrière nous.

Le maréchal Pétain mange des filets de sole à la crème avec application en prenant bien garde que la sauce dorée ne goutte point à sa moustache de neige. Il voit s'avancer vers lui celui que Mme de Portes appelle – on lui a rapporté ce mot – « l'escogriffe du Réduit breton ». Vrai, l'amie de Reynaud est une catastrophe nationale mais elle a de l'esprit. A preuve, c'est elle qui a répandu ce mot de lord Lloyd qualifiant Weygand de « vieux jockey ». Elle se livrait même à une imitation, jambes écartées et bouche amincie. « Et vous remarquerez, disait-elle, qu'il a les yeux écartés pour surveiller, à droite et à gauche, les autres chevaux qui pourraient le doubler. » Quant à « l'escogriffe », depuis qu'il a été nommé général, bombardé sous-secrétaire d'État à la Guerre et adoubé par Churchill qui, à Tours, lui a posé la main sur l'épaule, il croit qu'il va bouter les Allemands hors de France en faisant des moulinets de ses grands bras. Pétain, son entourage le sait, comme beaucoup de chefs militaires, de César à Lyautey en passant par le Grand Frédéric et Napoléon, aime les hommes beaux. Or de Gaulle est un poteau télégraphique qui marche, Reynaud un Chinois ratatiné, Weygand un jockey, Mandel un batracien,Chautemps un vautour mâtiné de chouette. Cette sole est excellente mais la sauce sans parfum. Maintenant, de Gaulle salue, debout devant la table. « Bonsoir, monsieur le Maréchal. » Pétain lève vers lui ses yeux bleus puis tend une main, comme abandonnée, comme flottante et détachée du bras, que serre le général. « Mes respects, monsieur le Maréchal. » Le vieillard a un imperceptible hochement de tête puis, sans un mot, reprend sa fourchette sur laquelle il glisse un morceau de sole. De Gaulle revient à sa table, raide. Jamais plus, mais il l'ignore, Pétain et lui ne se reverront. Il ouvre le menu.

– Que mangez-vous, Courcel ?

– Je ne sais pas, mon général. Et vous-même ?

– N'importe quoi.

15 JUIN

N'Doulo, qui s'était levé avant l'aube et marchait dans l'herbe humide de rosée en levant son nez épaté sur les collines pour y voir bondir le disque du soleil, a aperçu le premier des lumières qui trouaient la brume, amassée en monceau de gaze déchirée dans la vallée mais qui d'une estompe légère blanchit au nord les collines boisées d'où dégringole, vers le pont, la route. Il a vu, il a tourné la tête d'un geste sec, comme un chien et il a alors entendu ce bruit étouffé de moteurs. Il s'est précipité dans la cabane : « Mon litnou, y'a foulard, là-bas. » N'Doulo parle le français en utilisant n'importe quels mots et Valentin a l'habitude de traduire. « Mon litnou, y'a lumière et foulard! Vite! » Ils ont bondi hors de la cabane.

– Merde, on a de la visite, dit Perou.

– Y'a foulard, dit Ramier en imitant le Noir.

Perou rit.

– Croyez que c'est le moment de vous marrer, bande de cons? gronde le sergent Ballu.

– On n'est pas une bande, sergent, on est cinq.

– Vos godasses! Illico!

Ballu se tourne vers Valentin.

– C'est un convoi, mon lieutenant. Pas de doute, non?

– Oui, mais de qui et de quoi?

– Ça roule mou.
– A cause de la brume.
– Des chars?
– Non, on entendrait comme un grondement. Vous mettez le F.M. en batterie, près des arches, au bas des deux talus avec Ramier et Perou. Moi-même, avec N'Doulo, je vais en avancée par le champ et le remblai. Ne faites rien avant que je revienne.
– A vos ordres, mon lieutenant. Mais... et si vous ne revenez pas?
– Alors, faites votre devoir.

Et Valentin a mis une sorte de farouche détermination dans cette dernière phrase.

Mais on dirait, là-bas, que les lumières se brouillent. C'est illusion. Le convoi en vérité se heurte à une barrière plus épaisse de brouillard et tâtonne, comme aveuglé par une poussière, sur la route étroite. Valentin court, suivi par le Noir qui porte les deux musettes de grenades. La guerre enfin!

Puis la stupeur. Et Valentin, pâle, les mâchoires serrées, regardait le Noir qui riait en battant l'air de ses bras et criait :
– C'i pas Boch', c'i pas Boch! C'i Français!

Hilare, N'Doulo sautait sur place.
– Arrête, imbécile!

Le Noir, stupéfait, regarde le lieutenant.
– Mais pisque c'i Français, mon litnou... (Il désigne le convoi d'un geste large.) C'i pas Français, ça?
– Si, crétin, c'i même Français qui foutent le camp, t'as compris?

Et tout avait crevé d'un coup. Le soleil victorieux des collines et qui avait troué les ballons de brume. La terre d'où semblait jaillir le flot des réfugiés. Et le cœur du lieutenant Valentin aussi.

– Ben merde, a dit le sergent Ballu, d'où ils sortent?
– Enfin, les gars, on a de la visite, a dit Ramier.
– Fini la tranquillité, a ricané Perou. Y'a plus qu'à régler la circulation.
Ballu se tourne vers Valentin.
– Qu'est-ce qu'on fait, mon lieutenant?
– On regarde.
– Mais d'où ils sortent, comme ça, d'un coup? demande de nouveau Ballu. On dirait qu'on a crevé un tonneau et que ça se débonde.
– Plouf! dit Perou. Vous avez raison, sergent. C'est comme quand on a la diarrhée et qu'on court aux chiottes.
Le sergent le regarde sévèrement mais Valentin dit doucement :
– C'est exactement ça...
– Il y en a qui nous font des signes, mon lieutenant. On y va?
– Non, on regarde. Je vous interdis d'approcher!
Ils regardent ce troupeau sans berger et dont on ne sait même pas où sont les chiens, ou les loups, qui le poussent. Tout est parti de là-haut, dans le nord, lorsqu'une première vague a commencé à s'ébranler. Elle a frémi, s'est enflée, puis sa crête a tremblé et l'énorme masse s'est abattue, soulevant une deuxième vague plus haute, puis une troisième, une quatrième, d'autres encore et toujours qui brassent leurs rouleaux avançant en raz de marée vers on ne sait quelles plages pour y mourir, vers on ne sait quelles falaises pour s'y briser. La France est un tapis que roulent des

colosses mais, arrivés au bout de l'immense salon, que feront-ils de ce tapis truffé comme une gigantesque saucisse de millions de bouts de chair vivante? Est-ce qu'ils le battront contre le mur des Pyrénées, à toute volée? Est-ce qu'ils le jetteront dans la mer bleue?

Du nord vers le sud, et depuis que les barbares ont jailli de leurs camps et de leurs forêts, les tocsins sonnent. Les clochers en alertent d'autres puis se taisent, bâillonnés, mais la guirlande sonore, là-haut tranchée, a transmis l'ébranlement et d'autres battants se balancent et la peur à la voix de bronze vole et fuit de ville en ville comme une sorcière aux jupes retroussées par un vent d'enfer. On appelle puis on se tait mais le relais est pris et l'alerte, dans le ciel, ouvre un nouveau sillage; et la France est couverte d'une nappe de glas, déchirée par les brames des sirènes que l'on écoute, terré, écrasé, blotti, enterré, et qui font en longs spasmes se hausser et défaillir le cœur. Le glas. Parfois lent. Parfois furieux comme s'il entraînait, saisi d'une folie, le cortège funèbre au galop. Hier il annonçait l'incendie, ou la mort du vieillard, ou l'inondation, rien que des malheurs très naturels et que conjuraient l'amitié des hommes et les prières des femmes. Aujourd'hui il sonne la fin des temps.

– Mais qu'est-ce qu'ils ont, ces connards? hurle le capitaine Berchem, du 4e bataillon de la IIe Panzer.

Dans le village, le Kampfen-wagen IV « Lothringen », le vingt tonnes qui cahotait tranquillement sur ruines et barricades de sacs de sable crevés, s'est arrêté et gronde sur place pendant que grêlent sur son cuir de rhinocéros, gentiment, les balles d'une mitrailleuse idiote.

– Ils nous arrosent du clocher, dit l'adjudant-canonnier Langbach.

Ça grêle en saccades. Et, en même temps, M. le maire, Georges Blanc, qui n'a pas voulu fuir, se pend aux cordes et balance les deux cloches, « La Fidèle » et « La Rosemonde », qui scandent de leur grosse voix le grelottement de la mitrailleuse. Le capitaine Berchem est presque scandalisé : quoi, des Français osent tirer sur son « Lothringen » ? Ces frelons ont le toupet de le piquer ? On n'avait jamais vu ça depuis l'entrée en France. Tout s'écroulait, devant les mufles d'acier, dans le magasin de vaisselle français, et le monstre avançait, écrasait, pulvérisait joyeusement en ébrouant sa masse dans ruines et poussières. Et les betteraves et les prairies giclaient sous ses chenilles un sang blanc et vert; et les blés craquaient; et le char explosait de tous ses canons de 37 et de 75, comme de rire.

– Sont fous, ces abrutis ?

Le char, à cause d'un monticule de pierres et de briques, qu'il ne daigne pas écraser, vire lentement comme s'il estimait que la seule preuve d'estime à donner aux tireurs du clocher était de leur montrer son derrière en une fuite majestueuse. Il s'éloigne, broyant des gravats, à une cinquantaine de mètres, dans la rue Fernand-Tron, ancien maire, 1872-1934, au bout de laquelle, en enfilade, on aperçoit le clocher. Il s'arrête. Tournent lentement les tourelles et, alors, le monstre pète en direction des frelons un formidable mépris qui lui secoue les flancs. On vit le haut du clocher exploser comme un fruit mûr pendant que « La Rosemonde », frappée de plein fouet, allait rouler dans l'enclos du presbytère et que « La Fidèle », à l'intérieur des murs où couraient en s'agrandissant deux lézardes, chutait droit sur monsieur le maire-sonneur et l'écrasait en le coiffant tout entier. Cinq cadavres : celui de monsieur le maire et ceux de quatre soldats, morts, là-haut, pour une France.

Le « Lothringen », ravi de l'effet de ses pets, ne va même pas flairer leur odeur de poussière et s'éloigne vers l'entrée du village où deux de ses enfants, des petits K.W. 1 de six tonnes, mitraillent à distance respectueuse les ruines de l'école et du « Foyer Louis-Pasteur ». « Que se passe-t-il, les enfants ? » « Il se passe, papa, qu'il y en a qui nous tirent dessus et continuent de jouer à la guerre. Ils savent pas, ces merdeux, qu'ils l'ont perdue. Mais on n'ose pas trop s'avancer quand même parce qu'ils ont des mitrailleuses lourdes et, on sait jamais, peut-être un canon de 20. » « Bon, bon, dit papa " Lothringen ", je vais vous arranger ça et leur cracher dessus. » Il se dandine, règle ses tubes et, de l'avant cette fois, crache comme promis. Ça fume un lourd nuage noir, puis gris, puis blanc à mesure qu'il s'empanache et monte vers le ciel où les couleurs vont ensuite se dégradant en disposition contraire. Le silence. Un torchon blanc qui s'agite au bout d'un bâton ou d'un parapluie. Le silence toujours et papa « Lothringen » en avant de ses marmots. Enfin deux meuniers, on dirait, qui sortent des ruines et se plantent au milieu de la place en agitant toujours leur chiffon. Le capitaine Berchem examine les meuniers hagards, sans casque et si empoussiérés qu'on ne peut même pas lire leurs écussons. Il hausse les épaules. Quoi foutre de deux prisonniers ? « Raus », leur dit-il, en leur désignant un vague horizon. Les types hésitent. « Raus! » Ils détalent. Le capitaine, maintenant, à l'intérieur des ruines aperçoit un amas misérable de cochons blancs.

– Regardez ça... Ils s'étaient foutus leurs masques à gaz.

– C'est la propagande, capitaine, ils croient qu'on gaze.

– Même pas la peine... Trop courte pour ne pas être propre, cette guerre.

Autour des yeux des blancs cadavres masqués d'un groin, s'amassent en cernes, déjà, les mouches. Elles sont à la fête au cours de ce mois de juin, ces grandes pompeuses et suceuses. Elles sont, les mouches françaises, les seules victorieuses du combat perdu par leur patrie. Elles n'ont qu'un regret : celui de voir cette guerre se terminer trop vite. La guerre, en effet, quelle orgie pour les mouches dont un dieu est le seigneur! Leurs escadrilles, en nuages, précèdent la Wehrmacht dans l'attente de carnages, la suivent pour se poser sur ce qu'elle dévaste et tue. A Orléans, elles ont eu un espoir fou auquel a succédé une amère déception. Des bombes étaient tombées sur un cimetière, éventrant les caveaux, bouleversant les tombes et déterrant les morts. On a vu des bras sortir de terre, des crânes s'envoler comme baudruches et venir se poser, miraculeusement intacts, sur des murs, des tibias se former en croix, en losanges, en portées de musique; des cages thoraciques devenir cages à oiseaux; des squelettes aventurer un pied, une main, une tête seulement hors du cercueil entrouvert. Dans le caveau « Famille Languyon-Vernier », trois générations, grâce à une bombe, avaient emmêlé leurs os et les crânes des grands-pères formaient tas avec ceux des petits-fils. Alertées, toutes les mouches de la région accoururent dans un joyeux vrombissement. Les vertes, les noires, les poilues, les mordorées, les bleues, les grises qui sont les plus humbles et les plus nombreuses à bourdonner leur agonie, sur les papiers déroulés. Elles avaient abandonné, à l'annonce du festin incomparable, les fumiers, poubelles, sentines, décharges, étrons durcis par le soleil de juin, dans la campagne, et autres lieux de leur délectation. Toutes au cimetière, mes sœurs! Mais quelle déception : il n'y avait rien à pomper et à sucer. Rien à croquer. Tout était blanc. Tout était sec. Des os dont ne voulaient même pas quelques chiens à l'odorat désolé. Heureusement, on signala des combats au nord-ouest du grand fleuve où le général von Kleist faisait déferler ses rhinocéros d'acier. C'est loin, pour des mouches, mais en route! Des agapes se préparent peut-être puisque le général de La Laurencie vient de télégraphier à son collègue Besson qu'il bat en retraite « dans une atmosphère de décomposition nationale ». Vous avez bien entendu, mes sœurs, le général a dit : « Décomposition! »

Et la vague s'engrosse des vagues qui la poussent sur routes et chemins. Les Belges ont poussé ceux d'Artois et de Flandre qui ont poussé les Picards qui ont poussé ceux du Vexin qui ont poussé les Parisiens qui poussent ceux du Gâtinais; et les Normands poussent ceux du Perche qui poussent l'Angevin; et les Champenois poussent les Bourguignons; et tous marchent, roulent et titubent, ivres de fatigue et de peur, vers ils ne savent quelle sortie où se soulèverait la barrière du corral en lequel ils se pressent et se piétinent comme un bétail aveugle. A Bordeaux, Paul Reynaud, qui ce matin-là n'a pas fait sa culture physique – et c'est dire combien l'heure est grave – lit un message de M. Winston Churchill que vient de lui transmettre Sir Ronald Campbell. Il lit pendant que l'impeccable ambassadeur anglais tire une pochette de son veston et s'essuie doucement les ailes du nez, car lourde est la chaleur, avant de replier avec soin le carré de tissu. Reynaud lui lance un bref coup d'œil et pense : « Il s'en essuie les mains après se les être lavées ? » Le président du Conseil est assis dans un fauteuil auquel il a ajouté deux coussins pour ne pas disparaître derrière le bureau d'ébène aux feuilles d'acanthe d'or pâli. Il est petit, Reynaud, et le préfet était grand. Deux coussins corrigent cette injustice. Il lit : « En cette heure solennelle pour les nations française et britannique et pour la cause de la démocratie à laquelle elles se sont vouées... »

Hitler, penché sur une carte, – qu'un aide de camp a fébrilement défroissée du plat de la main, en l'étalant – Keitel à sa droite et ses bajoues pendant sur le col raide de sa vareuse car il se penche aussi, von Brautschich à sa gauche, déclare sèchement : « Dites à von Runstedt d'abandonner sa manie de prononcer les noms des villes et villages à la française. Qu'il prononce à l'allemande ou qu'il épelle, sinon on ne s'y reconnaît plus. C'est Reumont ou Raumont, ça ? Et ça, Pareid, ou Paraid ? »

Paul Reynaud lit : « Jamais nous ne renoncerons au combat tant que la France ne sera pas rétablie dans sa grandeur, tant que les États et les peuples asservis... »

A Vervins, le soldat Burcke dit à son copain Krebs, en examinant une « Rosengart », étrangement intacte et rangée contre le mur de l'église fortifiée :

– Regarde cette bagnole française. Y'a la clef. On l'essaie ?

Ils tournent autour de l'église puis, comme ils sont un peu saouls, de sa semelle cloutée, Burcke écrase l'accélérateur et jette la voiture contre un mur. Ils descendent en riant.

– Rapide, dit Krebs.

– Mais moins solide qu'une Volkswagen, répond Burcke.

Ils s'éloignent bras dessus, bras dessous, après avoir donné un coup de botte dans la portière de la « Rosengart ».

– T'as vu son nom ? Elle est juive.

Paul Reynaud lit : « ... Ce jour se lèvera peut-être plus tôt que nous n'avons, en ce moment, le droit de l'espérer. »

L'ambassadeur est sorti.

Entrera l'amiral Darlan qui est bel homme. Sortira l'amiral en grommelant à son officier d'ordonnance que les politiciens sont des toqués et que c'est à croire que tous les asiles de France ont débarqué à Bordeaux et s'y sont déguisés en ministres. Maintenant « ils » veulent qu'on leur embarque des armées fantômes sur des transports imaginaires pour aller se battre contre les Allemands chez les Nègres! Toqués! Au cabanon! Entrera un Polonais pour demander au président ce que l'état-major a l'intention de faire des soldats polonais combattant sous le drapeau français. Sortira le Polonais. Entreront les inséparables, Herriot et Jeanneney, le premier coiffant toujours l'autre sur le poteau grâce à son ventre ceint de patriotisme mais le second poussant vaillamment vers le but sa barbiche républicaine. Sortiront les deux présidents, émus par la fermeté de Paul Reynaud. Entrera M. Vincent Auriol qui croisera M. Bouthillier auquel succédera M. Baudouin et le bureau de M. Reynaud sera une ruche remplie d'abeilles venant apporter un pollen amer à leur reine travestie en président du Conseil; et l'on va ensuite à la préfecture, aux abattoirs, au lycée, à l'hôtel Splendide, en se donnant l'air officiel et préoccupé par « les malheurs de la France », calé sur la banquette arrière des voitures, mains posées sur des serviettes qui contiennent du papier, le gilet un peu déboutonné parce qu'on a tout de même déjeuné au « Chapon fin »; et l'on se demande quelles sont les véritables intentions de Weygand qui va s'engueuler tout à l'heure avec Reynaud au cours d'un duel de nabots géants à têtes de Chinois auxquels ne manque que la longue robe de mandarin et la natte dans le dos. Est-ce que Weygand joue le jeu de Pétain? Et Chautemps, cigare aux doigts, qui sournoisement proposera de tâter le Boche en vue d'un armistice! « Nous verrons ainsi quelles seront ses conditions et, à partir de là, nous les accepterons ou les repousserons. »

– En somme, tu es du côté de Pétain-Weygand. S'informer près des Allemands pour savoir quelles seraient les conditions d'un armistice, c'est en fait le demander. Tu imagines le coup porté au moral de l'Armée?

Chautemps observe pensivement la cendre du cigare prête à choir, ce qui lui évoque toujours un sexe de cheval décalotté et pendouillant.

– Où est-elle, l'Armée, demande-t-il.

Et la cendre chuta. A bord du contre-torpilleur *Milan* qui a appareillé de Brest direction Plymouth, le sous-secrétaire d'État à la Guerre Charles de Gaulle regarde s'éloigner les côtes de France et rumine les propos qu'il tiendra à Churchill. « Pétain et Weygand veulent l'armistice. Il faut soutenir Reynaud. Nous nous battrons dans les Vosges, en

Bretagne, en Afrique du Nord si vous nous assurez du concours de la flotte britannique. Déjà, des travaux de fortification ont été entrepris en Bretagne sur la ligne que voici, Vilaine-Couesnon jusqu'à Tombelaine et même Avranches, et la défense du Réduit breton peut se révéler efficace et entraîner de très lourdes pertes chez l'ennemi... » Il parlera. En attendant, le *Milan,* canons pointés vers un ciel vide, trace son sillage d'argent. A Brin-de-Bretagne des réservistes plantent des pieux de haie sur la route; au nord de Châteaubourg, dans la forêt, on abat des arbres pour barrer les chemins.

– Mais qu'est-ce que vous voulez que j'en foute de cet ordre m'ordonnant de barrer la nationale avec ces troncs ? Je n'ai pas de camions!

– C'est ce que disent les garçons qui abattent les arbres, mon capitaine.

A bord du *Milan,* le sous-secrétaire d'État à la Guerre cesse de dialoguer avec l'ombre ronde et rose de Churchill, se tourne vers le commandant et lui dit qu'il n'est pas drôle, aujourd'hui, de s'appeler le général de Gaulle. « Votre nom ne prend qu'un seul l? » a failli répondre le marin en manière de plaisanterie, mais l'autre avait l'air sérieux et le commandant s'est contenté de hocher la tête avec un triste sourire.

16 JUIN

Il roulait des yeux grands comme des billes de loto et jamais l'expression n'avait été aussi vraie. Bras ballants, bouche ouverte, N'Doulo regardait. Il ne savait pas que les Blancs pouvaient ainsi foutre le camp. Et d'autres Nègres que lui, que l'on appelait tous des « Sénégalais », postés au bord d'autres routes, regardaient les Blancs fuir en panique devant d'autres Blancs. Incroyable spectacle! Ils s'étonnent, les Nègres. Ils ont l'habitude des exodes, eux, dans leur noire mémoire. Ils se souviennent, quelque part dans leur chair, dans leur tête et leurs mélopées, des marchands d'esclaves qui les chassaient vers la côte à grands coups de fouets. Des marchands qui portaient de longues robes blanches, bleues, noires et des ceintures de métal incrustées de pierres; qui hurlaient en courant à grands pas le long des colonnes et les fouets sifflaient et les lanières de cuir s'abattaient sur les épaules avec un bruit mou ou, lorsque le flagellant était près de sa victime, s'enroulaient autour des torses comme des serpents. Chassés par les marchands, chassés par le feu qui lèche la savane de sa langue rouge mais, bien avant que les flammes ne transforment les cases des villages en torches plantées, les bêtes fuient en apportant la nouvelle et le grondement des sabots qui martèlent la terre précède l'horrible grondement du feu. Et toutes les bêtes oublient leurs querelles et leur éternel et bon désir de s'entre-dévorer parce que le feu, ce fauve suprême, scelle la fraternité du salut. Et les « Sénégalais » et N'Doulo s'étonnaient un peu de n'avoir pas vu, en avant-garde, les chevaux, les bœufs et les moutons, les renards et les rats, les ânes, les chats et les chiens, précéder l'immense cortège des hommes blancs. Mais N'Doulo riait aussi à certains spectacles comme à celui de ce type qui avait hissé un landau de bébé sur le parapet du pont et qu'il poussait, allant de cette manière plus vite sans que le landau fût écrasé par la foule. Mais l'enfant qu'il portait au creux de son bras droit s'était mis à pleurer et à pisser et le père, voulant le calmer, avait lâché le landau qui, après avoir vacillé, s'était écrasé en bas, dans la rivière, et N'Doulo avait vu une poupée dériver, sur le dos, flottant grâce à ses jupes déployées et ses yeux de porcelaine ouverts. Mais les « Sénégalais » ne savaient pas où est située l'Afrique sinon ils auraient ri en pensant que les Blancs, à force de fuir vers le sud, risquaient, montagnes, mers et déserts passés, de se retrouver au milieu des jungles. Ils croyaient que la terre est plate comme une assiette et qu'à l'extrême bord il faut faire attention si l'on ne veut pas tomber dans le vide.

Valentin regardait aussi. Si triste que tout son visage en paraissait aminci et ses yeux plus grands. Ses yeux bleus, ou noirs, on ne savait plus car le chagrin donne à tous les regards une même couleur. N'Doulo observa à la dérobée le profil du lieutenant et fut tellement étonné par le désespoir qu'il y lisait que deux larmes coulèrent sur sa face en empruntant les rigoles des scarifications qui cisaillaient ses joues. Valentin se tourna vers lui. « Mon pauvre N'Doulo... » dit-il. Et il pensait : « Pauvres Nègres qui nous admiraient et nous obéissaient parce que nous étions les plus forts et voici que nous offrons à nos enfants le spectacle du père humilié... » Il se trompait. N'Doulo ne pleurait qu'à cause de la tristesse de son litnou. Tant que son père à lui, tant que son litnou n'avait pas été giflé et surtout, désarmé, Valentin incarnait tout.

Il coulait, le troupeau monotone, jetant des regards flous à ces quatre soldats et à cet officier égarés, là, à cinquante mètres de la route. La masse avançait pour venir se resserrer vers le pont qui la comprimait, et se gonfler de nouveau, sur l'autre rive, qu'elle croyait être terre de salut et de liberté.

Voitures cuirassées de matelas, au capot brûlant sous le soleil. Celle-ci, surmontée de malles formant un chaotique jeu de cubes. Le père, congestionné, au volant; la mère aux cheveux jaunes et qui transpire. A l'arrière, bouche ouverte, lèvres séchées par la soif, la mémée et les enfants dont l'un, penché à l'extérieur, joue au yo-yo. Celle-là, une Celtaquatre, toute cabossée, un phare crevé, un pare-choc qui pend, comme si elle n'était arrivée à se glisser dans le convoi qu'en se faisant rouer de coups. Une autre, dont tout le chargement, sur le toit, a glissé et oscille. C'est une Peugeot 202. Une autre, « 11 Citroën », basse sur pattes, coffre ouvert et débordant de valises, de paniers, de baluchons coincés entre les bagages en appuyant très fort, coiffée de cartons arrimés en double étage par des ficelles si rageusement serrées qu'elles ont scié les boîtes d'où jaillissent des fourrures et même les deux bras d'un manteau d'astrakan qui ballottent désespérément sur la lunette arrière. M. Babilon, fourreur, rue de Turenne, à Paris, a cambriolé lui-même sa boutique, avant de partir, et maintenant trimballe « les plus belles pièces de son stock » sur le toit de sa voiture en semant derrière lui des boules de naphtaline. A l'arrière des fourrures encore, enveloppées de toile et tassées en rouleaux; aux pieds de Mme Babilon, des fourrures; calées derrière le dos de M. Babilon, des fourrures. Certaines sont truffées d'argenterie. Dans un bonnet de loutre, il y a six lingots d'or et des liasses de billets de banque. Des automobiles, des camions, croulent sous les meubles et l'on n'a pas oublié la niche du chien et deux fauteuils Voltaire sur lesquels sont assis grand-père et grand-mère momifiés par la chaleur sous leurs chapeaux de papier. Sur le dos du camion, comme Énée emportant Anchise pendant que flambe Troie, on a emmené les vieux, tout raides d'os et tout parcheminés de peau. Des vélos, une pagaille de vélos qui se faufilent dans la cohue, vraies anguilles qui se glissent entre les voitures, ces gros requins infirmes. Ça pédale. Lucette suit son mari qu'elle ne perd pas de vue parce qu'il a deux paires de boyaux croisés dans le dos. Elle appuie sur les pédales et porte des socquettes blanches. Heureusement qu'ils allaient chaque dimanche se promener dans les forêts. Ils s'entraînaient. Bien sûr ils ne savaient pas qu'un jour leur entraînement ferait d'eux des champions de l'exode mais quelle bonne idée, dès 1936, que de s'être mis au vélo et d'avoir participé, après le Front populaire, à des randonnées de touristes-routiers! On fuyait, grâce au sport, plus vite et, dos arqué, visière de la casquette sur la nuque, « à la Vietto », on arrivait à oubier la cohue et à croire qu'on participait au Tour de France qui malheureusement n'aurait pas lieu cette année, pour cause d'apocalypse. Mais les baluchons, sacs ou valises, ficelés sur porte-bagages arrière et avant, détruisaient l'illusion, pour les spectateurs, car jamais on n'avait vu un Antonin Magne ou un Speicher disputer le Tour en pareil équipage. Et voici une Delage magnifique, aux coussins de cuir couleur tabac, à la carrosserie vert d'eau, offusquée d'être mêlée à la plèbe des Peugeot 301, 401 et même 302, des Vivastella, Monastella et Juvaquatre et des Citroën prétentieuses. A Paris, elle ne frayait qu'avec des Rolls, des Amilcar, Lancia, Mathis et sa meilleure amie était une Nash. Hélas! il a fallu fuir et le chauffeur a exigé d'emmener son épouse, maintenant toute fière, à l'avant, d'être dans la voiture des patrons qui boudent, à l'arrière, et ne sont pas contents d'avoir entendu Georges demander : « Est-ce que je peux enlever ma veste, Monsieur? Il fait très chaud... » Monsieur lui a donné l'autorisation et Georges, non seulement s'est mis en bras de chemise mais a ôté également sa casquette à visière vernie. Madame était furieuse. « Les gens vont croire que ce sont nos amis », a-t-elle soufflé à Monsieur et, comme celui-ci haussait les épaules, assommé par la fatalité, elle a ajouté : « Très bien! Bientôt ils vont nous tutoyer. J'étais sûre qu'un jour on en arriverait là. » Georges bavarde avec mémère. Monsieur et Madame n'entendent pas car ils n'ont pas ouvert la vitre de séparation. Juliette est ravie. Jamais elle n'aurait cru qu'un jour elle poserait ses fesses dans la voiture des patrons. « Si on m'avait dit que j'irais à Biarritz en Delage à cause des Allemands! » « Donne-moi une cigarette », dit Georges. « Tu vas fumer? Qu'est-ce qu'ils vont dire, derrière? » « Je vais fumer et je les emmerde... » Et Juliette voit Georges s'allumer une cigarette, dans la Delage, sans demander la permission à Madame et à Monsieur. Elle pensa : « Ça, c'est la révolution! » et fut très fière du courage de son mari. Mais lorsque Georges ajouta à voix plus basse : « Tu te rends compte, Juliette, cette nuit, si on s'arrête pour dormir, je les assomme et on fout le camp avec la bagnole et les bijoux et l'argent qui sont dans le coffre. Qui le saurait dans cette pagaille? », elle lui a dit qu'il ne fallait pas avoir des idées pareilles et il a répondu : « Bien sûr... »

Valentin regarde. Honte ou désastre, fuite ou pèlerinage vers d'autres terres, fatalité ou démission, quels mots accoler à ce spectacle, quels sentiments éprouver devant lui? Tous à la fois et le jeune homme, habitué à n'avoir que des idées claires et des sentiments assez simples, croit vivre un cauchemar traversé de visions folles, dont il donnerait tout au monde pour se réveiller. Jamais il n'aurait cru rêver, les yeux ouverts, pareilles... il cherche le mot... pareilles « choses ». Il murmure : « C'est incroyable... incroyable... » Et qui sauver dans ce cortège somnambule? Il y avait le pauvre et le riche, la Delage et le landau, le patron et l'ouvrier, le prêtre et le bouffeur de curés, le paysan et le citadin, le médecin, le malade, le sportif buveur d'eau et l'alcoolique au foie gonflé, l'escarpin et le sabot, le blond, le brun, le roux, le géant et le nain, l'amant et le cocu, le bravache et le timide, le caniche et le bâtard, il y avait toute la France. Tout un peuple jeté dans le gigantesque entonnoir de la panique et aspiré vers la fosse au fond de laquelle, pêle-mêle, broyé, mélangé, confondu, transformé en pâtée grouillante, il voulait vivre, à n'importe quel prix, vivre et quel que fût le visage que lui renverraient, demain, les miroirs. Ça roulait, ça marchait, ça pédalait, ça poussait. Et toutes les échines étaient courbées, et tous les regards étaient morts, même ceux des enfants aux yeux crevés de sommeil. Et même ceux des chevaux traînant des charrettes ou d'étranges véhicules sortis d'imaginaires musées. Et les chevaux encensaient docilement, comme ils le font depuis des siècles pour charroyer les peuples d'un dieu vers des croisades héroïques ou transporter vers de nouvelles terres, les peuples à la foi perdue. Chevaux, mulets, chiens, chats, oiseaux, seuls vivants dignes dans cette coulée. Et les seuls innocents ?

Longtemps, Valentin demeura immobile puis le ressort qui le tendait se cassa, en même temps qu'il sentit, en lui, monter un sentiment qui n'était ni tendre, ni généreux, ni même *bon*. Et c'était de la pitié. Le sergent Ballu, les soldats Ramier, Perou et N'Doulo se taisaient. Ils étaient à une dizaine de mètres, derrière Valentin. Perou poussa Ramier du coude.

– Regarde le dos du lieutenant. T'as remarqué, cul béni ?

– Ouais.

– Et qu'est-ce que t'as remarqué ?

– Il vieillit.

– T'as l'œil. Comment t'as fait ?

– Je l'aime bien.

– Moi aussi. C'est un con puisqu'il est officier mais, en ce moment, il déguste.

– Tu dégustes pas, toi, quand tu vois ça?

Ramier, d'un signe de tête, désigne le pont.

– Y'a du monde, répond simplement Perou.

Le sergent Ballu s'est éloigné et, tête entre les mains, s'est assis sur le marchepied de la Hotchkiss et, dans l'herbe roussie, regarde slalomer les fourmis.

La coulée, sans fin. Ça roule et ça marche. Parfois Valentin n'entend plus le ronronnement des moteurs, le piétinement de la foule, le roulement des charrettes cerclées de fer sur la route, cette rumeur qui emplit le vallon. Silence dans la tête de Valentin et le cortège, alors, serait de fantômes qu'il suffirait de faire s'évanouir en fermant les yeux mais il y a l'odeur qui, sur les bords de ce fleuve vivant, répand ses effluves. Odeur d'essence, de crottin, de transpirations d'hommes et de bêtes mêlées, de poussière et de crasse cuites ensemble au soleil, et tout cela compose la symphonie puante du désespoir pendant que se traîne vers le pont le serpent à la tête tranchée qui contracte ses anneaux pour se glisser, croit-il, sur l'autre rive du temps. Et s'il avait été miné et détruit, le pont? Oh! ils passeraient quand même tant est irrésistible la poussée. Les premiers combleraient le lit du torrent en grand chaos d'automobiles, de charrettes, de camions, d'animaux et d'hommes, de femmes et d'enfants broyés et les autres passeraient dessus sans se soucier des hurlements provoqués par cette vendange.

Qui dira, plus tard, aux futurs écoliers de France, la laideur de cette panique? Et cet homme qui marchait, sous le soleil de juin en feu, avec une paire de skis sur l'épaule, où allait-il skier, ce dément? En Afrique et dévalant les dunes du désert? Il portait ses skis ficelés l'un contre l'autre, comme une hallebarde, et sa barbe et son vaste béret posé comme une toque, et ses pantalons de golf et ses charentaises qui évoquaient des chaussons « à l'ours », lui donnaient une allure de reître sorti d'une gravure de Callot, hallebarde à double lame sur l'épaule en forme de fleur de lys dont les bâtons, coincés au milieu, étaient les pistils. Alors ce n'était pas une hallebarde mais le Lys de France qu'emportait pour le sauver l'écuyer du Roy. Il marche seul, dans la foule, cet homme. Seul comme il devait l'être, à travers les forêts enneigées, mais maintenant, skis sur l'épaule, c'est la pente la plus vertigineuse qu'il descend.

Et Valentin regardait toujours, fasciné, l'entonnoir du pont qui aspirait un monde.

Il tourne le dos à ses « hommes » et marche lentement vers la Hotchkiss. Il ouvre le coffre, prend sa sacoche et va s'asseoir sur l'herbe, à l'ombre, dos appuyé à la cabane. Il fouille dans la sacoche. Un mouchoir, un portefeuille. Il cherche son carnet-journal. Mais qu'est-ce que c'est que ça? C'est une boîte de préservatifs? Oui. Il l'avait achetée à Thionville. Marque garantie « Laxos ». Garantie par qui? Carbonnel, farceur, voulait qu'ils reviennent le demander au pharmacien mais Valentin qui déjà avait à peine osé dire : « Des préservatifs, s'il vous plaît », à cause de la présence d'une dame dans la pharmacie, avait refusé tout net. Quand on est officier, on ne badine pas avec l'uniforme. « Il faut que je balance cette boîte dans la rivière. Si j'étais tué ou fait prisonnier, tête des Fritz en me fouillant. « Regardez à quoi il pensait, le Français! » et rigolade kolossale. « Il faut que je la balance... » Un grand geste, le courant l'emportera. Adieu, Gretchens, c'était pour vous! « Est-ce que tu sais que tu as rougi, en demandant les capotes au pharmacien? » avait dit Carbonnel. Il fouille encore dans la sacoche. Voici enfin le carnet-journal. Il écrit : « La défaite. Est-ce que j'en suis assommé? Oui et non. Déjà, cet hiver, en Alsace, j'avais pressenti que quelque chose n'allait pas. Il y avait un mensonge, quelque part, un " mistigri " que personne n'osait aller chercher dans sa cachette, de peur qu'il crache cette horrible vérité : la France fait cette guerre malgré elle, elle n'en a pas voulu, elle n'en veut pas. » Il reste, crayon en l'air. Des souvenirs, au rendez-vous. Ces longs mois durant lesquels il était comme un comédien brûlant d'entrer en scène et connaissant son texte alors que les autres membres de la troupe, en coulisses, jouent à la belote et bâillent en espérant que le rideau ne se lèvera jamais. Un jour, à Lauterbourg, deux soldats assis au bord du trottoir, saouls, le col du litre de rouge sortant de la musette, la bande molletière défaite, le casque de travers. Ils se sont levés et ont salué en vacillant Valentin planté sévèrement devant eux. Mais pourquoi, lui, après avoir regardé les pochards, a-t-il haussé les épaules et continué son chemin ? Pourquoi n'a-t-il pas sévi ? Peut-être parce qu'il a cru que les deux soldats n'avaient bu que parce qu'ils s'ennuyaient à mourir, dans ce trou, et ne comprenaient pas par quel hasard ils portaient un pot de fer sur la tête et enroulaient chaque matin autour de leurs mollets ces interminables bandes de tissu effiloché qu'ils défaisaient le soir. Ils étaient saouls d'ennui et d'inutilité. Que leur donner à faire ? La guerre ? Nous ne la faisions pas mais attendions que l'ennemi, frappant les trois coups, nous oblige à y jouer. Maintenant, il y joue tout seul. Valentin écrit : « Ce mois de juin torride est le plus froid de ma vie. J'ai pitié des réfugiés. J'ai honte aussi. Mais de quoi ? Et de qui ? C'est insaisissable. Ça se casse entre mes doigts. Comment la France, demain, va-t-elle vivre sa défaite ? La réponse à cette question m'intéresse car elle est *inimaginable.* Et moi ? Je ne serai pas un " ancien non-combattant de la guerre de 39. " Je démissionnerai de l'armée. Et après ? Après, moi aussi je suis inimaginable. Je me vois avec des vêtements civils, une veste trop grande, des pantalons trop longs, un béret, un mégot, un chien que j'appellerai " Kaputt ". Non, mon chien sera une chienne gentille que j'appellerai " France ". Elle vieillira. Moi aussi. Nous deviendrons aveugles et personne ne saura qui, de nous deux, conduit l'autre. Je déconne. J'écris n'importe quoi. Pas ma faute. Je suis dé-cou-su comme un vêtement dont les coutures ont été, comme on dit, défaites. Pas vaincu. *Défait.* Et par-dessus le marché, je ne sais comment me recoudre. J'ai perdu le modèle, le " patron ", pour reconstituer mon portrait. Nous sommes le 16 juin 1940. » Cette dernière phrase est à peine lisible. La mine du crayon était usée jusqu'au bois.

– Ce n'est pas Bordeaux mais le bordel, ma chère amie.

Elle a compris, quand il est entré, qu'il était en proie à une fureur glacée. Elle voulait lui dire qu'il était un peu étrange d'avoir emmené ce Nègre qui dormait devant la porte, même si elle ne doutait pas qu'il répondrait : « Oui, j'ai emmené mon Nègre, mes malles, mes faux-cols et les huiles anglaises avec lesquelles j'aime lisser mes cheveux. Et le buste de Clemenceau! Et vous, mon amie! » Il la voussoie quand il est en colère. Mais il est entré, gris de fatigue et les joues gonflées de colère.

– Les nouvelles sont mauvaises? a demandé Béatrice.

Il s'est assis sur une malle dont il bat le flanc de ses talons.

– Voilà bien une question de femme! Tout s'écroule (il désigne une imaginaire avalanche tombant du plafond), tout se lézarde, les rats quittent la barque en se grimpant dessus et en se mordant les reins, et on me demande si les nouvelles sont mauvaises! Non, figurez-vous, elles sont excellentes! Nous allons demander l'armistice! A plat-ventre! Reynaud s'est transformé en paillasson et Pétain et Weygand lui ont marché dessus. Il a démissionné sans se défendre, en laissant tomber Churchill qui proposait une union franco-anglaise. Le pauvre Lebrun, les mains tremblantes, la moustache mal cirée, l'œil mouillé, lui a dit : « Restez!... » Reynaud a répondu, bravache : « Non! si l'armistice est signé, ce ne sera pas par moi! » « Par qui? » a demandé Lebrun ahuri et en jetant des regards à la fois affolés et pitoyables autour de lui comme un toutou auquel on vient de cacher un os. « Adressez-vous à Pétain! » a répliqué l'autre. Et voilà! Le nom était lâché! Reynaud mettait sac à terre. Il a fallu voir, alors, Pétain – c'est Campinchi qui m'a raconté, moi j'ai refusé d'assister à ce cirque – sortir un papier de sa poche. Un conseil des ministres, tout prêt, tout chaud, plumé, cuit et enveloppé! Il avait ça sur lui. Voilà, voilà! Prenez! C'est gratuit! (Et Mandel, mimant, tend un invisible paquet, ses deux mains ouvertes, à Béatrice.) Et larmoyant d'un œil mais l'autre brillant de soulagement, Lebrun a pris. Ensuite, il paraît que ç'a été la curée pour s'emparer des portefeuilles. Terrible bagarre, formidable mêlée de rugby dont Chichery a réussi à s'extraire en emportant le ballon de l'Agriculture. Oui, ma très bonne amie, Hitler, ses généraux et ses armées doivent trembler en apprenant que la France a un ministre de l'Agriculture qui va certainement leur interdire de ravager nos champs de navets. « Ordre aux Panzern, sous peine de procès-verbal, de ne rouler que sur les routes en épargnant surfaces cultivées. Signé : Chichery, ministre de l'Agriculture. Ordre aux croquants de repousser l'ennemi à coups de fourche. Signé : Chichery, ministre de l'Agriculture. »

Il saute de la malle. Il ôte sa veste. Il se verse un petit verre d'alcool qu'il boit cul sec puis un grand verre d'eau qu'il savoure.

– Buvons le calice jusqu'à la lie.

– Que faudrait-il faire! demande-t-elle.

– Tirer dans le tas, dit-il.

Puis il se tait et ses grosses lèvres retombent, lasses de dégoût.

– Spears a demandé à me voir. Il va arriver.
– Que veut-il ?
– Me demander de passer en Angleterre. Avec de Gaulle.
– Les malles sont prêtes.
– Ne les défaites pas.
– On part ?
– Non, on reste.

Il s'assied dans un coin du divan. Il dit en fixant le miroir, en face.

– Tout à l'heure, un couple m'a abordé dans la rue, à la sortie de la préfecture. Deux pauvres vieilles gens. Le mari m'a dit : « Pardon, monsieur, vous êtes bien ministre... le ministre... » Il cherchait. J'ai dit : « Oui... » Il m'a demandé : « Alors, est-ce que vous savez par hasard ce qui se passe à Blois ? Nos enfants sont restés là-bas... Est-ce que vous croyez qu'à Blois... » La femme me regardait d'un air suppliant. « Vous ne pourriez pas nous donner des nouvelles de Blois, monsieur ? »

– Que leur as-tu répondu ?

– Je leur ai dit : « Soyez tranquilles... » Je suis un salaud, Béatrice.

Dans le jardin de l'Hôtel-Dieu, à Blois, l'infirmière s'était couchée à terre mais le souffle de la bombe l'a retournée comme une crêpe et elle s'est retrouvée couchée sur le dos, sans une blessure. Simplement retournée. L'abbé Lemoine, vers lequel elle a couru ensuite, a cru au miracle. Rue Robert-Houdin, M. Laurens, député-maire, a eu moins de chance quand sa maison s'est écroulée et le docteur Grenoilleau n'a rien pu faire pour le sauver. A 11 h 30, un nouveau rugissement, dans le ciel, et les oiseaux à croix gammée qui reviennent pour une nouvelle ponte essaimée en chapelets défaits dont les grains tombent rues des Orfèvres, du Change, Denis-Papin, et places Ave-Maria et du Marché-à-la-Filasse. A la gare des tramways, va-t-on laisser ces corps déchiquetés sans sépulture ? Mais point de croque-morts, d'orgues et de curés. Où sont les parents et les amis ? Sur quelle route, dans quelle cave ou dans quel trou, morts eux aussi ? Pourtant, il faut prévoir une paix revenue, peut-être, un jour ; une mère qui reviendra, un père qui fera des démarches, des enfants qui voudront déterrer et enterrer une nouvelle fois leurs parents et fleurir leurs tombes. En attendant, on creuse près du dépôt, et on aligne dans une fosse les cadavres lorsque le docteur Grenoilleau a une idée.

– Gardons les papiers, a dit quelqu'un.

– Non, a répondu le docteur. Nous-mêmes pouvons être tués et, à supposer que nous survivions, comment reconnaîtrons-nous les morts, après la guerre ?

– Avez-vous une idée, docteur ?

– Oui.

On a glissé les papiers dans des bouteilles attachées par une ficelle à chaque cadavre, et c'était un bien étrange spectacle que de voir ces gisants, au fond de la fosse avec, leur barrant la poitrine, non pas une épée mais une bouteille comme si une confrérie d'ivrognes avait péri au cours de ses célébrations païennes et comme si les rares survivants leur avaient confié en viatique bachique le symbole de ce qui les avait tués. Alors, au jour de la résurrection, ils se lèveront en brandissant leur bouteille et chanteront autour du trône du Créateur effaré. Mais l'abbé Sauvel dont la noire soutane erre courageusement dans les rues désertes, prêt à tracer le signe de la croix sur le front des cadavres ou à aider une âme à franchir les portes de la mort, l'abbé n'en croit pas ses yeux. Est-ce la fin du monde au milieu des ruines et des fumées qui se dissipent, ou bien est-il le premier homme de retour au paradis terrestre ? Dans les rues désertes, tous les animaux de l'Arche ont-ils enfin débarqué, après le déluge ? Il est entouré de lapins, l'abbé, de poules, de chats et de chiens, de perruches, de canaris et de tourterelles qui fêtent le retour aux libertés de l'Eden et chantent en leurs langues la bonté de l'apocalypse qui les a délivrés. Sautillent les lapins en montrant de manière gamine leur cul fourré, caquettent les poules, pépient les oiseaux, dialoguent entre eux chiens et chats, hier éternellement ennemis et aujourd'hui réconciliés dans un paradis en chaos mais d'où l'homme a disparu. Avenue Victor-Hugo, l'étonnement de l'abbé ne connaît plus de bornes lorsqu'il aperçoit un monstre de cauchemar qu'il met quelques instants à reconnaître. Un fantôme surgi d'une ruine. Un autre homme sur lequel l'abbé se précipite, désignant l'animal.

– Vous avez vu ?

– Bien sûr, monsieur l'abbé.

– Mais d'où vient-il ?

Est-ce un monstre allemand ? Un tank à quatre pattes revêtu de cuir vivant ? Un espion transformé en Léviathan par quelque magie ?

– Il a dû s'échapper de la cour de la gare où on avait parqué des bêtes du cirque Amar en attendant un train.

– Ah ! fait l'abbé à qui l'éléphant adresse un coup d'œil malin avant de se remettre à croquer, trompe levée, les savoureuses feuilles des tilleuls et des marronniers de l'avenue.

– C'est un éléphant, dit l'homme.

– Oui oui, je vois bien, murmure l'abbé. Nous aurons vu cela, mon ami.

– Eh oui, monsieur l'abbé.

Poches bourrées d'hosties, tête bourrée de trouble, le prêtre s'éloigne, plus entouré d'oiseaux que le pauvre d'Assise. L'homme sourit puis replonge dans les ruines.

Il a eu de la chance, cet éléphant. Aux Métairies, le responsable des réserves du cirque Amar, les palefreniers, les garçons armés de tridents ont pleuré avant de faire appel aux soldats du 52e régional.

– Nous ne pouvons pas évacuer les animaux, mon capitaine. Ils vont mourir de faim... Ce n'est pas possible... (il y a eu un silence et puis :) Il faut les abattre et nous n'avons pas d'armes.

Deux camions de soldats ont bientôt débarqué. Les uns riaient parce qu'ils allaient réaliser leur rêve d'enfant et chasser le lion; les autres étaient tristes de tartariner au bord de la Loire. Le soldat Meslé a dit à un copain :

– On va descendre ce chameau qui nous a rien fait pendant que les Boches nous enculent. Merde ? On se bat en France ou en Afrique ?

– Avec le rhinocéros, on va y aller à l'obusier ?

– En plein dans l'œil, il y passe.

Les singes ont été les premiers à comprendre que la mort avait le visage de ces garçons aux joues roses et qui portaient un pot de fer renversé sur la tête. Ils ont crié l'alerte, affreusement, de toute leur gorge, de toutes leurs babines retroussées sur leurs dents jaunes. Ils criaient, ils pleuraient, ils bondissaient dans leurs cages et les mères serraient les bébés, aux grands yeux doux, contre leur sein. L'instinct a prévenu les femelles, avant les mâles, que les hommes allaient tuer leur race et leurs petits; et panthères, tigresses, lionnes, tournent dans les cages, ouvrent la gueule, feulent en découvrant leurs crocs, avec au ventre une peur venue du fond des âges. Et puis soudain, Radjah, le plus beau des lions, le roi solennel et toujours endormi de ce royaume, s'est réveillé et a poussé un long rugissement où il disait son règne sur les forêts et sa colère contre l'imposture des hommes. Il disait son mépris de leur lâcheté, sa puissance prisonnière mais indomptée face à leurs ruses, il invitait son peuple à la révolte et rugissait en exhalant l'haleine empestée de ses entrailles. Alors, dans ce coin de jungle perdu au cœur de la France, à l'appel du maître, s'est élevé, effroyable, un concert de cris, hurlements, sanglots, gémissements, plaintes et rugissements, et dans les intervalles de cette cacophonie, on entendait le ricanement des hyènes en panique parce qu'elles allaient crever mais heureuses et riant à la pensée que tout serait charogne.

– Et si les balles ricochent contre les barreaux, mon capitaine ?

– Visez bien.

– On va les tuer tous ?

– Oui.

– Même le petit éléphant ?

– Oui.

– C'est une honte, mon capitaine.

– Nous ne sommes pas là pour discuter les ordres.

– Je ne savais pas que j'aurais deux galons sur les manches pour tuer des singes.

– Moi non plus, lieutenant.

– Nous serons décorés pour ce haut fait d'armes ?

– Taisez-vous ! Exécution !

Les détonations. Les rafales. Mêlées au concert maintenant inouï. Les fauves qui bondissaient, increvables, fouettés par les balles, s'abattaient, rebondissaient, s'écrasaient enfin, gueule ouverte. Les singes, affolés, en pagaille virevoltante, en tournis qui les dérobaient aux balles et l'un d'eux, par un prodige, qui réussit à passer la tête et tout le corps à travers les barreaux et qui s'enfuit, véloce et glapissant, avant d'exécuter trois culbutes, tête éclatée. L'autruche qui court, décapitée, agitant son croupion tout de même comme une prostituée provocante. Un zèbre qui se cabre, frappé au poitrail, comme soulevé par les balles, avant de s'agenouiller, croupe en l'air, et de poser doucement sa tête sur le gazon ; un dromadaire patte déchiquetée. Les soldats fous de honte, de colère ou de joie, qui maintenant ont décidé d'en finir avec ces putains de singes et tirent par rafales croisées et les singes s'étreignent, les mâles crachent, et tous tombent par grappes. Et le petit éléphant a d'abord été rendu aveugle avant de mourir et il trottinait en pleurant mais on lui a bourré le crâne de balles et il s'est assis, trompe toute molle, et a enfin glissé sur le flanc. Les cris, les ordres des officiers mais les soldats n'obéissent plus et laissons-les faire, pense le capitaine, car s'ils obéissaient ils s'arrêteraient de tuer. Et les balles ont fait sauter le cadenas de la cage de l'ours César et celui-ci, bien qu'il ait reçu une balle dans l'épaule, s'avance debout, tête renversée, crocs découverts, pattes ouvertes comme pour étouffer tous les tueurs sur sa poitrine; mais il titube et deux soldats reculent pour mieux l'ajuster et le foudroyer. Dans leur enclos, les gazelles filent et s'écroulent en plein vol. On grenade les otaries dont le bassin bouillonne avant de se transformer en mare de sang. Un soldat, au couteau, scie la queue de Radjah et l'accroche à son ceinturon. Les hyènes, elles, ont montré leur cul poisseux aux bourreaux et ont chié de mépris ou de peur avant que les balles ne fassent gicler leurs entrailles et leur merde. L'interminable boucherie a duré une heure. Ou une éternité. Les soldats transpirent, hagards. Le silence est tombé sur le massacre des Métairies. On a gagné cette guerre.

Les soldats sont remontés dans les camions. Ils transpirent. Ils riaient en racontant leurs exploits mais bientôt une lassitude s'est abattue sur eux. Ça existe, la fatigue des tueurs. A quelques kilomètres des Métairies, d'ailleurs, leur convoi s'est trouvé coincé dans les flots de voitures qui arrivaient d'Orléans, de Vendôme, de Châteaudun et d'Herbault, flots qui se brisaient les uns contre les autres, tournoyaient, remontaient, redescendaient, éclataient en giclées absurdes sur des chemins de campagne qualifiés de « raccourcis » par des malins qui consultaient des cartes, et le paysan éberlué voyait passer devant sa ferme, la Delahaye aux nickels rutilants ou le couple en tandem qui demandait à boire. « Est-ce qu'on rejoint la route de Bordeaux? » « Ben... » « Celle de Toulouse, peut-être?... » Mais le paysan, à qui on n'avait jamais posé la question de savoir si en traversant ses terres on rejoignait Toulouse, Bordeaux ou l'Afrique, répondait qu'à son avis ça n'était pas le bon chemin.

Les chauffeurs des camions ont réussi à s'arracher à la

cohue et roulent vers Blois en se repérant sur une colonne noire qui monte droit au-dessus de la ville : les dépôts de mazout de l'entreprise de cylindrage Brun qui fument, après le passage d'avions allemands. Mais les appareils ne se sont pas éloignés, ont viré au nord et sont revenus bombarder et mitrailler la forêt de Celettes. Les soldats, qui avaient sauté des camions pour se planquer dans les fossés, se sont relevés et regardent. « Ils bombardent les forêts, maintenant ? Ils sont malades ? » Le capitaine, jumelles aux yeux, déclare : « Ils doivent croire qu'il y a des dépôts camouflés de munitions ou de matériel... » Il n'y a que des biches, des lapins, des écureuils et des sangliers qui tourbillonnent dans les fûtaies et ne comprennent pas comment la mort peut venir du ciel. Ils ne savaient pas qu'ils étaient des biches ou des renards français, ils n'avaient déclaré la guerre à personne, ils étaient neutres et voici que les hommes, leurs ennemis, ne les traquent plus de clairière en fourré en se hélant de la voix, en excitant les chiens, en faisant pétarader des fusils, tous bruits familiers au peuple sauvage des forêts, voici que les hommes lâchent le tonnerre et la foudre du haut du ciel.

– Ils le font exprès, dit le soldat Languiron. Ils bousillent les bêtes.

Et le soldat qui pourtant vient d'abattre un buffle, aux Métairies, serre son fusil avec colère. Il est de la région, Languiron. Il connaît la forêt de Celettes. Il en aimait les oiseaux, les daims, les renards, les gentilles biches qui fuyaient en entendant son pas et qu'il tuait loyalement. Il n'aurait jamais cru que les Boches « s'en prendraient à ces pauvres bestioles ». Les soldats, les civils, les réfugiés, les hôpitaux, les enfants, d'accord, c'est la guerre. C'est pas beau mais c'est la guerre alors que bombarder une forêt pour massacrer des lapins et des écureuils, « ça, dit-il, c'est dégueulasse ! » Il rêve de tenir un Allemand au bout de son fusil. Il le conduirait dans la forêt puis lui ordonnerait de se foutre à poil et de courir. Alors, il viserait bien et le descendrait dans le dos, comme une bête.

– J'ai juré à ces pauvres gens qu'à Blois, il ne se passait rien, dit Mandel à Béatrice. Je n'osais pas les regarder dans les yeux...

Le grand chien noir folâtre lorsque Valentin descend de sa bicyclette. Marie, qui reprisait une chaussette gonflée par un œuf de bois, lève les yeux et, en même temps que son cœur a bondi de joie, elle s'est piqué un doigt au bout duquel jaillit une goutte de sang qu'elle laisse s'arrondir, comme une perle rouge. Il s'approche d'elle. Va-t-il lui prendre la main et porter le doigt à ses lèvres ? Mais il désigne le doigt blessé pour inviter Marie à arrêter la minuscule hémorragie. Comme une enfant qui boude, lentement elle suce son index et jamais elle n'a été aussi désirable qu'en ce moment où elle suce son doigt. Cette nuit il a rêvé d'elle et il a osé ensuite, les yeux ouverts, mains derrière la tête, couché sur la paille de la cabane où Ballu ronflait et où flottait, dans la nuit de juin l'odeur épaisse d'hommes endormis, il a osé rebâtir les cloisons de son rêve effondré. Il était à genoux aux pieds de cette fille et tendait les bras vers elle qui s'était avancée. Il caressait les pieds puis les chevilles, les mollets et les genoux blancs; plus longuement ses mains allaient le long des cuisses, remontaient vers les hanches et Marie le regardait, son regard accroché au sien, mais au fur et à mesure que les mains de Valentin glissaient sur son corps, elle s'affaissait, elle pliait les jambes, elle s'agenouillait à son tour; et les mains montaient vers le torse et Marie maintenant renversait la tête en arrière. Jusqu'à ce que Valentin, réveillé par un faux mouvement, se retrouve sur la paille de la cabane et auprès de lui ne découvre que Ballu ronflant et N'Doulo roulé en boule comme dans un nid et qui siffle en respirant. Mais que voulait dire ce rêve? Serait-il capable de coucher avec l'infirme? « Elle est belle et ne dirait pas non, peut-être... Mais être dégueulasse à ce point, moi? Profiter de l'occasion qu'elle n'a connu aucun homme et parce que son infirmité l'empêchera d'en connaître? Si je ne suis pas tué dans cette guerre et si je me marie un jour est-ce que je me souviendrai, ce jour-là, que j'ai autrefois couché avec une paysanne sourde et muette dont le grand-père est sans doute mort, qui est désormais seule et vieillit dans un asile? Au fond, si je la sautais, je me conduirais comme un soudard qui se jette au hasard sur de la chair fraîche. Salaud à ce point, moi? » Il se lève, enjambe les corps écrasés de Ramier et de Perou, sort de la cabane et respire l'air plus frais de la nuit. Il ne sait que faire de son corps.

Il est pieds nus et l'herbe est si délicieusement fraîche qu'une pensée folâtre lui vient. Grimper au haut du talus, se déshabiller et rouler jusqu'en bas, comme un tonneau. Ou aller se baigner dans le torrent avec la lune pour seul témoin? Il lève le nez et regarde la lune. Elle a l'air d'excellente humeur et Valentin s'amuse à y déchiffrer des visages. Il n'est pas toujours à la hauteur du malheur qui devrait l'accabler, ce lieutenant. Il a parfois des distractions de chagrin comme en ont les enfants, même lorsqu'ils sont bien décidés à pleurer mais que le vol d'un papillon, derrière la vitre où ils boudent, distrait soudain; et qui sont furieux et se remettent à sangloter si leur mère les surprend en flagrant délit de consolation par vol de papillon. Non, il n'ira pas se baigner et ne se roulera pas dans l'herbe. Mais être exactement et totalement désespéré quand la nuit est si belle n'est pas chose facile. Juste avant le suicide? Peut-être. Sauf que Valentin caresse l'herbe humide de rosée, de la plante des pieds, et n'a pas du tout envie de se suicider.

Elle reprisait donc des chaussettes et Courtaud, appliqué, pelait des patates.

– Vous arrivez à point, lieutenant. Vous mangerez avec nous. Marie nous fera des frites et une omelette aux cèpes.

Courtaud pèle très fin les patates, comme un paysan avare, et Valentin regarde, fasciné, glisser la lame du couteau.

– Vous épluchez fin, dit-il en souriant.

– Oui, répond le Vieux, à l'armée c'est pas le cas, hein? Corvée de pluches et vas-y qu'on gaspille la moitié et qu'une patate comme le poing devient une noisette. A la campagne, on fait attention.

A la campagne, Valentin l'ignore, on connaît le prix de tout. On sait qu'il faut ôter délicatement la peau des fruits en évitant d'arracher la chair, on sait sur quoi il faut que la main soit légère, sur la patate épluchée, le bois qu'on rabote, le cheval qu'on étrille, et ce sur quoi il faut qu'elle pèse. Les mancherons de la charrue, par exemple, pour que s'ouvre la terre. A la campagne, on touche les choses avec les mains qui tantôt manient la tondeuse pour creuser profond, jusqu'à la peau, dans la laine du mouton, tantôt voltigent sur la volaille plumée pour arracher la brume du duvet qui l'enrobe. A la campagne, on touche, pétrit et caresse tout avec les mains : le pis des vaches, la terre, le ventre des brebis qu'on délivre, le maïs qu'on égrène, l'oie qu'on gave en une glissade du pouce et de l'index, le long du cou, pour qu'elle ingurgite le grain, les gosses qu'on taloche, les bêtes qu'on frappe, les femmes. A la campagne, tout est vie et tout est chair.

– Ça s'est animé du côté du pont, hein?

– Oui, dit Valentin.

– Foutent le camp comme des lapins enfumés.

– Oui.

– Y'a pas si longtemps, on les voyait passer avec leurs autos et les bicyclettes. C'étaient les congés, il paraît. Maintenant, c'est d'autres vacances.

– Oui.

Courtaud relève la tête, pousse son béret en arrière d'un coup sec, avec la pointe du couteau, fixe sur Valentin un regard bleu et voilé.

– Je suis allé du côté du pont pour voir ça, avec Marie. De loin. Pas de près parce qu'on aurait eu l'air de regarder passer des bêtes. Alors vous voulez que je vous dise, lieutenant ?

– Si vous voulez...

– Je ne les plains pas. C'est triste à cause des enfants et des vieux, mais c'est tout. Les jeunes, je ne les plains pas.

Il secoue la tête et fait : « Non, non... » Il cisaille à coups précis les patates qui tombent, futures frites, dans la bassine.

– Vous les plaignez, vous, lieutenant ?

Valentin hausse les épaules.

– Je ne sais pas.

– Tout le monde fout le camp. On sait pas où sont les Boches mais ça fait rien. On galope, allez! allez!

Et il lance allégrement une poignée de patates dans la bassine.

– Ça galope et ça se traîne aussi.

– Vous n'avez pas envie de les suivre ?

– Non, je dois rester. C'est un ordre.

– Rester jusqu'à quand ?

– Je ne sais pas.

– Jusqu'à ce que les Boches arrivent ?

– Je ne sais pas.

– Personne ne sait rien en ce moment. J'écoute même plus Ferdonnet.

– Ferdonnet ?

– C'est le nom du traître de Stugar.

Valentin, Marie et grand-père ont dîné dehors, dans la cour de la ferme, au bord du rectangle que découpait la lumière de la cuisine et sous un ciel qui en silence se cloutait d'étoiles. Elles ont peur du renard depuis des milliers d'années, les poules qui dormaient, tête sous l'aile, perchées sur les branches basses des arbres, près de la mare. Les canards, les oies, les dindons avaient cessé, en même temps que le jour levait sa séance, de discuter des graves problèmes dont, depuis l'aube, ils avaient débattu. Les moutons reposaient en formant un épais tapis de laine à la houle figée, les uns la tête posée sur la paille, les autres sur le flanc ou le col de l'ami. Les vaches broyaient l'herbe gluante entre leurs meules mais en faisant le moins de bruit possible. Elles ruminaient la guerre, la déroute, le malheur, les ruines et elles en avaient l'œil doux de sérénité.

Et Marie, le plus bel animal de cette jungle fermière, allait et venait en silence de la cuisine à la cour, pourvoyeuse de viandes et de fruits. Courtaud essuya son couteau sur son pantalon de toile et le referma avec un bruit sec après en avoir examiné la lame propre avec satisfaction.

Maintenant, Valentin regardait Marie, installé dans une béatitude. Au fond, c'est un animal parfait à condition d'oublier qu'il existe d'autres femmes. Et elle aussi le regardait hardiment et comprenait que dans une rêverie il acceptait d'être vaincu.

Courtaud continuait à se verser du vin, posément, et à remplir le verre de Valentin comme s'il eût voulu se saouler, avec une sorte d'application butée, et entraîner le jeune homme sur cette rive. Puis, soudain, la horde des réfugiés apparut, sous la lune, au bout du chemin, et envahit la cour. Des hommes et des femmes, des enfants, des soldats débraillés, des aveugles, des unijambistes qui sautillaient sur leur pilon, des prêtres dont le bas de la soutane était crotté de boue, des estropiés, des facteurs qui couraient en perdant les lettres dont débordait leur boîte arrimée sur le dos, des rescapés de bombardements qui laissaient derrière eux une trace de sang et l'un, qui avait eu la main gauche tranchée, l'avait ramassée et la brandissait dans sa main droite... Le cortège, dont tous les membres avaient des visages de cire, traversait la cour en silence puis allait se perdre on ne savait où, dans la nuit. Valentin ouvrit les yeux. Non, il avait dormi quelques secondes. Courtaud buvait. Marie desservait la table. La lune argentait la surface de la mare et poudrait les arbres où, parfois, dans leur sommeil, se secouaient les poules. On entendit le cri d'un crapaud qui timidement essaya de chanter puis, après avoir quatre ou cinq fois gonflé sa gorge de goitreux, se tut. Même les hirondelles étaient rentrées à leur base, laissant quelques chauves-souris jouer dans le ciel nocturne et plonger en vols brisés sur la cour. Et à chacun de leur passage on entendait le bruit mouillé de leurs ailes. Valentin se leva. Ça va, il tenait debout. Il ne se casserait pas la gueule, à bicyclette, pour aller rejoindre l'immense armée dont il était l'invincible général. A Marie, il donna un sourire. A Courtaud, il serra la main.

– Merci, j'ai passé une bonne soirée. Je dois revenir au pont.

– Je vous accompagne un bout de chemin, dit le Vieux, qui s'est levé, a oscillé puis a replanté solidement ses pattes sur terre.

Ils marchent. Le lieutenant appuie, sans qu'il y paraisse, sur le guidon de la bicyclette. Courtaud s'arrête brusquement, ôte son béret, se gratte la tignasse, se recoiffe sec comme s'il aplatissait une galette sur sa tête.

– Dites, lieutenant...

– Oui ?

– Il faut que je vous parle, lieutenant.

La voix est basse.

– Oui, dit simplement Valentin.

– Il faut que je vous dise... C'est un service, oui, un service que je voudrais vous demander.

– Oui, dit Valentin un peu dégrisé. Je vous écoute.

Le Vieux hésite.

– Non, pas ce soir. Demain. C'est ça, demain je vous parlerai. Vous avez passé une bonne soirée ?

– Oui.

– Allez, bonne nuit, lieutenant, bonne nuit maintenant. Il fera beau demain.

17 JUIN

Comme un somnambule, Valentin traversa le flot des réfugiés dont la nuit avait pétrifié le chaos, sous la lune qui l'enveloppait de sa cendre blanche. Rien qu'un immense torrent aux flots démontés et figés, aux rochers sculptés par la lumière blême, rien qu'un sommeil écrasé par le poids du ciel. Parfois le vagissement d'un bébé, un cri, une silhouette d'estompe qui se dressait, la lueur de phares qui clignotaient sans raison puis qui s'éteignaient. Est-ce que ce serpent au corps boursouflé par de hideux grumeaux – automobiles, cars, charrettes, autobus – se réveillerait à l'aube pour reprendre son rampement, ou bien est-ce qu'il gisait là, écailles crevées et qui bientôt ne retiendraient plus la pourriture fermentant sous leur cuirasse ? Le pont brillait, intact. Toujours calme dans l'ajustement de ses pierres que la lune peignait en ocre fané. Enfin, le lieutenant Valentin rejoignit son P.C. où l'Armée française, écrasée par un invincible sommeil, ronflait victorieusement. N'Doulo, chien fidèle, ouvrit les yeux, sourit et ses crocs d'ivoire brillèrent dans la pénombre. Repoussé par l'odeur et la chaleur qui emplissaient la cabane, Valentin s'allongea sur l'herbe près de la Hotchkiss, prêt à s'abandonner au sommeil en regardant les étoiles auxquelles sa douce saoulerie posa des questions. Quel était le secret que voulait lui confier le Vieux ?

La nuit laissa la question sans réponse et Valentin, aux premières lueurs de l'aube, se réveilla le crâne endolori par une migraine. Il se dirigea vers le torrent pour se rafraîchir et se raser. On court derrière lui, il se retourne. C'est le sergent Ballu, pieds nus et en liquette qui le rattrape et salue. « Mon lieutenant, quels sont les ordres pour aujourd'hui ? » « Les ordres ? » « Oui, c'est ça, mon lieutenant... » dit Ballu, machine à obéir. « Il n'y en a pas, il n'y en a plus. » « Mais, mon lieutenant, c'est pas possible... » Déjà le sergent entend le soldat Perou s'écrier entre deux ricanements : « Pas d'ordres ? bon! Alors, sergent, je déserte. Je vais demander aux réfugiés de me faire une petite place. Tu viens, Ramier ? » Ballu a la tête qui tourne. « Vous désertez, Perou ? » « Oui, sergent. » « Pourquoi ? » « Parce que ça vous fait chier et pour voir la gueule de Ramier, s'il m'accompagne. » Ramier répondra : « Je ne t'accompagne pas. Fous le camp, l'Étudiant! Je t'enverrai ton fusil par la poste. » « Ci-gît ce con de Ramier, catholique de mes deux, mort pour la France, près du pont de mon cul! » C'est hier qu'a eu lieu cette querelle. Le sergent a fini par hurler qu'il allait leur casser la gueule à coups de crosse. N'Doulo, accroupi sur les talons, observait la scène de tous ses yeux encore plus blancs dans sa face de charbon. Puis, Perou a éclaté de rire : « Je vous demande pardon, sergent. *Non solum* je ne déserterai pas *sed etiam* je suis prêt à me faire tuer. » Et comme Ballu, stupéfait, n'en croyait pas ses oreilles, Perou a ajouté : « Et vous savez pourquoi ? Pour vous montrer, à vous et à Ramier, que je suis un type compliqué. Et que je déteste tellement la guerre, cette guerre, toutes les guerres, que j'ai envie d'y crever. (Puis très calme.) Pour la France. (Il s'est tourné vers Ramier.) Sauf que tu me rendrais service si tu me disais où elle est passée. Tu as une idée, Pomme à l'eau ? » « Tu es compliqué », a dit Ramier. « On n'est pas là pour discuter », a conclu le sergent Ballu. Il se souvient de cette querelle désordonnée et maintenant s'effare : « Pas d'ordres, mon lieutenant ? » Valentin, devant la mine foudroyée du sergent, se ressaisit : « Mais si ! Toilette générale à 9 heures, démontage et vérification des armes ensuite ; dans l'après-midi nous remonterons la colonne des réfugiés, à distance et au-delà de la colline pour voir jusqu'où elle s'étend. Le soir, j'irai moi-même à la ferme Courtaud chercher de la nourriture. » « Il en reste, mon lieutenant. On a des conserves, du pain dur mais la nuit le ramollit... » « Je ramènerai des œufs durs et des fruits. Le vieux paysan est heureux de ravitailler l'armée... » « A vos ordres, mon lieutenant ! » N'Doulo arrive à longues enjambées. « Je te rase, mon litnou ! Je te rase moi ! » « C'est ça, N'Doulo, viens me trancher la gorge.. ». Et le lieutenant et sa panthère noire descendent vers le torrent comme le soleil bondit à l'est, au-dessus des bois qui couronnent les collines et réveille dans la vallée le serpent de l'exode qui se remet à ramper.

– Allez, vas-y, coupe-moi le cou.

– C'est ça !

Le Nègre rit en faisant mousser le savon.

– Tu as déjà vu des morts, N'Doulo ?

– Oui, là-bas.

– Dans ton pays ?

– Là-bas, mon litnou. Et toi ?

– Oui oui.

– Beaucoup ?

– Des tas.

Il ment. Mais manquerait plus que ça que le chef n'ait pas marché entre des rangées de cadavres ! Et le prestige ? Bonjour bonsoir, comme dirait le Noir. Or, le lieutenant Valentin, au cours de sa vie héroïque, combien en a-t-il vu des morts ? Deux. Il n'avait jamais encore fait le compte. Deux, c'est ça. Pas plus. Réfléchissons... « Oui, de près, je n'en ai vu que deux. » Le premier, le grand-père maternel – Valentin avait sept ans – qui gisait dans la chambre du fond, à côté du jardin, mais on avait évidemment fermé les volets, voilé les miroirs et allumé deux cierges. Paul jouait dans le jardin où une cousine veillait sur Lison qui dormait dans une couverture posée sur l'herbe. « Il faut que Paul embrasse son grand-père avant qu'on ne le mette dans le cercueil » a dit le père. « Tu crois ? » a demandé la mère. « Oui. » « Mais... » « Dans ma famille, Hélène, les enfants ont toujours embrassé les morts. » « Tu as raison. » Pour une fois, le stoïcisme antique de Charles et la résignation chrétienne d'Hélène étaient à l'unisson. C'est le père qui parla : « Viens embrasser ton grand-père, Paul. » « Pourquoi ? » « Viens... » Valentin ne se souvient plus si on lui raconta que grand-père dormait ou autre chose. Ce qu'il n'a pas oublié, c'est qu'il fallut le hisser sur le lit et qu'il était presque à quatre pattes quand il posa un baiser sur le front très froid du grand-père, dans la chambre où seul son visage luisait. Quand il revint dans le salon, oncle Pierre, le frère de sa mère, secrétaire du Comité des Pèlerinages pour le département, évoquait avec tante Léa et d'autres femmes le dernier pèlerinage du Rosaire. « Cette année, nous irons à Lorette, mes amies. » « Et Rome ? » demanda Mlle Yvonne, dont le visage ridé s'illumina. « Ah ! Rome ! Difficile... Mais un jour, peut-être, on ne sait jamais ! Rome ! Rome ! » Papa, qui traversait le salon pour reconduire Paul dans le jardin, tourna vers oncle Pierre un sourcil étonné. Rome ? Rome ? Qu'est-ce qui lui prenait, au beau-frère ? Ah oui, le pape, c'est ça, Pie XII qui ressemble à un épervier déplumé, le pape. C'est ça, leur Rome ! Il entraîna Paul d'une main ferme. Deuxième mort, le père. Grand, sec, très noble. Allongé dans le même lit. Maman, Lison, et lui enfin, qui l'ont embrassé. Les mêmes fenêtres fermées, le même miroir voilé, les mêmes cierges. Mais Lison avait quatorze ans et ne dormait plus dans le jardin. Dans le salon, toujours le même oncle Pierre promettant cette fois que l'année prochaine on « ferait » Notre-Dame de Sion. « Et Rome ? » demanda Mlle Yvonne, au visage encore plus ridé et qui justement avait fait ses études, à Paris, chez les Dames de Sion. « Les plus belles années de ma vie, répétait-elle pour la millième fois. Nous avions un uniforme, robe bleue et collerette blanche. Un lacet autour du cou, de coton pour les jours ordinaires, de soie pour les fêtes religieuses. Il y avait un parc plein d'oiseaux. Le jeudi et le dimanche, lorsque nos parents venaient nous chercher, nous saluions d'abord nos maîtresses, toutes des religieuses, en sortant du rang, puis nous nous dirigions vers eux. Quand nous avions un chagrin, la mère supérieure nous recevait dans son bureau et nous disait : « Tu as un chagrin, ma fille ? Eh bien, j'ai à faire et vais sortir dix minutes, mais en attendant voici une feuille de papier. A gauche, tu vas écrire toutes les raisons que tu as d'être heureuse; à droite d'être malheureuse. » Alors, nous écrivions : « J'aime mes parents, je n'ai pas péché cette semaine, je ne suis pas malade, j'ai reçu un cadeau pour ma fête... etc. » et nous avions tant de raisons d'être heureuses que nous n'osions pas, ensuite, dire notre petit chagrin. » Ainsi pépiait Mlle Yvonne, amoureuse de Dieu et cantinière du pape. « Ah! Rome! Un jour, peut-être, Rome! » Oncle Pierre se tourna vers maman. « Cette fois, tu viendras à Sion, n'est-ce pas, Hélène ? » Puis il s'aperçut qu'il venait de commettre une gaffe et que sa sœur avait compris : « Maintenant que Charles est mort, te voilà libre de participer à ces pèlerinages auxquels tu n'osais pas venir. » Oncle Pierre changea de conversation. Valentin conduisit le deuil. A ses côtés, maman toute voilée de noir et Lison qui lui donnait le bras. Lui, tête nue mais en uniforme, regardait fixement la couronne accrochée à l'arrière du corbillard où se détachait, en grosses lettres d'argent : « A Charles Valentin, ses compagnons du 272e régiment. » Immédiatement derrière Valentin, maman et Lison suivaient, drapeau en tête, les anciens combattants et, derrière eux, le reste de la famille. Valentin avait imposé cet ordre. « Voilà mes deux morts, après vingt-trois ans de guerre... »

– T'i rasé, mon litnou.

– Ah! c'est bien. Tu fais des progrès. Merci, N'Doulo.

Jamais le général Guderian n'aurait cru que la guerre pût donner de tels bonheurs. Il respire de tous ses naseaux l'air brûlant de juin et de France. Sa poitrine est une forge si brûlante qu'il ne s'étonnerait pas d'y voir fondre sa Croix de fer. Arqué sur ses cuisses, jambes écartées, bottes écrasant la mousse roussie par le soleil, il est penché au-dessus de la carte étalée sur une table de plein air et y trace au crayon gras de longues balafres rouges. Il écrase le crayon sur Saint-Dizier, Chaumont, Langres, Besançon, Dijon, il appuie sur la peau de la France, il la troue comme avec un poignard, et les balafres tracées par le crayon sont des rigoles de sang qui vont s'effilant et dont les langues de serpent s'étirent sur Nancy, Mirecourt, Besançon, Dôle, Pontarlier; de Vesoul remontent en trident vers le nord; de Châlons se faufilent en direction de Lyon puis plus loin encore, vers le sud... Tout manœuvre comme à la parade, tout obéit sans heurts. Les 1re, 2e, 6e et 8e Panzern déchirent sous leurs meules d'acier la douce terre de France, crèvent les villes, ces écrans de carton posés devant elles comme des leurres inutiles. Les trois groupes d'armées, von Bock, von Runstedt, von Lieb, pilonnent l'enclume molle de l'armée française qui s'enfonce dans la terre et les fouets maniés par von Kühler, von Reichenau, von Kluge, List, Busch, von Witzleben, s'abattent en ronde rythmée sur le pauvre corps martyrisé de la France. Terribles noms des bourreaux germains qui pulvérisent sous leur sonorité barbare les doux patronymes des généraux français. Que peut faire un Giraud contre un von Reichenau, un Blanchard contre un von Kluge, un Bourret contre un von Witzleben ? Le combat des voyelles et consonnes n'est pas égal. A Guderian, on a pourtant opposé deux beaux noms, Huntziger et Corap, à la musique violente, mais le dogue allemand qui commande le 19e corps blindé a ri. Son seul adversaire sérieux, en France, il s'en souviendra toute sa vie, a été un sanglier. C'était le 12 mai dernier, du côté de Bouillon, dans la vallée de la Semois où roulaient les tonnerres de l'artillerie, où les falaises répercutaient l'écho des bombes lâchées, une fois n'était pas coutume, par des avions alliés. Guderian, tête lourde au poil rasé autour des oreilles, face large aux méplats ombrés par la visière de la casquette, avait installé son Q.G. volant à l'hôtel Panorama, juché au-dessus de la vallée et célèbre rendez-vous de chasseurs, naguère, comme l'attestaient les nombreux trophées accrochés aux murs. « Ici, Sedan... » Et la forêt où roulent les chars Pz Kw 1 frappés d'une feuille de chêne. « Oui, général, ils ont atteint Illy... Mais où franchirons-nous la Meuse ? » « Ici... Côte 247 et Wadelincourt. Demain. » « Demain ? C'est impossible, général ! s'écrie le colonel Nehring. Tous les ponts du Bouillonnais, de Fabert, de Torcy, de l'Écluse, tous les ponts de la Meuse ont sauté. Von Runstedt n'a pas justement apprécié... » Guderian, sans relever la tête, gronde : « L'ordre ne vient ni de von Runstedt ni même de von Brauchitsch. L'ordre vient du Führer ! » « Ah ! » fait Nehring. Alors se détacha du haut du mur de pierre, une énorme tête de sanglier qui chut bruyamment sur la table en manquant d'assommer Guderian. « Ho ! » cria le colonel en sautant en arrière, mais déjà le général-dogue avait éclaté de rire. « Vous voyez, colonel, le Führer n'a pas été content de vous entendre exprimer des doutes et a ordonné à notre meute de passer la Meuse. Regardez la carte : la tête est tombée de l'autre côté du fleuve. » Il y a à peine un mois de cela. Maintenant, les blindés de Guderian, le régiment « Grossdeutschland » en tête, balaient devant eux comme poussière, grumeaux, déchets et feuilles mortes, l'armée française. Maintenant, entre Besançon et Vesoul, une immense colonne de prisonniers français appartenant au G.A. 2 traîne ses brodequins douloureux sur la route, escortée par une automitrailleuse en tête, des motocyclistes en flanc-garde qui vont et viennent comme chiens de berger et des cyclistes casqués, en queue de troupeau, qui pédalent nonchalamment. Et Mme Miotte, pharmacienne, n'a pas eu peur, et, avec sa fille de dix-huit ans, a quitté sa petite villa qui s'appelle « L'Armoise » pour courir vers la route et regarder passer les prisonniers. Au moins, a-t-elle pensé, verront-ils deux femmes, une mère et sa fille, avant d'être emmurés là-bas, là-haut, dans le nord, on ne sait pas, on ne sait où. Les deux femmes sont là, au bord du talus, statues de douleur et de pitié. Certains prisonniers, les plus jeunes, tournent la tête vers elles. Elles ont un sourire. Ils ont un sourire las. Les plus vieux ne regardent même pas les deux femmes et vont, hagards, le regard bas, les joues creuses et salies de poussière et de barbe, le torse barré par une absurde couverture en boudin, la tête pleine de honte, peut-être, et le cœur inondé de renoncement. Le chalut allemand balancé dans le vivier avait ramené, au hasard, des échantillons de dix et vingt espèces : pionniers, chasseurs avec leur tarte sur la tête, zouaves à chèche, fantassins aux vareuses où ne brillaient plus les gros boutons de métal jaune, artilleurs sans canons ou sans chevaux, mitrailleurs sans mitrailleuses, hussards motocyclistes sans motos, groupes de reconnaissance, régiments régionaux aux bandes molletières qui traînaient parfois comme des pansements défaits, tankistes sans chars, aviateurs sans avions, alpins, spahis, débris de régiments d'assaut, servants de D.C.A., il y avait de tout et même des marsouins. Et les Allemands avaient déversé leur butin sur cette route, en traînée kaki marbrée de gris, de gris-bleu, de verdâtre, de violet terni, de confetti rouges çà et là, que le soleil concassait sur son enclume de juin. Rien que le bruit des sides roulant le long de la colonne ou l'aboiement d'une voix teutonne; et le raclement des godillots de ce vingt-mille pattes. Fernande Miotte et Josette, sa fille aux belles joues, découvraient avec stupeur l'un des aspects les plus mystérieux de la guerre : la capture des mâles depuis toujours emmenés à Babylone, à Rome, et maintenant chez Pharaon, en Germanie, pour y construire la pyramide de son triomphe. Tous ces garçons! pensait Fernande. Tous ces hommes! pensait Josette. Toute cette masse de chair, de peau, d'os, de poils, de sexe, chassée vers l'Allemagne, pour y être châtrée pendant que la France, condamnée à la stérilité, se tordrait de désir sur sa couche. Un soldat tout blond, se tourna vers Josette et, soudain, sa misère envolée, il y eut de la joie dans ses yeux; il envoya un baiser à la jeune fille qui vers lui agita une main légère. Puis le soldat marcha, tête tournée vers elle. Longtemps. Jusqu'à ce que son voisin gronde entre ses dents : « Tu vas attraper un torticolis, Ducon. C'est pas demain que tu la baiseras... » « J'ai pas envie de la baiser. C'est pas pour ça... » Toute sa vie, le soldat Pierre Pelot, vingt-deux ans, se souviendra de Josette-au-bord-de-la-route, dix-huit ans, qui à la fin lui envoya aussi un baiser. Comme elle était belle dans sa robe bleue et comme il était beau avec sa crinière blonde sur la tête. Et ce sourire qui appelait Josette vers le bonheur, qui s'étirait comme la colonne avançait, qui se rompit lorsqu'il cessa de tourner désespérément la tête vers elle. « Je ne la retrouverai jamais. » « Je ne le reverrai plus. » Est-ce que l'amour peut naître, en quelques secondes, entre un soldat dont le pas redevient lourd et qui s'éloigne à l'horizon et une jeune fille dont le sein se gonfle de tristesse et qui dit à sa mère : « Rentrons, maman, je ne veux plus regarder, je ne peux plus, maman... » Est-ce qu'un amour peut naître et qui ne sera jamais oublié ? Elles remontent, enlacées, le chemin de la petite villa au toit rose, autour de laquelle même les arbres lèvent leurs branches au ciel en signe de reddition.

La colonne stoppe brusquement, que les chiourmes, à grands coups de hurlement font se rabattre sur le côté, comme apparaissent en avant-garde des véhicules tractés, sans bâche, hérissés de mitrailleuses; puis des fusiliers portés, enfin des chars rageurs de s'essouffler un peu à l'arrière. En tête, debout sur l'un des véhicules, un mitrailleur à sa gauche et qui tend vers le ciel une tête de loup aux aguets, le général Guderian sanglé dans sa capote, malgré la chaleur. Comme à la parade. A peine quelques regards vers les proies captives. Il en a tant vu, depuis qu'il a bondi hors de son repaire de l'Eifel, de ces mornes cortèges. Des kilomètres de prisonniers en colonne par cinq qui remontent vers l'Allemagne alors qu'en flot contraire les monstres d'acier s'enfoncent dans les plaines, les forêts et les villes de France. Un « Halt! » guttural court le long du flot descendant. Les chars freinent, tressautent et stoppent.

– Regardez, commandant, dit Guderian au commandant von Kielmansegg dont le véhicule tracté vient de se porter à son flanc, juste au sommet d'une butte qu'épouse la route.

– Que se passe-t-il, Herr General?

– Je ne sais pas... Une poche à réduire, je suppose.

Les tankistes ont sauté des chars, les fusiliers ont mis pied à terre pour mieux voir le spectacle.

– Ils sont fous? On a fermé la tenaille plus au sud, Herr General. Des chars, vous croyez?

– Je ne sais pas...

Guderian braque ses jumelles mais une épaisse ligne de bois l'empêche de distinguer l'objectif pilonné.

– Je ne comprends pas. Ou les nôtres s'amusent, ou bien ils ont repéré un nid.

– La Luftwaffe ne s'amuse pas, Herr General.

– Oui, oui, je sais. En tout cas ils cognent, là-bas.

Là-bas, où une trentaine de bombardiers ont formé une grande roue d'où jaillissent les flèches hurlantes des Stukas. Tourne la Grande Roue dans le soleil et jaillissent les flèches. De lourdes boursouflures montent vers le ciel comme d'énormes oursons pataudss qui voudraient sauter à travers la roue mais qui retombent doucement à terre, dans leur fourrure noire.

– Tanks ou infanterie, il ne va rien rester, dit Guderian.

Le commandant von Kielmansegg dit à voix basse :

– C'est terrible...

Guderian lui lance un regard curieux. Quoi donc est « terrible » ? Qu'on écrase l'ennemi ? Il donne l'ordre au chauffeur de remettre en marche. Kleist ne cesse de lui parler de Rommel, de ses prodiges... C'est le rival, Rommel, admiré et jalousé. « Qui sera le Bonaparte de cette guerre, lui ou moi ? » Et Guderian chaque jour se pose cette question. « Qui ira le plus vite ? » « Moi ! » se jure Guderian.

Rommel, au nord, n'est jaloux de personne. Il n'aime pas la guerre mais la victoire et ses haletantes ivresses. Il bondit hors d'un camion débâché.

– Que se passe-t-il, capitaine ?

Le capitaine von Lück, commandant le 37e bataillon de reconnaissance, discute avec un officier français. Des deux côtés de la route qui, après Méhéran, mène à Saint-Brice, un chaos de pièces d'artillerie et de canons antichars. Des chevaux paissent, d'autres sont encore attelés et secouent leurs harnais. Von Lück dit :

– Cet officier prétend que le maréchal Pétain a fait une proposition d'armistice et a demandé aux troupes françaises de déposer les armes.

– Oui, oui ! dit le Français.

– Pas entendu parler de ça, dit Rommel. Dites-lui que ça ne m'intéresse pas et que j'ai des ordres. Et les ordres, c'est ça !

Bras tendu, il désigne l'horizon.

– Mais ni ses officiers ni ses soldats ne veulent plus combattre, Herr General.

– Excellente idée !

Le Français, petite moustache, cheveux noirs plaqués sur le crâne, dit : « Gefangen... »

– Non ! Pas de prisonniers ! Qu'ils jettent leurs armes et foutent le camp. Où ils voudront.

– Raus! Raus! (Rommel bat des bras en désignant la campagne alentour.) Pas le temps de faire des prisonniers. Si ça les amuse, qu'ils agitent des mouchoirs!

Le capitaine von Lück aboie ses ordres. Des soldats sautent de leurs engins et hurlent des « Raus! Raus! » en agitant les bras comme des bergers chassant un troupeau de moutons. Éberlués d'abord, ravis ensuite, les Français courent à travers les herbages.

Saint-Brice, Le Ménil, La Chapelle, Flers. Nulle résistance. Pas un coup de feu. Bourgs, villages, villes, traversés à toute allure. Citadins, villageois, paysans, vieillards, femmes, enfants, des prêtres, des religieuses, d'innombrables soldats sans armes, perdus et fondus dans ces foules accourues comme pour voir passer un rallye. Ou une caravane. Ou une procession de jouets représentant des chars, grandeur nature et dont on a remonté si fort, en tournant la clef à fond, le ressort qu'ils ne peuvent plus s'arrêter. Les Allemands? C'est ça, les Allemands? Où vont-ils? A Cherbourg? Mais pourquoi sont-ils si pressés? Pourquoi cette furie aveugle qui les jette en avant? Pourquoi cette boulimie de villes qu'ils avalent sans même les mâcher? Autrefois, croient se souvenir les Anciens, on avait un front que l'on poussait contre celui de l'ennemi. On était comme deux taureaux. L'un reculait, l'autre avançait en de terribles va-et-vient sur la terre piétinée par les deux brutes. On se battait avec une rage inouïe pour une colline, un petit bois, un chemin creux, comme d'abominables avares qui, à quatre pattes dans la boue se disputent férocement une piécette. Les soldats, ces paysans, défendaient un champ, un trou, une motte de terre, un arbre avec une rage insensée. Ils en crevaient, ils en pissaient le sang, ils en perdaient un pied, un bras, une jambe, ils jaillissaient d'une tranchée, la gnôle ou le schnaps au ventre, baïonnette en avant comme une fourche brandie par ces éternels croquants. Ils se battaient pour de la glaise qui les crottait jusqu'aux yeux, raidissait leurs capotes, collait en tranches baveuses à leurs godasses. Et la guerre de la boue, de la neige sale et des ciels gris pesant sur la glèbe bouleversée, était en ce temps-là compagne des hivers. Mai et juin 40. La guerre au printemps, la terre dure sous les roues et les chenilles d'acier. Point de boue. L'argile sèche transformée en poussière de gloire soulevée par des animaux de fer que fabriquent les entrailles de gigantesques usines. Alors, les paysans de France en laissent tomber leurs fourches et leurs vieux fusils parce qu'ils ne savent pas se battre au soleil contre ces sangliers qui ne respectent pas les règles de la chasse, réglementairement fermée en juin. Que font les gardes champêtres ? Qu'attendent-ils pour verbaliser ces brutes insolentes perchées sur des tracteurs ? Mais quelle est cette guerre depuis toujours inconnue qui ne respecte ni les communiqués, ni le flux et reflux du front sur quelques kilomètres, cette guerre sans batailles et presque sans ennemi, puisque personne, à Sées, à Maroques, Briouze, Écouché, Macé ou Méhéran, ne lui tire dessus ? Peut-être parce qu'il passe trop vite ? Mais où est la guerre ? Comment la faire contre ces voyageurs casqués et blindés dont le seul souci semble n'être que de boire l'espace et de soulever de la poussière ? Comment leur dire : « Arrêtez-vous et, là, sur cette ligne, battons-nous les uns contre les autres ! » Il n'y a plus de lignes. Les généraux ont leur P.C. sur des camions qui roulent plus vite que les Panzern et lancent les ordres de l'avant. La guerre n'est nulle part puisqu'elle est partout. Dans villes et villages, soldats sans armes mêlés aux civils errent sur les grand-places et l'on dirait que va s'ouvrir un bal étrange à voir ces pioupious égarés dans la foule comme à la recherche d'une cavalière. Sauf qu'il n'y a pas d'orchestre et de cris joyeux mais une nappe de rumeurs qui enveloppe la foule et tremble dans l'air, en suspens au-dessus des têtes dont tous les regards ne se croisent que pour s'interroger. Où sont- « ils » ? On attend les voyageurs. A Flers, la foule, sur la place grouillante, a vu arriver, debout dans sa voiture et à la tête du 37e bataillon de reconnaissance précédant sa division, Rommel. Impassible. Lunettes de tankiste remontées au-dessus de la visière. Alors, on vit un vieil homme aux yeux fous et bleus, à la chevelure froissée et blanche et qui portait une veste noire et un précieux lacet de soie noire en guise de cravate, autour du cou, alors on vit un vieil homme, bouche ouverte sur un cri qu'il n'arrivait pas à pousser, se précipiter vers le général, dans un remous de foule; et le vieillard brandissait un antique revolver dans sa main tremblante et le pointait vers Rommel mais deux soldats français se précipitèrent sur lui et lui arrachèrent l'arme pendant que le capitaine Hanke sortait comme un démon de la voiture, que ses soldats bondissaient de leur tan-sad; et tous allaient se jeter sur le vieillard pour lui casser le crâne sur le pavé, peut-être, ou sur l'aile de la voiture lorsque Rommel, dressé, hurla de ne pas toucher au vieux et de le laisser aller. « Il a voulu vous tuer, Herr General! » dit Hanke. « Et alors, capitaine? Est-ce que par hasard nous ne sommes pas l'ennemi? » Il se laisse tomber sur le siège de la voiture, s'y cale et Hanke l'imite. Il y a un long silence et, derrière, la colonne continue de trouer la foule. Rommel murmure : « Que savons-nous de ce vieil homme? Peut-être est-il un ancien d'une autre guerre qu'il a gagnée et que nous avons perdue. Peut-être un vieil instituteur qui avait appris à ses élèves que leur pays était invincible. Peut-être a-t-il eu un fils, tué à la Marne ou à Verdun... Nous ne savons pas, capitaine. Il lui a fallu sans doute beaucoup de douleur pour oser être aussi fou. C'est un homme brave. Je me souviendrai de lui. » « Et lui de vous, Herr General. »

Dans son salon puceux, le vieil homme halète. Il répète : « Des Français m'ont empêché de le tuer! Des Français! » Sa femme, perdue dans des jupes noires, le supplie de prendre un verre avec de l'eau de Mélisse. « Mon Dieu, mon Dieu... Mais qu'est-ce qui t'a pris? Mon Dieu! » Elle gémit, elle pleure. Le vieux prend le verre d'une main décharnée et qui tremble. « Je suis sûr que c'était un général... Ils m'ont empêché de... » « Bois... arrête de trembler » dit la femme.

Guderian annonce à l'O.K.W. son entrée dans Pontarlier. Hitler scrute la carte zébrée de traits, de ronds et de flèches. « Pontarlier ? » Le maréchal von Brauchitsch, lui-même penché sur une carte dit : « Impossible, mon Führer, il y a erreur. Ce doit être Pontailler-sur-Saône. Ici! « Envoyez télégramme avec prière de rectifier. » Guderian ouvre le pli, se cambre en lisant la signature – « Adolf Hitler » –, sourit, prend une feuille de papier, écrit de sa propre main où brille une bague en or frappée d'un auroch : « Kein Irrtum. Bin Selbst in Pontarlier an Schweizer Grenze. Heil Hitler! Guderian. » (Aucune erreur. Suis moi-même à Pontarlier, près frontière suisse. Vive Hitler. Guderian.)

– Champagne, Herr General?

– Non. Vin.

Il hume le bourgogne, narines au ras du verre. Il dit, sans se tourner vers lui, au commandant Volker :

– Dites, commandant, où croyez-vous que se trouve Rommel?

– Je ne sais pas, Herr General.

– J'espère qu'il s'est fichu à l'eau à force d'avancer en Normandie. Ou bien qu'il trépigne au bord d'une falaise.

Le général éclate de rire, puis lève son verre.

– Gloire au 41ᵉ corps et à la 2ᵉ Panzer, commandant!

– Gloire à vous, Herr General. Et « Vive Hitler! »

– Oui, « Vive Hitler! », bien sûr...

Ça coule. Est-ce que ça s'arrêtera un jour de couler? Mais où est donc la plaie infectée et brûlante, hors de laquelle bouillonne toute cette sanie ? Est-elle si profonde qu'on ne puisse la cautériser et en refermer les lèvres ? Réfugiés vers quels refuges ? Marcheurs d'exode chassés vers quels déserts ? Toute la France sur la route, toute la France, dirait-on, sur cette mince route qui vient s'étrangler dans l'étau d'un pont. Mais pourquoi, au lieu de s'entasser dans ce canyon sans falaise, ne s'égaillent-ils pas dans les champs et les bois ? Croient-ils, ces moutons, que cette route mène vers quelque bergerie ? « Les cars bleus de la Vallée de l'Orne », il y en a trois, essaient de distancer celui de « La Flèche picarde » car l'un des chauffeurs n'a pas été sans remarquer que ce dernier paraissait s'essouffler et a dit à ses deux collègues : « Attention, s'il tombe en panne sur le pont, il va tout boucher et nous ne pourrons plus passer... » Mais comment doubler « La Flèche picarde » dans ce tohu-bohu de piétons, de voitures, de cyclistes, d'autobus à plate-forme dont les chauffeurs vocifèrent avec l'accent de Belleville, de fourragères attelées et que traînent des chevaux aux fers usés, dans ce fleuve couvert de tant d'épaves que l'on n'en aperçoit pas le flot. Depuis hier, sont apparus des soldats et des engins militaires, mêlés à la cohue. Des camions regorgeant de troufions hilares ou hébétés aux écussons de dizaines de régiments, des artilleurs qui ont balancé n'importe où les caissons pour aller plus vite ; des roulantes tirées par des mulets, des camions américains flambant neuf, White, Studebaker, Dodge, remplis bizarrement d'aviateurs ; des débris de divisions, des échantillons de régiments, des morceaux de compagnie, des rescapés de cent unités, des secrétaires d'état-major bringueballés par une Torpédo grise dont une malle se détache du toit, chute, éventrée, et vomit des liasses de précieuses cartes annotées « Secret militaire », « Très secret », sur lesquelles, sans doute, étaient fléchés les plans de l'avance de l'armée française (lorsque, tambours-majors en tête, elle entrerait en Allemagne) et indiqués les châteaux où s'installeraient les états-majors ; des garde-magasins, confortablement assis sur des tapis de capotes et de vareuses, jouent à la belote à l'arrière d'un camion aux bâches qui flottent; un sous-officier hurle et se congestionne parce que ses soldats, qui en ont marre de marcher à pied, prétendent balancer dans le fossé le chargement de deux taxis réquisitionnés et bourrés de flingots modèle 1916 et de FM 16 encore en caisses; des chars H 35 et H 39 follement hérissés de bicyclettes glanées dans la traversée d'un village et pillées chez un marchand de cycles et quand les monstres auront brûlé la dernière goutte d'essence, on sautera sur les vélos, a dit le capitaine Grellier qui, pour l'heure, assis sur le rebord d'une tourelle braille des menaces à l'adresse d'un corbillard chargé de panières au milieu desquelles Mme Busson, épouse de Busson Louis, patron des « Pompes funèbres d'Amboise », allaite Busson Robert, âgé de huit mois. « Vous allez vous ranger, oui ou merde ? » gueule le capitaine. « Merde ! » répond Busson Louis. « Je vous avertis que je crève vos sacs d'avoine et que vous n'aurez rien à donner à bouffer à vos canassons ? » « Et moi je fous le feu à vos boîtes de conserve, galonnard ! » « Vous insultez un officier ? » « Ah oui ? Parce que t'es officier ? Excuse-moi mais je croyais que les officiers cassaient du Boche au lieu de foutre le camp. Les Boches, c'est par là. C'est pas devant. » Le bébé pleure. Mme Rose Busson se dresse au milieu des panières, un gros sein blanc à l'air. « Vous ne voyez pas qu'il y a un bébé, là-dedans, et qu'il faut qu'il tète ? » Les soldats applaudissent et scandent : « L'autre ! L'autre ! » Mme Rose Busson, indignée, leur lance : « L'autre quoi, imbéciles ? » « L'autre nichon, beauté ! » hurlent les tringlots. « Vos gueules ! » ordonne le capitaine Grellier soudain galant et fasciné par le gros sein laiteux de Mme Rose Busson. On s'empile, dans un orage de cris, dans le froissement des écailles de tôle du fabuleux serpent. Coups de freins et les phares explosent en percutant contre le cul de l'engin qui précède mais ça repart tout de même, les yeux crevés. Les nuques sont violettes. Les torses, les cous, les fronts ruissellent de sueur. La France, hier encore nourrie de tripes, de daubes, de cassoulets, de bœuf miroton, de steaks nappés de beurre, d'escalopes à la Normande et de petit salé à la Bretonne, perd la guerre en même temps que des milliers d'hectolitres de sueur. Tout le lard français, toute la graisse nationale fond misérablement au soleil de juin, marbre les aisselles et les corsages, colle les robes aux cuisses, ruisselle dans les vallées de millions d'omoplates. Ça coule, ça gicle dans le saccage universel, ça fond dans l'immense cuve aux parois brûlantes de la débâcle. On s'écrase vers le pont et au rythme même où le soleil monte dans le ciel, vers son zénith torride, on voit surgir de plus en plus de militaires de tout poil, de toute couleur, de toute arme, comme si la déroute des armées, là-haut, venait maintenant s'ajouter à la panique d'un peuple en le poussant en avant et en s'y mêlant comme pour, dans cette masse, se confondre ainsi que le font les cerfs, dit-on, qui, lorsqu'ils sont traqués n'hésitent pas à se nicher au creux de troupeaux domestiques afin de rendre hésitante la meute des chiens. Alors le torrent baisse et roule pêle-mêle piétons, attelages, tronçons de convois d'artillerie lourde, voitures de pompiers, pousseurs de brouette, autobus, voiturettes, hussards motocyclistes, fantassins, et le train, et des camions à ordures du « Service de nettoiement de la ville de Dreux », et des blindés aux canons dont le trou noir est un œil ahuri, et des chars Somua de vingt tonnes rageant de toutes leurs chenilles comme des Gulliver étonnés de se retrouver englués dans une marée de nains, et des roulottes, des charrettes où sur un lit de foin pour les chevaux, mères, vieillards, enfants, oncles infirmes et grands-pères catarrheux, voisine, embarquée parce qu'elle possède « de l'argenterie », cette vieille fille, et a promis qu'elle n'oublierait pas « sur son testament » ceux qui lui auraient rendu service, juchée au milieu des baluchons, des valises lacérées par les ans, des gros nuages mous formés par des draps sales enveloppant on ne sait quoi, paraissant se laisser conduire, résignés, vers le lieu de leur supplice; et des vans pour abattoirs, et des camions de livraison de grands magasins, et des 75 sur affûts halés par des rosses, des ambulances, des scouts stupéfiants sous leurs chapeaux de policiers canadiens prêts à fumer le calumet de la paix avec d'introuvables Iroquois, des religieuses, les unes blanchies par le cloître et marmonnant la patenôtre, les autres guillerettes et fraîches malgré tout comme le sont les nonnains, parfois, en leur jeunesse inaltérable, des triporteurs du « Planteur de Caïffa », la Celtaquatre d'un voyageur de commerce remorquée par une automitrailleuse dont le conducteur a, par miracle, retrouvé un « pays ». On marche, les genoux raides, les pieds écorchés, les yeux en fièvre, la barbe aux joues. On a oublié d'ôter la pince à linge du pantalon lorsque la chaîne du vélo aux pneus déjà crevés a irrémédiablement sauté et qu'on a dû abandonner le cycle hors d'usage. On marche et on roule dans un nuage de poussière, de chaleur, d'odeur d'huile, d'essence, de crottin, d'urine et de merde parce que la dysenterie s'en est mêlée et qu'on se soulage en ourlant la route d'excréments, sur les bas-côtés où l'herbe poussera plus drue l'année prochaine, gorgée de cet engrais. Et voici les roulottes du cirque Franco-Russe, ex-cirque Solario, dont M. Armand Pamboudjian, le directeur, a fait abattre à Montargis les chevaux dont on a entassé les quartiers sanguinolents pour nourrir les lions qui sont plus précieux, et la viande devient charogne et pue dans les fourgons, et se noircit de mouches dans les cages où les fauves somnolent. Et assise sur une chaise arrimée à l'avant de sa roulotte, Mme Antinéa, la voyante qui prévoit tout et sait tout, bonheur, argent, mariage, voyages, amour, fouette sa mule et compte la recette des consultations qu'elle a données la nuit dernière, dans le fossé, à la lueur d'une lampe à acétylène, pour pouvoir lire les lignes de la main. Qu'est-ce que c'est ? D'où sortent-elles ces trois berlines – il y a une Lincoln et deux Nash – conduites par des douairières qui ont une ou deux dents en or et le front buté ? A l'intérieur, les pensionnaires de « Chez Marlène », le plus beau bordel du XVIIIe arrondissement.

Malheur! les hétaïres ont abandonné Rome! Mais elles attirent la sympathie et non l'hostilité des réfugiés et des soldats. Ils n'auront pas nos putes, les Fritz! Elles sont dépoitraillées et gentilles. Elles distribuent du chocolat qui fond et colle et l'une s'en farde et se fait une bouche et une moustache de clown pour consoler un enfant qui pleure. Et puis, elles sentent bon car elles n'ont pas oublié d'emporter – profession oblige – poudres et patchoulis. Et puis, si les Fritz rattrapent la horde en fuite et violent ces dames, ils perdront leur temps et pourront se rhabiller pour leur extorquer un soupir, truqué mais soupir, de plaisir; et puis, après tout, elles sont aussi la gloire de la France, dans le monde, et si les Allemands ont eu l'Alsace et la Lorraine, la Flandre et l'Artois, les Vosges, la Normandie, le Vexin, Courbevoie et Paris, demain peut-être Perpignan, Alger et Sidi-bel-Abbès, ils n'auront pas nos courtisanes. On aurait pu croire que leur chair à vendre attendait les Frisés, qu'elles souriraient aux Huns, allongées sur des divans, eh bien, non, elles ont pleuré et quand Mme Jeanne, chef maquerelle patriote, a dit : « Allez, mes filles, on s'en va! », elles ont grimpé dans leurs chambres à la hâte pour y ramasser leurs affûtiaux en crachant des jurons contre les maquereaux qui les battaient, elles, les filles, et qui ne se sont pas battus, eux, les hommes. L'armée française, Rita, Lili, Jenny, Josyane, Marion, Viviane, croyaient que c'était une magnifique armée de maquereaux auxquels il suffirait de cracher par terre, de se remonter le pantalon, comme ça, en secouant les épaules, de poser le cigare allumé sur le bord du comptoir en disant au taulier : « Tu surveilles le cigare, j'en ai pour une minute, je reviens... » et, voilà, en trois baffes et deux coups de savate, c'était réglé, sur le trottoir, et ces messieurs revenaient, très calmes, en s'époussetant négligemment le revers du veston. De vrais hommes. Elles croyaient ça, les filles, mais les macs allemands étaient entrés dans le boxon français comme dans du beurre; et personne ne s'était trouvé là pour leur barrer le passage et les renvoyer dans leur bordel à choucroute avec, gravée au couteau, une croix gammée sanglante sur le front. Donc, pensaient les putes, la France – quelle honte! – avait été un bordel mal tenu. Sans discipline. Sans l'amour du vrai boulot. Sans protecteurs qui en avaient dans les falzars. Et maintenant, sur les routes, elles n'avaient pitié que des enfants et quand un sergent, vareuse défaite, jambes ballantes à l'arrière d'un camion qui roulait à la hauteur de la Nash conduite par Mme Jeanne, lança en rigolant, applaudi par les autres troufions : « Ho, les petites, vous voulez qu'on vous donne des sucettes? On en a plein, dans le camion! » tout en désignant sa braguette, Rita lui cria : « Ferme ta gueule, espèce de pédé! » Et un vieil homme qui avait été témoin de la scène, dit : « Quand les putains traitent les soldats de pédés, c'est qu'une guerre est perdue... » Sa femme se tourna vers lui et le regarda avec désapprobation. Jamais elle n'avait entendu son mari, certes ancien combattant, s'exprimer aussi grossièrement. Elle pinça les lèvres et tapota des doigts le sac de cuir bouilli posé sur ses cuisses qui contenait bijoux et « souvenirs de famille ».

Ce fut un drame pour trier parmi ces « souvenirs ». Quoi emporter? Quand le vaisseau « France » se mit à couler, telle était la question bredouillée par ses millions de passagers : quoi emporter? Dans l'angoisse et la hâte de la fuite, à quel cambriolage absurde de soi par soi-même se livrer? Rien. Tout. N'importe quoi. « La promenade des Anglais » mise sous verre et qu'on avait achetée, il y a vingt ans, lors du voyage de noces. On a décroché soudain le cadre du mur, on a eu un pincement au cœur en voyant la tache plus claire de son emplacement sur la tapisserie du salon. Ou bien on a emporté la pelle de boulanger de l'arrière-grand-père parce que c'était un souvenir de famille historique. La batterie de cuisine en cuivre, ce trésor. Des draps, du linge, le trousseau de la fille, lorsqu'on la mariera. La vaisselle de porcelaine. Les cannes à pêche et les moulinets dont l'achat avait provoqué une scène de ménage entre les époux. « Si tu gaspilles l'argent avec tes cannes, moi je me ferai faire l'indéfrisable et je le ferai faire chez “ Maud ” où ça coûte le plus cher! Et tu crois que ça m'amuse, moi, de m'asseoir sur l'herbe, chaque dimanche, et de te regarder suivre ton bouchon pendant des heures? Et maintenant voilà qu'il veut emporter son attirail! Mais où tu pêcheras, imbécile? » « Écoute, Paule, ça tiendra pas de place, sur la Vivaquatre, et c'est pas le moment de s'engueuler, non? » On a emporté des couvertures, la cage des perruches, le panier du chat qui miaule et griffe l'osier, le bronze du tireur à l'arc, verdâtre et qui trônait sur la commode, offert par les collègues de la Compagnie du Gaz quand on est parti à la retraite, le bateau dans une bouteille acheté à Saint-Malo, un trois-mâts *Le Bougainville,* trente francs, le plus cher de la boutique. Et le vase chinois gagné à une loterie de la foire. « De toute façon, puisqu'on prend des couvertures, il n'y a qu'à envelopper dedans le vase chinois... » On a emporté les objets qui régnaient depuis toujours dans la maison : la poupée de porcelaine en perruque blonde et qui rêvait, sa robe de marquise étalée sur le dessus-de-lit jaune; l'obus astiqué de la guerre de 14, le serre-livres formé par deux éléphants poussant de la trompe, la lampe d'albâtre, la boîte à musique, la pendule dont le cadran repose sur l'épaule d'une jeune fille éplorée aux pieds de laquelle une cruche renversée laisse s'échapper un flot de métal doré. On ne savait pas, on ne savait plus quoi rafler tant la hâte était folle. Le crucifix, le bénitier qui était au-dessus du lit, le violon sans cordes, les photographies de la famille dans leurs cadres d'étain – grands-pères moustachus, grand-mères en coiffe empesée, mariés solennels, soldats coiffés de calots impeccables ou de casquettes à visière, premiers communiants raides comme des piquets, bébés couchés sur le ventre, en barboteuse et la fesse à l'air attendant la sortie du petit oiseau, photo de la classe élémentaire immortalisée par « Ducourt et fils, photographes. Mariages, communions, cérémonies, manifestations sportives et banquets », prise par M. Ducourt lui-même, la tête enfouie sous un immense drap noir. Les Images, les Images! A tout prix emporter les Images sacrées des vivants et des morts, de Jésus, de saint Antoine, de sainte Thérèse et de lares plus obscurs. « Et sainte Bernadette! Il faut emporter sainte Bernadette! » gémissait Armande Montolieu, à Viroflay, Seine-et-Oise, et Roger, son mari, communiste, n'était pas d'accord : « Qu'est-ce qu'on va en foutre de ta Bernadette ? Elle est en plâtre! Elle va se casser! » Mais Armande n'a pas cédé et, très en colère, a crié : « Eh bien, je l'envelopperai dans tes drapeaux rouges! Parce que je les emmerde tes drapeaux rouges! » « Et moi j'emmerde ta Bernadette! » Les voisins, les Cabet, qui empilaient leurs propres hardes sur des vélos, ont entendu cette scène hurlée de ménage et Mme Cabet a dit : « Même dans la tombe, ils continueront à s'engueuler, les Montolieu! Il faut dire que le mari est alcoolique! » « Mais non, c'est faux. Toi, tu crois que tous les communistes sont des ivrognes... » a dit Léon Cabet. On a emporté les livres de distribution des prix des gosses. Jules Verne, Ernest Pérochon, *Le Tour de France de deux enfants, La Mare au Diable, Sans Famille, La Vie du capitaine Henri de Bournazel,* le héros à la veste rouge, « mort pour la France dans le Tafilaret » et qui, comme tous les enfants devraient le savoir, tomba en montant à l'assaut du Bou Gafer. Or, ce jour-là il n'avait pas mis, sur ordre de ses supérieurs, la légendaire veste rouge qui terrorisait les Arabes parce qu'ils le croyaient invulnérable. « Prends Bournazel. » Tous les livres de prix. Ça vaut de l'argent. C'est relié. Les titres sont gravés à l'or. Et le cuisinier de *L'Auberge du Daguet,* près de Bernay, dans l'Eure, a emporté toute la collection de la revue *Culturisme* parce qu'il est photographié dedans et avait été sacré en 1931 « plus bel athlète de Normandie » avant de se casser une vertèbre. Ce qui lui valut d'être réformé.

– C'est incroyable, dit Ramier.

– Quoi ? demande Perou.

– Le grand déménagement... Regarde le mec : il a une

baignoire sur le toit de sa bagnole. Incroyable ce qu'ils trimballent.

– On a bien trimballé nos flingues et nos grenades près de ce pont de merde, non ?

– C'est pas pareil.

– Si, c'est pareil. Ton flingue ou une cage à oiseaux, c'est du pareil au même aujourd'hui.

Ramier, sur la butte, regarde ces milliers de clochards, jaillis d'on ne sait quelle cour des miracles enfumée par les gardes du guet.

– C'est triste, dit-il.

– Tu trouves ?

– Ouais, Perou, c'est triste. Tu as envie de te marrer, toi ?

– Ya !

Et Perou descend le talus et expédie un coup de godasse dans un tumulus de taupe. Ramier le suit et, pour rigoler, lui fait un croche-pied mais l'autre se retourne et gueule presque :

– Me fais pas chier !

Stupéfait, Ramier constate que le copain est très pâle. Merde alors, est-ce que Perou serait malheureux d'assister à l'enterrement de la France ? Perou, « l'Étudiant », comme dit le sergent, Perou le pacifiste, Perou qui disait il y a à peine un mois : « Si j'avais des couilles, je déserterais ! », Perou le parpaillot qui espérait que les Frisés obligeraient les curés à peindre en rose la Ligne Maginot, voilà que Perou, comme ils descendent côte à côte le talus vers la Hotchkiss, dit à Ramier :

– Tu sais de qui j'ai pitié dans cette histoire ? Du lieutenant et du Nègre. Le lieutenant en aura pour la vie : se souvenir qu'il a fait la guerre en défendant un pont que personne n'aura attaqué et sur lequel il aura vu la France déguerpir; quant au Négro, dans sa cervelle, il ne croit plus à son papa. Hier, il a refusé de manger.

– Il ne veut plus de l'Eucharistie... a dit doucement Ramier.

Perou s'est tourné vers Ramier, l'air surpris.

– Ça t'arrive d'avoir du génie? C'est fou mais c'est génial ce que tu viens de dire. Chapeau, l'asperge, je te félicite.

– Danke schön, a dit Ramier.

D'ailleurs le maréchal Pétain n'aimait pas beaucoup le décor de ce salon. Ces trumeaux, ce grand lustre de cristal à pendeloques, ces chaises Louis XVI à tissu rayé et brillant, cette table Louis XV, chargée de bronzes dorés, ce haut miroir au-dessus du canapé qui donnait une profondeur artificielle à cette pièce trop élégante, non, ce décor ne lui paraissait pas l'endroit idéal pour enregistrer son message au peuple français, et il a été soulagé lorsque les techniciens de la radio lui ont dit que la table était trop basse pour qu'on pût y poser les microphones. On a alors installé, dans un autre bureau, une table en bois blanc.

– Laissez que je rédige mon message, a dit le maréchal.

Il s'assied. Il consulte quelques notes aux phrases déjà rédigées puis sa main court. Vingt-trois lignes d'une écriture maigre, à peine tremblante et penchée. Dehors, de lourds nuages, venus de l'océan, surplombent la ville et l'empoissent d'une chaleur grasse et qui étouffe, et qui colle les chaussures au goudron des rues et les épouses au flanc des hommes qui déambulent autour de la préfecture. Dans la cour de celle-ci entourée de gardes mobiles émerveillés par la technique moderne, stationnent d'étranges guimbardes.

– C'est ça, la T.S.F.? a demandé un garde à des types qui déroulent des mètres et des mètres de câbles.

– Non, ça, ce sont les voitures d'enregistrement.

– Ah! a répété le garde intimidé, « les voitures d'enregistrement »... Et il va parler dedans, Pétain?

– Non, il parle dans un bureau et ici on enregistre.

La cour se remplit. Une petite foule entoure les guimbardes et jette des regards curieux sur le matériel mystérieux qui les encombre.

Douze heures trente.

– Vous êtes prêt, monsieur le Maréchal? A zéro, quand je baisse le bras, on enregistre. Peut-être un peu plus près du magnétophone, monsieur le Maréchal.

– Comme ceci?

– Ce sera très bien, monsieur le Maréchal.

– Je suis prêt.

– Attention... Cinq, quatre, trois, deux, un, zéro!

Assis, avant-bras posés sur la table, lunettes à mi-pente sur l'arête du nez, le papier bien serré entre pouce et index pour atténuer le léger tremblement des mains, le vieil homme lit : « Français! A l'appel de monsieur le président de la République... » Dans les guimbardes, les graveurs glissent sur les grands plateaux vierges et qui tournent. « ... Je fais à la France le don de ma personne pour atténuer son malheur... » Les mains ne tremblent presque plus. « C'est le cœur serré que je vous dis aujourd'hui qu'il faut cesser le combat... » André Péteuil, l'ingénieur du son, observe l'aiguille de son cadran : la voix est bonne. « ... dures épreuves et fassent taire leur angoisse pour n'écouter que leur foi dans le destin de la patrie. »

Le maréchal relève la tète, range ses lunettes. Il a une roseur très légère aux pommettes. Il se lève. « Voilà... » dit-il. Il passe sur son front un fin mouchoir blanc plié en quatre. « Est-ce que je peux entendre? »

– Il faut descendre dans la cour jusqu'aux camions, monsieur le Maréchal.

– Allons.

Le maréchal marche droit, descend l'escalier. Péteuil l'accompagne, un peu en retrait. « ... qu'il faut cesser le combat... qu'il faut cesser le combat... » Trop occupé par son aiguille, l'ingénieur du son se souvient tout de même de la terrible phrase qui maintenant lui martèle le crâne. « Bon dieu, c'est fini, c'est fini, la guerre est perdue, c'est fini... » A chaque marche qu'il descend, Péteuil se répète : « C'est fini... » Il regarde la nuque du vieillard, les cheveux blancs qui poussent, mal coupés, sous la coiffure et, soudain, deux larmes, énormes, lui sautent littéralement des yeux. Dans la cour, on s'écarte sur le passage du maréchal. Les hommes ôtent chapeau ou casquette.

– Par ici, monsieur le Maréchal. Si vous voulez bien entendre, il faudrait que vous montiez ici.

Péteuil désigne le siège à côté du chauffeur.

Le maréchal s'installe dans le camion autour duquel, maintenant, la foule s'écrase. Il se tourne vers André Péteuil. Il lui dit, d'une voix sans timbre : « Si on leur avait fait payer cent sous à chacun, on aurait gagné notre journée... » L'ingénieur a un sourire. Le visage du maréchal se fige.

Les disques tournent. Pétain, tête légèrement penchée, écoute et ne reconnaît pas sa voix. « ... qu'il faut cesser le combat... » Un énorme sanglot, impudique, secoue la foule. Les hommes baissent la tête, les femmes ouvrent la bouche sur un cri muet. Des mouchoirs se glissent sous les voilettes. Des mains froissent les paupières qui se gonflent. « ... leur foi dans le destin de la patrie. »

Péteuil aide le vieillard à descendre du camion.

– Merci. Eh bien, allons.

Il traverse la cour pour entrer dans la préfecture. Il marche droit. Il ne regarde personne. Une femme, les joues ruisselantes de larmes, tend vers lui les bras et crie : « Monsieur le Maréchal... Merci... Monsieur le Maréchal, on vous (un garde mobile la retient doucement)... on vous aime... » Pétain a pour elle un bref regard et hoche la tête. A l'ouest, venant de l'estuaire, on entend, crevant dans la poitrine du ciel, comme un soupir grondé de tonnerre.

Pétain a disparu. Dans la cour, un ancien combattant, l'œil noir, le sourcil en accent circonflexe, brusquement chante : « Allons enfants de la patrie, le jour de gloire est arrivé... » mais personne ne l'accompagne et il s'arrête de chanter, l'œil encore plus noir. « Ben merde, le jour de gloire!... » dit un type en ramassant les câbles.

Dans l'église de Bruly-Le-Pèche transformée en réfectoire pour les membres du G.Q.G. du Führer, Hitler mange des pâtisseries en compagnie de trois officiers. Le capitaine Ranke entre, un message à la main. Il s'avance vers la table du Führer, fait passer prestement le message de sa main droite dans sa main gauche, claque des talons, salue bras tendu, refait prestement passer le papier de sa main gauche à sa main droite et le tend à Hitler.

– Une dépêche, mon Führer.

Hitler lit. Il tend le papier à Keitel et avant que celui-ci ne s'exclame ou fasse un commentaire, il dit :

– C'est un signe, messieurs. C'est le maréchal Pétain qui va nous demander l'armistice. Nous n'aurons pas perdu la guerre, dont Verdun n'aura été qu'une bataille, puisqu'elle aura duré trente-six ans. J'avais raison puisque c'est Pétain le vaincu.

Dans tout le réfectoire, la rumeur court : « Les Français capitulent! » Et, brusquement, tous les officiers, tournés vers le Führer toujours assis, très pâle, mèche affaissée, hurlent : « Heil Hitler! Heil Hitler! Heil Hitler! » Le maître se lève, agite la main et un sourire naît enfin sur le visage jaune.

Mandel déjeune au *Chapon fin*. Depuis la veille, il n'est plus ministre, il n'est plus rien qu'un bloc de mépris et de morgue et, dans la salle du restaurant aux murs boursouflés de rochers en carton peint, il pose précautionneusement, sur le bord de sa lippe, les tranches minces de sa glace aux fruits.

– Sforza vous regarde, Georges, lui dit Béatrice.

– Qu'il en profite avant que Mussolini n'arrive à Bordeaux.

– Mussolini?

– Pourquoi pas? A Hitler le nord, au Duce le midi. Et Pétain aurait fait « le don de sa personne » au néant.

Béatrice soupire. Mandel grogne : « Le don de ma personne! Le don de ma personne à la France? C'est inouï! et vous n'ignorez pas que le bruit court dans Bordeaux que je me prépare à faire un coup d'État... Oh mais, nous y voici!... Ils arrivent! »

– Qui donc?

– Mes geôliers, ma chère. Restez calme, je vous en prie. »

Les deux officiers de gendarmerie saluent brièvement debout devant la table.

– Monsieur Georges Mandel, voulez-vous nous suivre?

– Volontiers, messieurs.

Il plie sa serviette, sans hâte, pose une main sur l'épaule de Béatrice.

– Excusez-moi, je suis obligé de vous quitter.

– Georges!

Il a un rire.

– Je vous laisse le soin de régler l'addition.

Laval, installé dans un bureau de la mairie, écoute le policier ami.

– Il a serré la main à Spears comme pour lui faire ses adieux... L'hélice tournait, l'avion a commencé à rouler, doucement, porte ouverte, et brusquement de Gaulle a bondi dedans, comme un chat. Incroyable... La porte a claqué et l'avion a accéléré et décollé...

– Et à quelle heure cette histoire de fou s'est-elle passée ?

– Ce matin, à Mérignac, 9 heures...

– Vous avez prévenu qui ?

– Tout le monde. Pomaret, Alibert... et vous, maintenant.

Marquet, maire de Bordeaux, entre dans le bureau. Laval tend sa gueule de kalmouk en avant tout en se renversant sur son siège et – il était en bras de chemise – en passant les deux pouces dans son gilet, à hauteur de ses lourdes épaules.

– Connaissez la dernière, Adrien ?

– Mandel a foutu le camp ?

– Non. Pas encore. Y'a mieux : le fou s'est envolé pour Londres.

– Quel fou ?

– De Gaulle. C'est drôle, non ?

– Même pas. Aucune importance...

Dans le cinéma de la rue Judaïque ou siège le Sénat, une quinzaine de parlementaires, debout dans les travées. Un pépère à l'avant-scène. Va-t-il chanter devant ce maigre public ? Peut-être exécuter un numéro de prestidigitation ? Ou annoncer que « Tarzan trouve un fils » succédera sur l'écran, la semaine prochaine, aux « Cinq sous de Lavarède? » Non, c'est le président du Sénat, Jeanneney, qui dit son désir de s'entretenir avec Herriot au sujet du message de Pétain.

Le président Lebrun convoque le général Lafont : « C'est vous qui avez fait arrêter Georges Mandel? » « Oui, monsieur le Président. » « Mandel et le général Buhrer, commandant des troupes coloniales? » « Oui, sur ordre du maréchal Pétain... » « Et vous avez cru à un complot? Ourdi par un patriote comme Mandel? » « Je n'ai pas à croire, j'obéis, monsieur le Président. » « Mais c'est regrettable, c'est lamentable, je n'y comprends rien... » Lebrun reconduit le général Lafont jusqu'à la porte où l'attend son ordonnance. « Un pauvre homme, Lebrun, vraiment un pauvre homme. »

Weygand n'est pas mécontent d'occuper le même étage que Pétain qui a décidé de déménager demain du 304 boulevard Wilson pour venir s'installer dans l'hôtel du commandant de la 18e région, mais il a exigé aussi qu'on aménage deux pièces supplémentaires. « Une chambre à coucher et une autre pour la popote! » Dans le salon en rotonde du 304, boulevard Wilson, Pétain voit entrer, conduits par le capitaine Boireau, Mandel et le général Buhrer. Le premier, très calme, son visage tout affaissé dans le faux col en molle cataracte de mépris, le second qui écume : « Monsieur le Maréchal, on m'a arrêté, moi, un général, devant tout mon état-major! » Pétain regrette. C'était une erreur. Mandel exige que le maréchal écrive sur-le-champ une lettre d'excuse. Pétain s'assied et écrit.

« Il faut créer une Commune de Bordeaux? » s'écrie à l'Athénée municipal, M. Antoine Cayrel, député-maire du Bouscat.

Au « Capitole », rue Judaïque, Scapini s'engueule avec Pietri. Le docteur Briquet, député de l'Eure, supplie : « Messieurs, cessez le feu! Alors qu'on massacre la France sur les routes, c'est horrible, j'arrive de Tours... nous, parlementaires français, nous nous querellons! Cessez le feu! »

Reynaud, reçu par Pétain, balance. Va-t-il accepter la proposition du maréchal d'être nommé ambassadeur à Washington? Barthe, questeur de la Chambre, explique à Herriot qu'il a enfin obtenu de Marquet la réquisition d'un local, rue Anatole-France.

– Pour quoi faire?

– Pour que les séances de la Chambre prennent un caractère officiel. Il y a les formes, les règles...

– Oui, oui, vous avez raison, mon vieux.

Herriot tâte ses poches, sort sa pipe.

– Vous n'auriez pas un peu de tabac? J'ai perdu ma blague.

– Je ne fume pas.

– Tant pis. C'est un bon local, notre nouveau Palais-Bourbon?

– Une école primaire toute neuve. L'Assemblée siégera dans la salle de classe.

Le général Georges est au désespoir. Depuis le message du Maréchal, ce qui restait de l'armée part en charpie. Des régiments entiers mettent bas les armes. Des généraux se rendent à des estafettes allemandes. « Mais ce n'est pas l'armistice, bon Dieu! » « Le maréchal a dit : " Il faut cesser le combat! " " Non, mauvaise interprétation! Il a voulu dire : " Il faut tenter de cesser le combat! " Baudouin... Il est quoi, Baudouin? Ministre des Affaires étrangères. Lisez la presse du soir! Baudouin a demandé à ce qu'on corrige le texte et qu'on écrive : " Il faut tenter de cesser le combat! " » La voiture du général Pujo est coincée, cours de l'Intendance. Bon Dieu! Comment transmettre le message d'évacuer l'aviation en Afrique du Nord à l'état-major des armées de l'Est? « Dépêchez-vous! » mais le chauffeur désigne la foule. « Difficile d'aller plus vite, mon général... » « Arrêtez! Hep, colonel, vous avez vu Weygand? Savez-vous si l'état-major des armées de l'Est se trouve toujours à Vichy? » « Non, mon général, aux dernières nouvelles, il serait à La Bourboule... » « Merci, colonel. » Jeanneney et Herriot, qui a retrouvé sa blague à tabac, fulminent. Impossible de laisser passer sans risque ce qu'a déclaré Baudouin et ce passage de son discours où il parle de « conditions de paix ». Impossible! Pas de paix séparée! Jamais! Une protestation écrite! Ils la remettront personnellement à Lebrun. Ils rédigent. « Aucune considération ne nous permettrait d'admettre comme conciliable avec la dignité de la France... » « Honneur » serait mieux dit Jeanneney. « D'accord, dit Herriot... » « ... comme conciliable avec l'honneur de la France, une paix séparée qui déchirerait nos engagements avec la Grande-Bretagne et la Pologne... » « Très bien », dit Jeanneney. « ... ruinerait notre considération dans le monde... » « Prestige? » suggère Jeanneney. « Non, " considération " est mieux. Notre prestige, en ce moment... » Ils signent. Allons chez Lebrun! Ils lui remettent la protestation. Ils sortent. Hein? Les Allemands sont aux portes de Lyon? La ville va être bombardée? Lyon? Ma ville? Mes électeurs? « Le maréchal dort, monsieur le Président... Il est minuit... » « Qu'on le réveille! » Herriot souffle, suffoque, s'affole, s'étouffe, s'indigne. « Je m'excuse, monsieur le Maréchal... Les Allemands vont bombarder Lyon. Il faut la déclarer " ville ouverte ", comme Paris l'a été... Je vous supplie de téléphoner immédiatement au général Weygand. Mes administrés ne comprendraient pas que leur ville ne reçoive pas le même traitement que Paris et que lui soit imposé un sacrifice terrible et inutile... » Soit! Lyon ville ouverte.

Le général Georges, téléphone à l'oreille, frappe de la main gauche, sur la table, un énorme coup de poing qui fait voler encriers, papiers et crayons : « Quoi? Répétez! Lyon ville ouverte? Et toutes les villes de plus de vingt mille habitants? Mais le moindre bled a plus de vingt mille habitants avec nos dix millions de réfugiés! C'est de la folie! Mais ils sont timbrés! Mais c'est du délire! C'est du suicide! »

Rivière et Février ne savent pas s'ils doivent se féliciter d'avoir été nommés ministres. Ils boivent une bière dans un café qui baisse ses rideaux. Il est minuit. Un consommateur, appuyé au zinc, dit au patron qu'on devrait fusiller tous les députés. Les deux ministres font le dos rond mais personne ne les reconnaît. « Nous pourrons toujours faire observer, en cas de pépin, que nous n'avons accepté qu'avec l'autorisation de Blum. » L'orage crève enfin sur la ville. Ministres, généraux, députés, sénateurs, réfugiés, soldats, écoutent le tonnerre faire rouler ses chenilles sur Bordeaux. Weygand colle son nez à la vitre, regarde les éclairs blancs qui lacèrent rageusement le ciel. Reynaud, avant de se coucher, exécute quelques mouvements de culture physique. Le généralissime Weygand rabat le rideau et se met à tourner dans sa chambre. Comme un toton.

Elle était dans le jardin, en train de couper des fleurs et s'est relevée quand elle a aperçu Valentin, en serrant son bouquet de roses contre sa poitrine. Mais le lieutenant ne voit rien, traverse un bataillon de poules, marche droit sur les oies qui l'injurient, col tendu, bouscule un dindon, affole une mère-poule derrière laquelle piaillent de petites boules jaunes, empoigne d'une main le guidon de la bicyclette rangée contre un saule, près de la mare, franchit le porche de la cour et s'éloigne de la ferme. Courtaud ne l'a pas accompagné. Assis sur la chaise de paille, il lui a seulement dit, lorsqu'il est sorti : « Vous reviendrez, lieutenant ? »

Le long du torrent, Valentin n'a pas enfourché la bicyclette. Il a besoin de marcher. La proposition du Vieux l'a assommé et, pourtant, il n'a pas été étonné lorsqu'il a reçu ce coup sur la tête, ou au ventre, ou au cœur, et quand, les mains moites, il a écouté Courtaud qui tout en parlant baissait le front et faisait tourner son béret entre ses doigts de fer. Oui, pourtant, il éprouvait que quelque chose devait arriver, que quelque chose devait exploser dans cette ferme trop paisible située hors du monde où un vieillard regardait se gonfler chaque jour le pis de ses vaches et où une jeune infirme gardait les moutons blancs que mordillait aux pattes un chien colorié en noir sur le vert de la prairie. Tout, jusque-là, avait été trop *normal.* Quelque chose devait arriver, mais quoi ? Il y avait quoi, dans l'air ? Alors, quand Courtaud a parlé, c'est avec une sorte de frayeur mais sans étonnement qu'il a senti que tout s'éboulait en lui. « Est-ce que je *savais* ce qu'il allait me dire ? Oui, je le savais mais ça n'était pas dans ma tête. » Le grand-père, tout à l'heure, dans la cuisine, a parlé longtemps puis, à la fin, il a dit à Valentin d'une voix qui était à la fois tranquille et désespérée : « Qu'est-ce que ça peut vous faire, mon lieutenant, puisque vous ne la reverrez plus... » Il a levé la tête pour dire ces derniers mots et a regardé le jeune homme qui, à la fin, a baissé les yeux. « Il est dingo, le pépé, maboule, complètement ! » Le pédalier de la bicyclette tourne, la chaîne cliquette. Qu'est-ce que tu penses de la folie du Vieux, bicyclette ?

Courtaud a expliqué à Valentin qu'aucun homme ne voudra de sa petite-fille parce qu'elle est infirme. Ce serait une honte dans les villages ou les fermes d'alentour de se marier avec elle, les familles ne voudraient pas... « Vous comprenez, mon lieutenant ? » Et lui, il ne peut pas aller sur les places et les marchés, en traînant sa petite-fille au bout d'une corde et en disant aux garçons : « Regardez-moi ce bestiau... » « Vous comprenez, mon lieutenant ? » « Heu... oui... Je ne sais pas... Oui... », a dit Valentin.

– Je suis vieux. Encore costaud, mais je sens que je me rouille. Et quand je serai mort, Marie sera seule dans cette baraque. Elle est vaillante et en vendant la moitié du troupeau et pas mal de vaches, elle pourra malgré tout faire marcher la ferme. Elle écrira sur des papiers pour discuter, elle saura le faire. Je lui ai appris. Mais elle sera seule et, moi, je vais vieillir encore plus. (Le Vieux s'est tu, un long moment, puis a repris) : alors, il faut qu'elle ait un petit avant que je m'en aille. (Il s'est tu encore.) Je vous le demande... Mon lieutenant, vous êtes venu ici et bientôt vous repartirez. A la guerre ou je ne sais pas... Vous repartirez... Vous pensez bien que je ne vous demanderai pas de rester... Vous vous marierez avec une autre femme... Vous oublierez Marie. Pour vous, ce sera comme si elle n'avait pas existé mais j'aurai un garçon. Marie l'aimera et sera heureuse. Et à part elle et moi, personne ne le saura. Je vous ai surveillé, depuis le premier jour, et je sais que vous la trouvez jolie. Et elle, elle se remue plus vite, depuis que vous venez. Elle vous regarde. Hier, vous avez perdu un bouton et elle l'a gardé. Elle a gardé vos cheveux quand elle vous les a coupés. (Il s'est tu encore pendant deux ou trois très longues minutes.) C'est un service que je vous demande. Pour moi, il est grand. Pour vous, mon lieutenant, c'est rien, presque rien... Et ce sera une bonne action. Et qu'est-ce que ça vous coûte, à vous ? Vous êtes un homme... Vous comprenez ? »

Est-ce qu'il s'est mis lui-même dans cette situation, Valentin ? Est-ce qu'« on » l'y a enfermé sans qu'il s'en aperçoive ? Malins, les paysans ! Il lui reste encore, dans la tête, cette part d'enfance qui fait dire aux jeunes gens en liquidation d'adolescence : « Ça n'est pas ma faute. Je n'y suis pour rien », et qui, à l'abri derrière ce refuge, ont commis ou vont commettre ce que l'on appelle des « bêtises ». Quand il s'agit d'une amourette que deux jeunes adolescents ont poussée jusqu'au bout, c'est la mère qui, avalant sa salive, dit au père : « Promets-moi de ne pas te mettre en colère. Il faut que je te dise quelque chose. Tu sais que Pierre (Paul ou Jacques...) sortait avec la petite X (ou Y, Z...) Eh bien, ils ont fait des bêtises... » Valentin pousse la bicyclette, main droite au milieu du guidon. Le Vieux, un toqué ou un grand-père ? En tout cas, là, la bêtise – dans ce « cas de figure » comme disait le commandant Demaison, craie à la main, devant le tableau noir et ça ne ratait jamais :

« Supposons ce cas de figure... », à chaque cours on y avait droit – oui, là, *la bêtise*... am stram gram... ça ne serait pas de ma faute! Mais est-ce qu'ils en ont parlé, entre eux?

Non, non, ces deux-là n'ont pas besoin de mots. Ils pensent en même temps. Valentin se demande même si Courtaud, en regardant sa petit-fille en fleur, n'a pas pensé un jour à un inceste pour avoir « un petit ». Non... c'est impossible. « Je me mets à dérailler complètement, moi aussi... » Et maintenant, que vont-ils se dire, tous les deux, dans leur langage, à la nuit tombée, autour de la table et sous la lampe basse, ou bien dehors, au milieu de la volaille endormie? Valentin enfourche la bicyclette, zigzague d'abord puis tient ferme le guidon. « On ne peut pas dire que je n'en ai pas envie, surtout depuis le jour où je l'ai vue faire trempette, mais... Si encore elle n'était pas infirme, d'accord. D'accord peut-être, mon vieux, mais en ce cas elle n'aurait pas besoin de toi. » A chaque coup de pédale, il se répète : « Qu'est-ce que je vais faire? »

Courtaud, avant le déjeuner, avait entendu Pétain annoncer à la T.S.F. que la guerre était perdue mais il ne l'a pas dit à Valentin. Il a pensé que le lieutenant allait peut-être abandonner le pont et que ça, ce serait une catastrophe. Heureusement, le lieutenant n'a pas la T.S.F. et comme Courtaud lui a tout de suite parlé de Marie et du petit, il a été tellement étonné qu'il a oublié de demander des nouvelles. Même si elle est perdue, cette saloperie de guerre, pourvu qu'elle ne s'arrête pas tout à fait! Ce serait un grand malheur.

18 JUIN

« Devons-nous toujours faire des prisonniers? Et si réponse affirmative, où devons-nous les concentrer et vers quelles destinations les diriger? » a demandé von Kleist à l'O.K.W. qui a répondu : « Ne pas négliger capturer prisonniers avec matériels. Concentrer casernes, églises, usines, et, à défaut, terrains découverts. Pour les ouvriers, prendre contact avec représentants organisation Todt qui fournira barbelés et miradors. » Le lieutenant Pfeiffer, qui a transmis la dépêche de l'O.K.W., n'a pas été mécontent de voir le général hausser les épaules, même s'il a dit : « Bien! » en lui tendant la dépêche et en enfonçant le poing dans les poches de sa capote de cuir. Le lieutenant Pfeiffer ne comprend pas qu'on perde son temps à cueillir du prisonnier. C'est comme si, à l'automne, on s'amusait à ramasser toutes les feuilles mortes des forêts ou toutes les mauvaises pommes qui tapissent l'herbe, sous les arbres. Von Kleist non plus ne comprend pas. Sans le ramassage, il serait déjà à Vichy et à Roanne. Du moment que la Wehrmacht avance, est-ce que tout ce qui est derrière elle n'est pas automatiquement prisonnier? Quand elle sera arrivée à Nice, Perpignan et Biarritz, est-ce qu'il faudra enfermer toute la France dans des églises et des casernes? Von Kleist frotte sa nuque rasée, pince son nez relevé et court et se demande si, « là-haut », ils ne continuent pas de croire, par hasard, que la France existe encore et d'éprouver la crainte qu'elle ne se relève, alors qu'elle est à genoux. Ils ne se rendent pas compte, « là-haut », que la Wehrmacht laboure la France, y trace les sillons de son avance et que les déversoirs de ses socs ne rejettent sur les côtés que des myriades de vers sectionnés et des milliers d'insectes, ventre en l'air. Enfin, ils vont finir par nous foutre le typhus, les prisonniers, avec leur dysenterie colossale. Ça pue, la guerre, en été. Von Kleist a ordonné qu'on installe une tinette portative dans un camion. A son usage. Il ne veut pas être obligé de bondir de sa voiture pour pisser n'importe où, prostate secouée par les cahots de l'avance. Il a un grand souci de son allure d'impeccable militaire. Tradition prussienne oblige : un chef ne pisse ni ne défèque devant la troupe. Von Hartlieb, qui commande la 5e Panzer dont il a ouvert l'éventail de fer en une triple direction – Lorient, Brest et Morlaix – bien qu'aristocrate, comme von Kleist, est plutôt du genre gentilhomme brutal et qui n'a aucune pudeur à scander de pets les coups de tonnerre de ses canons. La merde, les fumées âcres des incendies, la puanteur des huiles qui nimbe les chars, les volutes abominables qui s'échappent du ventre des bestiaux pourrissants, l'odeur des cuirs et des sueurs, il respire ça, naseaux écartés, comme le naturel parfum de la guerre auquel il mêle celui des cigarettes turques qu'il fume mais écrase vite dès qu'apparaissent les hommes du service cinématographique de la Wehrmacht, car Hitler n'aime pas, sur les images qu'il se fait parfois projeter, voir ses généraux cigarette au bec. Et ne pas oublier les lécheurs : exemple, von Tippelskirsch, s'arrêtant de fumer pour plaire au Führer qui l'en a félicité publiquement. Et si le Führer lui dit de ne plus chier, est-ce qu'il crèvera de constipation, Tippelskirsch ? Von Hartlieb, lui, il n'y va pas de sa faute, adore toutes les odeurs, y compris celle des dysenteries qu'il a respirée dans une caserne de Rennes où s'entassaient officiers et soldats français prison-

niers, puisqu'elle était celle de la défaite de l'ennemi.
En regardant brûler les forts de Cherbourg pilonnés au 105 par ses artilleurs, Rommel ne se soucie aucunement du problème des évacuations de sa carcasse. Il est vrai que les artilleurs ne sont pas les soldats qu'il préfère. Étrangement, sa faveur ne va pas non plus aux tankistes manœuvrant leurs scarabées. Ceux qu'il aime, passionnément, ce sont les fusiliers portés qui jaillissent des engins tractés ou des camions, comme des guêpes féroces hors de leurs ruches, pour se lancer à l'assaut, casque en avant et corps cassé. Les vrais fauves. Les vraies panthères de la guerre. Et le geste des commandants de section, grenade au poing, quand ils invitent leur meute à avancer dans un nouveau bond. De toute façon, le problème des chiottes n'en est pas un pour Rommel. Il est réglé comme une horloge. Soudain, jumelles aux yeux, il enrage. « Ça, ce n'est pas un coup des nôtres, c'est trop... Ça pète trop fort... Ils font sauter l'arsenal! Merde! » Vrai, les Français, dans le vivier de l'arsenal, sabordent comme des démons. Les sous-marins *La Martinique, La Guadeloupe, La Réunion, La Praya* se cabrent, hurlent et sautent, sur cale, en crachant leurs entrailles. Horrible boucherie de squales qui ne comprennent pas la furie meurtrière de leurs maîtres. Le *Roland-Morillot* résiste et frémit de toute sa cuirasse. Il ne veut pas mourir mais l'infection le rend, en son milieu, monstrueusement hernieux avant qu'il ne se renverse sur le dos, ventre offert et qui soudain s'ouvre en libérant un geyser de feu et de fer. En écho, à Brest, à Lorient, les charges explosives désossent aussi le *Pasteur,* l'*Achille,* l'*Ouessant,* l'*Agosta.* Cherbourg, La Rochelle, Lorient, Brest, femelles en furie, se déchirent le ventre, l'ouvrent, le fouillent, en arrachent le foie, les quais, les boyaux, les stocks de munitions, les intestins, les poudrières, la rate, les réservoirs de mazout, les reins, les ateliers, les ovaires, les grues; font gicler entres leurs doigts rouges de sang, noirs de mazout, les fœtus, les avisos, sous-marins, torpilleurs, les œufs, les dragueurs, les matri-

ces, les patrouilleurs. Médées épileptiques, bavant la pierre, le fer, la terre, l'eau, le feu et attelant elles-mêmes à leurs membres les chevaux qui les écartèlent.

– Ils font tout sauter, Schräpler. Tous leurs navires.

– Oui, Herr General.

– Nous n'aurons plus que les arêtes. Dommage...

– Nous ne pouvions pas aller plus vite, Herr General.

– On peut toujours aller plus vite, lieutenant.

Pour prononcer cette dernière phrase, Rommel a essayé de durcir sa voix, mais elle est restée pâteuse. Il joint les mains, fait craquer ses phalanges. Il n'a pas dormi depuis vingt heures. Il presse à deux doigts ses orbites, paupières closes, et s'aperçoit qu'il a les cils grillés. Sans doute par le souffle de l'obus qui a tué l'estafette Ehrman, près de lui, lorsqu'il a été obligé de plonger dans un trou.

– Vous n'avez pas sommeil, Schräpler?

– Si, Herr General.

– Nous dormirons à Cherbourg. De toute façon, n'est-ce pas, impossible d'aller plus loin.

Hewel s'est avancé vers le wagon d'où descendait Hitler, suivi par von Ribbentrop. Il a débité son message, il a tendu la note transmise depuis Bordeaux par Lequerica, l'ambassadeur d'Espagne, à son gouvernement qui a alerté son ambassadeur à Madrid qui a transmis à la Wilhelmstrasse qui...

Mais, déjà, le Führer souriait de toutes ses petites dents et, brusquement, sous les yeux agrandis de l'ambassadeur et de von Ribbentrop, il a dansé, la cuisse haute. Un froufrou, dans un taillis. C'était une biche qui déboulait et s'enfonçait au plus profond pour aller annoncer à toutes ses compagnes, à tous les cerfs, daims, sangliers, putois, renards, belettes et blaireaux, lapins, lièvres et rats, lynx et fouines de la Forêt-Noire que leur maître à tous, que le Führer d'Allemagne avait dansé en apprenant que la France, officiellement, confirmait, le 18 juin de l'an 1940, sa demande d'armistice. Au cœur de la Forêt, le loup regarda l'herbe de la clairière et crut y voir, déposé comme dans un écrin et maintenant à portée de ses crocs, le cœur même de la France.

Mandel ricane et Daladier grommelle, Reynaud pétarade et Jeanneney gémit, Herriot gronde et tous transpirent, dans leurs gilets, et tous, dans les salons de la rue Vital-Carles, tourbillonnent autour de Pétain. « Monsieur le Maréchal, il faut que le gouvernement se replie en Afrique du Nord! » Laval tremble de la lippe, sous sa moustache de maquignon, Marquet vocifère, Bonnet jacasse à toute allure. « Monsieur le Maréchal, ceux qui partiront seront à jamais des déserteurs! » Le vieillard tourne lentement sa tête de plâtre vers l'un et l'autre chœur. Il ne partira pas. Il est l'homme des terres grasses et plates. Il déteste le sable, les palmiers et la danse du ventre. La France, pour lui, est un cheval fringant ou fourbu et non un chameau aux larges yeux d'almée et dodelinant de la bosse. Mais que croient-ils, les parlementaires? Et lorsque Pétain prononce ce mot, sa langue brasse comme une purée gluante qui colle à son râtelier. Les parlementaires! Ça parle! C'est du civil, de l'hémicycle en forme de portion de fromage, de la motion et de la commission, du banquet et de la poignée de main, de l'estrade, du couloir, de l'écharpe, du vote, du vote cette abomination! de l'isoloir où l'électeur dont on ne voit que les jambes, comme dans les pissotières, vient uriner la démocratie. « Mais que croient-ils, Alibert, ces parlementaires ? Vous avez vu Herriot me suppliant d'épargner la guerre aux Lyonnais ? Pardon, aux é-lec-teurs lyonnais! Et maintenant, ils veulent fiche le camp en Afrique... » L'Afrique, ça se conquiert, sacredieu! ça n'est pas un endroit où l'on transporte la France. Mais que croient-ils ? Qu'ils reviendront un jour, les Herriot, les Daladier, Mandel, déguisés en rois mages avec turbans et babouches, montés sur des chameaux, et qu'ils seront guidés par une étoile qui s'immobilisera enfin, dans le ciel, au-dessus de la Chambre des députés ? Et le peuple les acclamera, jouera de la flûte et du tambourin, et s'écriera : « Gloire à nos héros! et vive le radical-socialisme! Vive Sarraut qui fut trente fois ministre et Queuille vingt fois. Vive Chautemps et son nœud papillon, grand mammamouchi du Royal Secret! »

Pétain se retire dans sa chambre. Il a besoin d'une petite sieste avant de s'entretenir une nouvelle fois, à 17 heures, avec ceux qu'il appelle « les pantins ». Il s'étend sur son lit après avoir ôté sa veste et tiré lui-même les rideaux. Maintenant il gît sur le dos, mains croisées sur le ventre et ferme les yeux. Mais il ne dort pas. Il songe et sa pensée vague. Racaille, foutriquets... Reynaud avec sa de Portes, Mandel et son actrice rose... Comment peut-elle être amoureuse de ce nabot qui se prend pour Saint-Just... Daladier et sa marquise... de Crussol, pardon! Sauf que son père était dans les sardines... Racaille ridicule... Clemenceau était un radical mais il avait au moins du tempérament, de l'allure, du romantisme. Caillaux... pas mal... talon rouge... au moins quelque chose d'un Alcibiade ou d'un Catilina. Il disait de Daladier... « Un taureau peut-être, mais il sent l'étable... » Herriot... il n'est pas bosselé, comme il le croit, il est creux... Mandel, ah celui-là! Son obsession, quand il était ministre des Colonies, était de fortifier Djibouti... « Il faut que Djibouti soit imprenable! »... Il n'est pas à Djibouti, Hitler, il est à Paris... J'oubliais : Caillaux était fils d'un ministre de Mac-Mahon. Lebrun, comment la Lorraine a-t-elle pu produire pareil imbécile larmoyant... J'ai connu son frère, à

Mercy-le-Haut, un rude chasseur aux guêtres de cuir, un homme, lui. Lebrun! Comment ce crétin a-t-il pu être reçu à Polytechnique... Et major, non? Oui, major, je crois... Blum... le socialo aux mains blanches, trop blanches. Chaque fois qu'il me voit, il me regarde derrière ses lorgnons comme si j'étais un animal d'une espèce inconnue. Il semble s'interroger : « Maréchal! Comment peut-on être maréchal de France? A-t-on idée d'avoir des feuilles de chêne autour du crâne? Est-ce que j'ai des pivoines autour de mon feutre mou, moi? » Guignols, foutriquets... Avocats... Comédiens... Ils doivent être heureux, tiens, d'être parqués, ici, à Bordeaux, dans des lycées, des écoles primaires et des cinémas... Ils ne se rendent pas compte combien le peuple maintenant les hait et les méprise... Si je les foutais à la porte, si je les jetais à la rue, ils y seraient lynchés... Baudouin a vu des crachats sur la vitre arrière de la voiture de Chautemps... Non, ce n'est pas Baudouin qui me l'a dit, c'est Leméry... Il fallait attaquer en septembre... Mais Daladier se vantait, en novembre de l'année dernière... « En décembre 14, nous avions 450 000 tués et dix départements occupés. Aujourd'hui, nous n'en avons que 1 200 et je continue à préférer la situation de décembre 39 à celle de 1914! » Vifs applaudissements de six cents jean-foutre!... Et à la date du 18 juin 40, ils ont les Allemands à Brest et à Lyon, deux millions de prisonniers, quarante départements sous la botte et le drapeau hitlérien sur l'Arc de Triomphe... Et Lebrun a expédié son protocole à Perpignan pour y replier la République!... Il paraît même que la préfecture est alertée... qu'on n'a même pas oublié les fleurs... « N'oubliez pas que le Président adore les fleurs... » Bouthilier a entendu ça! Non, ce n'est pas Bouthilier... c'est Leméry qui me l'a répété. Et l'autre qui me dit : « Est-ce que nous ne pourrions pas imaginer une ligne de résistance Mazamet-Carcassonne? » Mais qui m'a proposé cette énormité inouïe? Qui? Il m'a dit : « Pour la XVIe région, on stopperait l'armée allemande sur l'axe Saint-Pons-Mazamet et Narbonne-Carcassonne et pour la XVIIIe sur la Dordogne en s'appuyant sur Bergerac... » Je crois bien que c'est Campinchi! Ministre de la Marine! Et il se prénomme César!... Hitler n'a accordé l'armistice ni à la Pologne, ni à la Norvège... Reddition sans conditions... Et s'il ne l'accorde pas à la France?... Daladier, en 38, qui m'a dit : « Nous croyons savoir que le chancelier Hitler est cardiaque et risque d'être foudroyé d'un jour à l'autre. » Ménétrel m'a assuré que j'avais un cœur de trente ans... 9-13 de tension... J'ai quatre-vingt-quatre ans depuis le 24 avril.

Le maréchal se lève, passe sa main droite sur son front, bien à plat, de gauche à droite, comme pour en effacer les rides et les soucis. Ce geste lui est habituel.

Après avoir mené les vaches au pré, Courtaud n'est pas allé ramasser de l'herbe pour les lapins car il voulait être là pour accueillir le lieutenant. Les lapins attendront. Il ira peut-être couper quelques branches de frêne, le long du torrent, quand le soleil se couchera. Ce putain de soleil qui n'en finit pas de taper comme un forgeron infatigable. Pas étonnant que les Boches aient envie de prendre des vacances chez nous, cet été. Pourtant, quand le jour s'est levé, on était écrasé comme par une masse de coton invisible sous laquelle déjà on étouffait et Courtaud a pensé qu'un bon orage allait péter dans l'après-midi. Ça soulagera, ça fera du bien, ça remplira la mare dont le niveau commence à baisser et dont l'eau est trop verte. Ça gonflera l'herbe dont les pointes commencent à roussir. Hier soir, les poules s'ébrouaient dans la poussière en froufroutant des ailes, les deux coqs se surveillaient, l'œil rond, en tournant l'un autour de l'autre de leur noble pas de goutteux, prêts à se battre, les vaches tiraient sur leurs chaînes qui cliquetaient dans l'anneau, le taureau donnait du front contre la mangeoire, le chien noir tournait comme une toupie en poursuivant sa queue et soudain s'arrêtait et bâillait, tapi contre le sol, en poussant un gémissement, et les yeux de Marie étaient plus brillants que d'habitude. Soudain, sur les 6 heures, un coup de vent chaud a balayé la cour, s'est transformé en tourbillon de poussière à la forme parfaite d'entonnoir et a disparu, perché sur sa pointe, comme une danseuse folle. On dit qu'avant l'orage ces tourbillons sont ceux de fantômes qui viennent annoncer la mort de quelqu'un et Marie s'est signée. Finalement, l'orage n'a pas éclaté. Et, aujourd'hui, le lieutenant n'est pas venu. Courtaud, dix fois, a regardé tourner les aiguilles de son oignon. 4 heures, 5 h 20, 6 h 15, 7... Non, il ne viendra pas. Et il remettait rageusement l'oignon dans la poche de son gilet. Il serre les mâchoires, frotte la galoche de son menton et n'a pas donné son doigt à becqueter aux tourterelles qui n'en peuvent plus de roucouler d'amour derrière les barreaux de leur cage. On offre à ce chapon la plus jolie fille du pays et il a peur. Oui, la plus jolie, Courtaud est prêt à le jurer en frappant de sa canne sur toutes les places des villages. A Lascagnel, à Moreton, à Saint-Placide, à l'Airelle, il n'y a pas une seule fille qui vaille Marie. Il les a regardées, l'œil luisant au ras de la casquette. Il y a des fortes, des maigres, des gonflées, des maquillées, des coquines qui se remuent mais aucune n'est comme sa petite Marie avec une taille qui tiendrait entre les deux mains et des reins, quand elle porte les seaux de lait, qui se creusent sans que le ventre avance. Il a l'œil, le Vieux, et le bon.

Il n'est pas venu, l'autre. « S'il arrive, demain, je sors le fusil, je le fais prisonnier, moi, et je lui dis que je le tue s'il ne va pas avec la petite. Je l'enferme dans la chambre avec elle et je reste avec le fusil devant la porte. » Puis il décide, pour se calmer, d'aller scier du bois. Le fusil, ça n'est pas une solution. Si un Boche arrive à la ferme, un Boche costaud, il lui donnera Marie. Non, ça non plus ce n'est pas une solution. C'est pour le lieutenant qu'elle se brûle les sangs. Il n'y a qu'à voir sa tête, aujourd'hui. Elle a haché le persil de l'omelette jusqu'à le transformer en bouillie, elle a cueilli les cerises au hasard, les vertes et les mûres, elle n'est pas allée se baigner, à la tombée du soir. Elle sent l'eau, lorsqu'elle revient de la rivière. Elle est si propre qu'on la mangerait. Aujourd'hui, elle est triste comme un jour sans pain. Elle a frappé le chien noir qui folâtrait contre ses jambes et lui a aboyé l'ordre d'aller se coucher. Elle était laide, brusquement, et le Vieux a pensé, oui, voilà comment elle sera quand elle aura dix ans de plus et que je serai mort. Une sorcière infirme qui battra les bêtes et ne se lavera plus. On dira : « C'est la sourde-muette de la ferme perdue... » On dira qu'elle est méchante et jette des sorts. Si elle a un petit, en revanche, elle restera jolie et douce et Courtaud se jure de ne pas mourir jusqu'à ce qu'il soit grand, le fils. Depuis que l'idée lui a poussé dans le crâne, il a surveillé, sans que sa petite-fille s'en aperçoive, les linges étendus sur les fils de fer du jardin. Il a fait ses calculs pour les dates. Ce serait bon, en ce moment, mais l'autre n'apparaît pas au bout du chemin et continue, avec son Nègre et trois imbéciles, d'attendre au coin du pont les Boches qui ont gagné la guerre. C'est Pétain qui l'a dit. Marie ne veut pas que le grand-père la voie pleurer et est allée s'asseoir dans le jardin. D'abord, elle a cueilli du thé sauvage et, comme elle respirait le parfum des feuilles froissées, elle s'est mise à pleurer car cette odeur lui rappelait sa solitude avant que Valentin ne franchisse le porche de la ferme. Pour compagnes, rien que les parfums du jardin et les odeurs de la ferme, pour amis, rien qu'un chien et des bêtes, comme elle.

Sur le pont, le misérable cortège des réfugiés qui va dans un bruit de mille bruits mêlés, ronflement de moteurs, raclements de chaussures, pleurs d'enfants, tintinnabulement de casseroles, jurons, hurlements, miaulements de chats, palabre d'un soldat débraillé qui raconte avoir vu des chars allemands alignés devant la gare, à Angers, et les Fritz en avaient marre de faire du prisonnier, et on passait sous le nez des chars, et les équipages, torse nu, cassaient la graine au soleil, et le soleil tapait tellement fort qu'on aurait pu faire cuire des œufs sur les blindages, et au bout des canons les Fritz, pour rigoler et se payer notre gueule, avaient accroché avec des ficelles des coqs égorgés. Sur le pont, les réfugiés; sur une chaise basse, dans le jardin de la ferme, Marie. Le chien noir est venu dans le jardin poser la tête sur la cuisse ronde de son amie et lui a dit, de tous ses yeux fidèles, qu'il savait pourquoi elle était malheureuse mais qu'elle ne devait pas pleurer. Elle a eu un sourire et l'a embrassé entre les deux yeux, sur son frond de soie. Ensuite une oie est venue aussi et, dans son bec jaune, a tiré la jupe de Marie. Puis, une poule lui a présenté sa famille poussins.

Tout était en repos dans le jardin dont chaque soir elle arrose les fleurs. Elle marche pieds nus et de temps en temps relève ses jupes et promène sur ses cuisses et ses mollets la pomme de l'arrosoir aux mille flèches d'eau et d'argent. C'est délicieux cette fraîcheur. Ce soir, pourtant, elle restera assise jusqu'à ce que le soleil, en se couchant, s'allonge vers elle et lui caresse lentement les jambes. Il y eut, ce soir-là, une grande conspiration d'amour autour d'une jeune fille solitaire et si le lieutenant Valentin était apparu, peut-être aurait-il troublé une paix désolée mais très douce.

– On a demandé l'armistice, mon lieutenant.

– Qui dit ça?

– Les réfugiés.

Le sergent Ballu, de sa patte poilue, désigne le troupeau, là-bas.

– Qu'en savent-ils? Et comment?

– La radio, il paraît. Ils ont dû entendre ça dans des villages. J'ai vu un officier et un soldat s'engueuler. Le soldat disait qu'il avait entendu le maréchal Pétain et que c'était sa voix, dans le poste. Mais l'officier, un capitaine, disait qu'il avait entendu un autre poste et que ce n'était pas Pétain parce qu'il parlait trop vite. Un civil a expliqué qu'ils avaient mis le disque sur une mauvaise vitesse et que ça expliquait pourquoi Pétain parlait à toute allure. On aurait dit un perroquet, a dit le civil.

N'Doulo, accroupi sur les talons, fait cuire des escargots sur un lit de braises. Il ne sait pas ce que veut dire le mot « armistice ».

– Tu vas bouffer ça? lui demande Perou.

– Très bon, répond le Nègre en écumant délicatement avec un bâton la bave débordant des coquilles.

– Il a raison, c'est très bon, dit Ramier. J'en mangerai aussi.

– M'étonne pas. La mortification catho et la lèche aux vaillants soldats de notre Empire. Dis donc, N'Doulo, tu sais que tu vas rentrer chez toi, sous les baobabs? France perdu la guerre.

– Qui t'a dit? demande le Nègre.

– Tam tam, répond Perou.

– Hi hi! fait N'Doulo.

– Et chez toi, toi raconter que bon soldat Ramier a mangé escargots frisés au lieu de renverser tanks sur le dos et de faire cuire Allemands.

Ramier s'assied à côté de N'Doulo et regarde la bave bouillir.

– Je peux te poser une question? demande-t-il à Perou.

– Mais oui...

– Ça te fait plaisir qu'on perde la guerre?

– Et moi je vais te demander autre chose : pourquoi tu me les casses à me poser une question aussi conne, avec ta voix de curé? Hé, réponds!

– Pas la peine. J'ai compris.

– T'as compris quoi?

– J'ai compris que tu étais... vexé, c'est ça, qu'on ait pris une pâtée. Merci, Perou, merci. Tu es moins méchant que je croyais.

– Tu veux que je pisse sur vos escargots?

– Hi, hi! fait N'Doulo.

– Vas-y, dit Ramier. Nous manger quand même.

Le sergent Ballu et le lieutenant reviennent vers la cabane.

– On reste ici, mon lieutenant?

– Oui.

– Mais si c'est l'armistice?

– Un armistice n'est pas la paix. Vous voulez qu'on déserte, comme les autres?

– Non, mon lieutenant.

– Nous resterons jusqu'au bout, sergent. Jusqu'à quel bout, je ne sais pas. Ramier et Perou veulent déserter?

– Non. Ils resteront avec vous, mon lieutenant. Nous recevrons bien des ordres, un jour. Des ordres d'ailleurs.

– S'il y a quelqu'un pour les donner.

Ballu avale sa salive et réfléchit.

– Et s'il n'y a personne, mon lieutenant.

– Je déciderai.

– Tout ça est bien triste, mon lieutenant.

– Triste et raté.

– Oui, dit Ballu. Ne pas se battre... La défaite, comme ça...

– Pire que la défaite, dit Valentin. La honte.

Il se redresse, respire un grand coup et comme un automate marche vers la cabane et la Hotchkiss qui gît, pneus dégonflés. « C'est maman et Lison qui vont être contentes. Je ne serai pas tué... » Mais il n'est plus rien, lui, qu'un grand jeune homme affublé d'un uniforme tout juste bon à être vendu chez un fripier. Il était déjà très grand, à seize ans, le futur lieutenant Valentin. « Peut-être pour ça que maman voulait que je sois curé, pour marcher en tête des processions, et que papa souhaitait que je devienne officier pour marcher en tête des troupes... » Et revient encore le souvenir de ces querelles feutrées entre ses parents mais la mère croyait l'emporter à force d'assauts patients, comme savent les mener les femmes, d'une voix monotone et douce. Le père ne rêvait que d'Achille, *clarissimus graecorum qui occidit in proelio Hectorem, fortissimum inter Trojanos.* La mère rêvait de Jésus et l'enfant était le lieu du combat entre le Grec au bouclier forgé par Héphaïstos et le Crucifié au flanc percé de la lance. Et le père racontait la prise de Troie; et la mère la montée au calvaire. A onze ans, on lui demanda son avis. Voulait-il entrer au séminaire, en sixième? Il répondit : « Non... » « Mais pourquoi, Paul? Tu sais bien... » « Laisse-le parler! » dit le père. « Parce que », répondit-il. La mère soupira. Le père lui tapota la main. C'est loin ce souvenir. « Finalement, avant de mourir, papa a été comblé : j'étais Saint-Cyrien. Et maman n'a pas été trop malheureuse : j'avais un pantalon rouge et des plumes. Un uniforme. Une soutane. Sauf que, maintenant, plus de papa, plus d'église, plus de Royaume. Foutu tout ça. Et moi aussi. Je suis vide. » Il est vide car voici : quand on a vingt-trois ans et qu'on est un petit lieutenant, que souhaite-t-on parce qu'on est un peu bête? On souhaite tout simplement avoir le plus vite possible une biographie pleine d'exploits et de galons héroïquement mérités. Vite, sur les manches, que naissent les barreaux de l'échelle d'or et, au bout de l'échelle, un bond vers les étoiles! Alors Valentin, quand la guerre a éclaté, a été heureux parce qu'il comptait sur elle pour que sa cassette de gloire se remplisse d'un coup. La manne, soudain, et en quelques mois, en quelques années si la guerre durait, des trésors pour la vie et un profil de héros dont les femmes admireraient la finesse lorsqu'il irait danser au bal de la préfecture. Enfances, adolescences, virginités de la vie balayées par la main de fer de la guerre; et dans les reins cambrés, les épaules rejetées en arrière et le képi cerclé désormais de trois liserés d'or et légèrement incliné, l'assurance pleine d'être un homme. « Mon garçon, Vigny a écrit dans *Servitude et grandeur militaires* que la seule religion possible est celle de l'honneur. Phrase admirable. N'oublie jamais! » lui disait son père. « Et sais-tu ce que dit Homère? Que les héros meurent uniquement pour que plus tard les poètes les chantent. Ça, mon garçon, c'est génial. » La mère s'effrayait en voyant Paul hocher la tête. Le soir, dans le lit, elle grondait son mari. « Tu devrais faire attention à ce que tu dis... » Et les époux, sur l'oreiller, disputaient comme des théologiens en essayant de se voler mutuellement l'âme et la vie de leur enfant. « J'ai eu de drôles de parents, un peu dingues mais merveilleux. Tiens! pourquoi ai-je dit que j'ai eu des parents alors que maman est vivante? » Parce que pour lui « les parents », ça allait ensemble et qu'il est maintenant étonné, quand il revient « à la maison », de voir sa mère seule, comme une moitié de quelque chose. D'ailleurs, il n'y avait jamais pensé mais c'est exact, on dit « ma moitié ». Quoi qu'il en soit, pour les deux « dingues », Valentin était d'abord une âme. Comme il ne leur avait jamais donné aucun souci de santé, qu'il était beau, qu'il était grand, que sa scolarité allait sur des rails très droits, père et mère ne se querellaient qu'au sujet des vertus qu'il s'agissait de verser dans ce vase aux formes parfaites.

Or maintenant le vase vient de se remplir en quelques jours de honte et de ridicule. Le futur capitaine héroïque et valseur était parti, en 40, chasser l'aigle et le lièvre; il ramène un poulet rôti et une omelette. Et ce sera pour toujours irrécupérable. Il y aura cette tache sur sa peau, ce boulet d'infamie accroché à sa cheville. Quoi qu'il lui arrive, plus tard, ce chapitre pourrira le reste de sa vie. « Lors des journées décisives de juin 40, celui qui devait devenir, dans des fauteuils successivement usés par ses fesses, le général Valentin, étendu sur l'herbette et une paille entre les dents, regardait dans le ciel courir des étoiles dont aucune n'était la sienne et méditait sur les propositions d'un vieux péquenot qui voulait à tout prix qu'il engrosse sa petite-fille. Il fut donc châtré mais cela ne l'empêcha pas de faire une belle carrière d'eunuque. »

Châtré. Il est jaloux des réfugiés-clochards. Eux, pas de problème : foutre le camp devant l'inondation boche puisque la digue a craqué. Lui, le ridicule qui transforme ses galons en deux traînées de jaune d'œuf. Cette révélation : le malheur est aussi et surtout, quand on est très jeune, un étonnement. Les adultes, les vieux, les cuits et les recuits de la vie, de n'importe quelle vie, ils ont des habitudes et des références. Une santé perdue, un enfant mort, une ruine, un veuvage, des ambitions envolées, des espoirs en miettes, des tas de cendres dans le cœur et des toiles d'araignées dans la tête. Des défaites, des fuites, des humiliations, des ridicules, ils en ont connu d'autres au cours de cette petite guerre que fut leur vie. Un patron était le Boche, le croup emporta le gosse, une faillite ruina leur petite patrie familiale... A quarante, cinquante ou soixante ans, on a finalement l'habitude de tout. A vingt-trois ans, on a celle de rien et quand on n'est qu'un petit lieutenant « de bonne famille » et de fière allure, on n'a que des souvenirs neufs, gambadant en désordre, et qui ne sont pas encore devenus la lente mémoire des longues vies aux échos qui s'éteignent comme coulent dans le sablier des jours sans espérance. On est riche de sang, de rires, d'audaces et de timidités soudaines. On est fâché d'un rien et vite consolé de tout. En somme, on est un jeune homme heureux aux naïvetés insupportables et aux certitudes catégoriques. Mais une fraîcheur balaie tout et c'est pourquoi les adultes souriaient, naguère, lorsque le soir du conseil de révision, des enfants de vingt ans, bons pour le service! se saoulaient pour la première fois de leur vie et allaient danser, au bal, sur la grand-place. On était riche. Le lieutenant ne l'est plus. On l'a volé. Un magnifique lézard vert sommeillait sur un pneu de la Hotchkiss. Valentin lui donna un coup de pied maladroit et le rata. Même pas réussi à tuer un lézard habillé d'un uniforme allemand. Encore une défaite. Pétain a dû demander tous les armistices.

A Londres, dans le studio 4B de la B.B.C. assis sur une chaise trop petite devant une table trop basse, le général de Gaulle, ancien sous-secrétaire d'État à la guerre, déclare devant un micro que la défaite n'est pas définitive, et que « quoi qu'il arrive, la flamme de la résistance française ne doit pas s'éteindre et ne s'éteindra pas ». Demain, annonce-t-il, comme aujourd'hui, il parlera à la radio de Londres.

19 JUIN

Oui mais si le Duce était Allemand, il ne marcherait pas avec les cuisses écartées et les pieds légèrement en équerre. Il est vrai qu'il a deux démarches, selon qu'il porte des bottes ou des escarpins enveloppés de guêtres beige clair à boutons de nacre. Il y a du dandy, en lui, et un amour véritablement immodéré des uniformes et des costumes. En revanche, le Führer porte toujours des casquettes dont la visière lui tombe sur les yeux, des vestes dans lesquelles il flotte et des pantalons où seraient à l'aise les fesses de Goering. N'est-ce pas étrange que le chancelier Hitler aime l'élégance hiératique et brutale de ses soldats et de ses officiers dont il a dessiné parfois lui-même les uniformes et qu'il ait si peu souci de son élégance personnelle ? D'où cela vient-il ? D'une pudeur, peut-être. Il ne veut pas paraître élégant car cela prouverait qu'il s'occupe de sa personne, qu'il éprouve une inquiétude efféminée quant à son apparence. Mais alors, pourquoi la Wehrmacht doit-elle être belle ? Parce que c'est justement la femme dont il est le maître et l'amant. On oublie aussi que les puissants de ce monde sont marqués au fer par leur passé, comme n'importe quel mortel, et que celui-ci est un ulcère qui ronge inconsciemment leur grandeur même lorsqu'ils sont parvenus au faîte. Maman Klara, à Braunau, craignant que les vêtements de son Adolf, de son Adi comme elle l'appelait, ne fussent jamais assez grands pour qu'il pût les porter l'année suivante, les achetait trop longs et trop amples si bien que son Hitler de fils a été habitué à toujours flotter dans ses costumes. Son corps l'exige, sa peau se hérisserait de piquants si les étoffes le corsetaient. De même, s'il dévore des pâtisseries et se bourre de sucre, c'est parce que, dans ses enfances, c'était là le luxe. « Si un jour je suis le maître du monde, je mangerai des gâteaux. » Oui.

Si le Duce était allemand, il ne marcherait pas les jambes écartées, observe le photographe Hoffmann. Dans le grand salon de la Maison Brune, à Munich, Mussolini tient absolument à se donner un maintien aisé. Il se lève, il va à la fenêtre comme si un spectacle de la rue retenait son attention et parle de dos au Führer qui le regarde de son œil bleu et noir. Une gueule puissante, le Duce, des mâchoires énormes, un cou de taureau, le crâne rasé, vraiment, en culottes de cuir et chaussettes blanches, c'est lui qui aurait l'air d'un puissant Bavarois quand il surveille ses gestes et coince ses mains dans le ceinturon pour les empêcher de voleter, à l'italienne. Assis dans un fauteuil, devant le bureau, Hitler, en revanche, avec sa mèche noire aux crins épais qui lui barre le front, sa moustachette et son teint de cire, ressemble à un gitan des Pouilles. Il suffirait de lui mettre une blouse noire, une casquette plate et un foulard rouge tortillé autour du cou pour qu'on ait en face de soi, dévalant une garrigue, un gitan voleur de brebis. Évidemment, il y a les yeux. Ceux du Duce, petits et ronds. Ceux de Hitler, profonds et au regard quasi insoutenable. D'ailleurs, ce regard, sur qui le fixe-t-il ? Hoffmann a remarqué cet étrange phénomène à force de photographier le Führer : il ne plante jamais son regard dans celui de l'autre mais le fixe sur le front. C'est exactement cela : il fiche son regard sur le front de l'interlocuteur de telle sorte que celui-ci éprouve une gêne immense. Il se sent pénétré par ce regard mais ne sait ni pourquoi ni comment. Quel est ce malaise devant ces yeux qui regardent si fixement et qui, pourtant, dirait-on, ne voient pas ? Hoffmann, curieux, a essayé du procédé et a pu en constater l'efficacité. Mais est-ce un truc, chez le Führer, ou une habitude ? Une habitude qu'il a peut-être prise à force de parler dans des meetings où l'on ne voit que des crânes et des fronts qui brillent dans la pénombre des salles. Mussolini, nez à la fenêtre, dit :

– Si nos deux délégations d'armistice fusionnent, nous donnerons l'impression d'une union inébranlable (puis il se retourne vers Hitler, immobile dans son fauteuil), les négociations seront plus rapides, notre victoire sera commune comme la guerre l'a été.

Le Führer n'est pas de cet avis. Il faut que chaque peuple ait le sentiment profond d'avoir remporté *sa* victoire. A chacun sa gloire. « C'est psychologiquement très important, Duce. Depuis 1918, le peuple allemand attend *sa* victoire sur la France et je n'ai pas le droit de l'en frustrer. Négociations et signatures doivent impérativement être séparées. En outre, c'est l'Allemagne seule qui maintenant va faire porter tout son effort de guerre contre l'Angleterre et j'ai besoin, pour cela, que mon peuple croie à son invincibilité, croyance qui sera fortifiée en lui s'il a l'impression que sa victoire est une revanche. Nous étions seuls vaincus, à Rethondes, en 1918. Nous devons être seuls, au même endroit, en 1940. »

« Bene, bene... » murmure le Duce. Il jette un bref coup d'œil à Hitler, en évitant d'être capturé par ce regard fixe et qui en même temps flotte. Un géant en veste blanche et en pantalons noirs apporte le plateau du café. Le Führer, avec les doigts, met trois sucres dans sa tasse. Pourquoi cet homme ne s'entoure-t-il que de géants blonds, se demande Mussolini. La race, son obsession. Mais où est-elle, sa race, à ce Tzigane qui, s'il laissait pousser sa moustache en noire parenthèse tombante, autour de sa bouche, pourrait jouer du violon dans les cabarets de Vienne ? Paysan de ma Romagne, je l'attendrais sur le seuil de la ferme. Avec un fusil ? Même pas, avec ma canne plombée à la main. Et voilà que ce romanichel a su mettre en scène un opéra gigantesque où il joue le rôle de maître du monde. Qui aurait cru que Wotan descendrait sur terre déguisé en gitan entouré de colosses blonds et fouettant jusqu'à la rendre ivre de son tournis la croix païenne du soleil ? Ses S.S., ses soldats, arborent cette croix. Les miens portent une médaille de la Madone ou du Jésus que la mamma leur a passée autour du cou. C'est toute la différence, pense le Duce, en trempant les lèvres dans l'exécrable café allemand. Il regardera, plus tard, à travers les hublots de l'avion qui le ramène à Rome, les chasseurs à la svastika l'escortant jusqu'à la frontière. Même dans le ciel, même sur le flanc de ses avions, « il » a inscrit sa croix, l'Antéchrist. Il a cassé les branches de la croix chrétienne qui règne sur mon Italie et dont les branches peuvent se prolonger jusqu'aux confins du ciel et de la terre. Il a cassé la croix pour lui donner cet aspect de soleil griffu qui tourne comme un ventilateur au-dessus de l'Europe et fait s'envoler sous son souffle de tempête les peuples et les armées. Mais, et cela peut être le drame de Hitler, ce soleil-ventilateur est condamné à tourner sans cesse. S'il s'arrête... Le bombardier survole les grandes forêts bavaroises. Pourquoi cette croix ? Pourquoi le Führer a-t-il choisi ce symbole alors qu'il est le nouvel Arminius, le maître de ces tribus qui, il y a deux mille ans, sortirent de leurs forêts pour humilier la grande Rome Éternelle. Germains de Tacite surgissant aujourd'hui de l'éternelle forêt allemande en arborant sur leurs drapeaux le symbole solaire ! Est-ce que le soleil ne dessine cette croix brisée que par le hasard de la disparition des arbres autour des clairières ? Est-ce qu'il ne descend sur terre que pour se poser au cœur des forêts ? Est-ce que le jeune Adolf, Wandervögel chétif, a vu un jour les branches de la croix être cassées, hors du cerle où elle s'inscrivait, par les arbres qui le cernaient ? « Tiens, a-t-il dit, le soleil se couvre quand il pénètre au cœur de l'Allemagne... » Il a eu alors cette idée de le retenir captif et de l'accrocher aux serres d'un aigle afin qu'il s'envolât au-dessus de l'Europe. Rome a pour symbole la louve qui allaite le monde, la France a le coq qui règne en Don Juan sur une basse-cour fermée, le lion anglais rugit dans la cage de son île. L'Allemagne, elle, c'est un aigle qui ne s'enivre que d'horizons. Elle ne sait pas où sont ses frontières, elle ne sait pas quelle est sa religion, elle ne sait pas où est sa langue qui toujours fabrique des mots. Et le maître qui la conduit aujourd'hui, ne sait pas lui-même qui il est. Origines obscures, nom obscur, physique obscur, patrie obscure, il chante les lignées, le sang, la race, la terre, et l'Allemagne n'est plus que ce hurlement poussé par un homme vers ce qu'il ne possède pas. Ainsi va la rêverie du Duce pendant que le bombardier *Alcioni* maintenant escorté de chasseurs italiens, poursuit son vol en direction de Rome. Un valet lui apporte une tasse de café, très noir, très fort.

– Du sucre, Duce?

– Je sucrerai moi-même, merci.

Le valet s'éloigne, dans le couloir, fesses moulées dans un pantalon bleu. Mussolini regarde le cul qui se meut en roulis.

– Tu as vu, Galeazzo? demande-t-il à Ciano qui compulse distraitement des dossiers et trie des dépêches.

– Quoi donc, Duce?

– Le cul du valet. Encore un pédé, j'en suis sûr. Il remue du train comme une oie.

Il sourit. Ciano hausse les sourcils, ouvre les deux mains, à l'italienne.

– Hé! fait-il.

– J'ai toujours eu l'œil pour repérer les pédés. Tu sais pourquoi?

– Non, Duce.

Mussolini est soudain de bonne humeur. Ciano qui connaît son Duce sur le bout du doigt ne s'étonne pas moins de ces brusques gaietés frivoles. Il y a cinq minutes, il avait en face de lui un homme tassé sur son fauteuil, les lèvres serrées, le masque de pierre et il a suffi que le derrière du valet roule dans le couloir...

– J'ai toujours eu l'œil pour repérer les pédés parce que j'aime les femmes. Et que les pédés se remuent comme elles.

– C'est exact, dit Ciano.

– Les Allemands n'aiment pas les femmes. Ils les regardent de haut en bas.

– Ah!

– Tu ne comprends pas?

– Pas tout à fait.

– Je t'explique. Nous, Italiens, parce que nous aimons les femmes, je veux dire de chair, de corps, avec sensualité, nous les regardons comme ça, de bas en haut. (Il baisse et relève la tête.) Les jambes d'abord, les fesses ensuite et en remontant vers la tête. Les Allemands, comme ça... Leur regard descend de la tête aux pieds.

– Très juste, dit Ciano.

– Hitler, lui, ne connaît rien aux femmes et du coup a horreur des pédés.

– Vous croyez, Duce?

– Oui, oui... Il ne sait pas que les femmes sont des homosexuels que la nature a réussis. Alors, ce qui est très comique, c'est qu'il est furieux, quand il apprend que quelqu'un est pédé, parce qu'il n'avait pas su le repérer. Il croit qu'on lui avait caché un secret alors que n'importe qui, à cent mètres, s'apercevrait de la chose. Alors, il se venge. Röhm... En 38, il y a deux ans, von Blomberg, ministre de la Guerre, von Fritsch, commandant en chef de la Wehrmacht... à la trappe! Sur rapports de Himmler. Lui, le Führer, n'avait rien vu!

– Excusez-moi, Duce, mais est-ce que vous ne croyez pas qu'il s'est servi du scandale de leurs mœurs parce qu'ils n'étaient pas d'accord avec ses plans de guerre? Je crois, moi, que même si on lui apprenait que Keitel et Jodl...

– Ils sont homosex...?

– Non, non, Duce, je veux dire que même s'ils l'étaient, le Führer, à mon avis, fermerait les yeux.

– Un œil, Galeazzo. Un œil seulement. De l'autre, il les guetterait.

Mussolini savoure son café, penché sur la petite tasse. Un taureau qui boirait dans un seau d'enfant.

– A la fin de la guerre, je ferai construire un palais fasciste et je n'habiterai plus le Palais de Venise.

– Et pourquoi, Duce ?

– Parce que le Palais de Venise ne me plaît pas. « Le Duce au Palais de Venise... » j'ai l'air de flotter sur l'eau. Et je déteste l'eau.

– Ah oui ?

– Oui. Devine pourquoi ? Hitler aussi... Devine.

– Je ne sais pas, Duce.

– Écoute bien, Galeazzo, je vais te dire quelque chose de formidable : l'eau, c'est la démocratie.

Ciano lève deux sourcils étonnés, le front figé de stupeur.

– L'eau c'est la démocratie ?

– Oui. Ça coule, c'est insaisissable, c'est sans forme. Tu flottes dessus... La démocratie athénienne : peuple marin. Ou anglaise, même chose. Les empires, et l'empire romain en tête, n'ont jamais aimé l'eau. La dictature, Galeazzo, c'est la terre.

– Et l'empire britannique, Duce ?

– C'est un mensonge historique. Il ne durera pas. C'est de l'espace, ce n'est pas de la terre.

Dans son bureau de la Maison Brune, Hitler a ordonné qu'on ouvrît les fenêtres lorsque la délégation italienne est sortie. Pourquoi les Italiens se parfument-ils ? Ribbentrop déclare l'ignorer.

– Parce qu'ils ne se lavent pas. Comme les Français.

Ribbentrop semble dépité de n'avoir pas trouvé la réponse. Hess éclate de rire. D'excellente humeur, le Führer pose une main sur l'épaule de son favori. Même à Berchtesgaden, la dernière fois où il y a reçu le Duce, les parfums de la délégation italienne n'ont pas capitulé si facilement devant le grand souffle des Alpes. Mais c'est ainsi. Les Italiens sont des Italiens et le fascisme n'y a rien changé. Ils portent des bottes mais c'est pour fouler des tapis. En revanche, à la Chancellerie, à la Maison Brune ou à Berchtesgaden, point de tapis jetés sur les dalles de marbre ou de grès poli. Alors les bottes chantent, dans salles et couloirs, la vraie musique de la puissance. Imaginez cela : un jeune capitaine de la *Leibstandarte* chargé d'apporter un pli au Führer et qui marche dans l'interminable couloir conduisant jusqu'au secrétariat. Cette silhouette noire, sous le plafond très haut, et qui marche dans l'immense couloir, cette silhouette noire et raide qui marche au milieu du couloir, à égale distance des parois de marbre noir veiné de larges bandes vertes et blanches, fait sonner ses talons cerclés de fer et ce bruit est rythmé, sec et répercuté par un immense écho de cathédrale, la musique même de la puissance. Au même moment, à Rome, le capitaine Ammanati, de la garde personnelle du Duce, se dirige vers le bureau de son maître. Fier et sanglé, mais il martèle, du talon de ses bottes, des tapis! Ce qui prouve que les Italiens, même bottés, aiment marcher sur de la mousse et ont des âmes de spadassins.

– Tu sais pourquoi, Galeazzo, Hitler n'a pas voulu d'un armistice commun? Je vais te le dire : parce qu'il est jaloux de la France. Il est en train de la baiser et ne veut pas que je fasse ça avec lui. Pour comprendre le Führer, c'est très simple : tu cherches la raison... sexuelle. Pas sensuelle, attention, sexuelle!

Quand Weygand lui a annoncé la nouvelle, le général Charles Huntziger s'est souvenu qu'entre Châtel-Guyon et

Bordeaux son chauffeur avait écrasé un chat noir. Être commandant de groupe d'armées, ça n'empêche pas d'être superstitieux. Pourquoi cet ordre de se rendre en catastrophe à Bordeaux ? Il s'interrogeait, tassé dans la voiture. Il y a eu ce chat que le chauffeur n'a pu éviter. D'où sortait-il ? D'un train de réfugiés ? Ils sont des millions de réfugiés poussés vers le sud par les grands coups de balai de la guerre mais ceux-ci oublient de balayer des milliers de chiens et de chats perdus ou abandonnés. Celui qui a été écrasé par la Citroën du général Huntziger portait autour du cou un collier avec un grelot dont le tintement devait alerter les souris. Du coup, il passait auprès d'elles comme étant le chat le plus ridicule du quartier, du village ou de la ville. Mais de quel quartier, de quel village, de quelle ville ? Ce sont là, désormais, des mystères. Avant de partir de son Q.G. de Châtel-Guyon, le général a vidé lui-même les tiroirs de son bureau et entassé quelques kilos de documents dans une grande valise. Aucun bruit n'est plus sinistre que celui des tiroirs vides d'un meuble de mauvaise qualité que l'on n'arrive pas à refermer et qui, enfin, lorsqu'on y parvient, claquent avec un bruit creux qui brise le cœur. Tout était présage : les tiroirs coincés et qui résistaient, le képi perdu – tombé derrière le divan – et qu'il a fallu chercher pendant cinq minutes, le chat... « Le gouvernement vous a désigné pour conduire la délégation d'armistice. » « Moi ? Cette épreuve ? » « C'est aussi un combat, a répondu Weygand, et vous avez été désigné aussi parce que le gouvernement et moi-même avons estimé que vous étiez le plus digne pour le mener. » « Un combat avec la défaite au bout, et c'est moi... » Weygand l'a interrompu : « Nos personnes ne comptent pas. Croyez bien que je vous comprends mais il s'agit de la France. » « Où la délégation devra-t-elle se rendre ? » Le commandant en chef hausse les épaules qui pourtant depuis trois jours paraissent être perpétuellement remontées, comme si, sous la vareuse, lui était poussée une bosse. Il l'ignore. C'est la nuit. C'est le noir. Dès qu'ils auront accepté la composition de la délégation, les Allemands feront savoir en quel endroit ils ont dressé les fourches caudines sous lesquelles la France devra passer. « A Paris ? » demande Huntziger. « Je ne crois pas, répond Weygand. Ce n'est pas le genre de Hitler. Il doit avoir une autre idée. » « Verdun ? » « Non plus. Ce serait infliger une trop grande humiliation à un gouvernement dont Pétain est le chef. » Les deux généraux se serrent longuement la main dans le bureau, au bord d'une fosse, comme deux hommes qui enterreraient la même maîtresse aimée et partagée en secret. Déjà naturellement affaissées, les épaules du général Huntziger sont devenues plus basses encore si bien que l'on dirait que les manches de sa vareuse se sont allongées jusqu'à dissimuler les mains. Le même phénomène d'affaissement d'épaules se produira sur les autres membres de la délégation, les généraux Parisot et Bergeret, M. Léon Noël, ancien ambassadeur de France à Varsovie. Tous ont soudain des épaules qui fuient, liquides, et des manches qui flottent au bout de mains disparues. Les Allemands vont-ils avoir la surprise de recevoir une délégation dont tous les représentants seront amputés des deux bras ? Avec quoi signeront-ils ? Avec un porte-plume fiché entre les dents ?

Toute la journée, le grand-père et la fille ont attendu le lieutenant. Ce n'était pas impudeur mais elle n'avait pas mis son soutien-gorge de toile, en raison de la chaleur. Point de jupon non plus, sous le tablier, si bien que l'on devinait le double fuselage de ses jambes, à contre-jour, dans la vive lumière. Et le soleil avait plaqué sa main brûlante sur la ferme, comme pour la bâillonner. Il y a trois soleils, sur la France, en ces jours de juin. L'un, qui est éternel, s'abat sur la ferme. L'autre est un vieillard en haillons jaunes qui étend sur les réfugiés des mains décharnées et brûlantes de fièvre. Le troisième, jeune, est le soleil des Allemands, complice éclatant de leur victoire et qui, chaque jour, monte un peu plus haut dans le ciel pour y célébrer le triomphe de l'aigle du Reich dans la plénitude proche du solstice. Et plus au pinacle s'inscrit le soleil et plus la France descend, dans les ténèbres, les marches de la crypte. Même les canards ont replié leurs escadres dans les rades et les anses de la mare et s'y tiennent cois. Le chien noir est allé enrouler sa fourrure dans un coin frais de la cuisine. Les pigeons ont disparu, et Marie est allée regarder les vaches qui se sont arrêtées de ruminer, en l'apercevant. Comme d'habitude. Dès qu'on regarde une vache, elle s'arrête de ruminer et vous observe de ses gros yeux humides. C'est la loi de l'espèce et c'est l'antique peur, devenue calme étonnement, qui revient. Bien sûr, elles reconnaissent Marie qui chaque jour vient s'asseoir auprès d'elles pour doucement les traire, mais elles se souviennent aussi qu'elle appartient à la race des tueurs ennemis. Ensuite, elle est allée donner son doigt à piquer aux tourterelles. Il y a bien longtemps que son grand-père lui a expliqué – et c'est vrai – que les tourterelles ne boivent jamais de l'eau claire mais la troublent toujours, de la patte, auparavant. Pourquoi ? Est-ce parce qu'elles craignent de s'y mirer et de constater que leur jeunesse n'est pas éternelle ? Marie, un matin, a voilé le miroir de sa chambre, comme les tourterelles, et a essayé d'ordonner sa chevelure à l'aveugle. Sourde, muette et aveugle, voyons si cela était possible... A la fin, chignon noué, elle a tout de même voulu constater le résultat et s'est aperçue que ses bandeaux noirs n'étaient pas également répartis et que la ligne blanche qui les divisait filait de travers comme un sillon tracé par un laboureur ivre. Elle a eu alors l'impression, dans le miroir dévoilé, d'être déséquilibrée. Il suffisait que la raie de sa chevelure déraille et fuie d'un côté pour que son corps tout entier soit hanté par un déséquilibre. Tout louchait, les yeux et les seins ; une épaule se dérobait, une joue paraissait plus haute que l'autre. Mais elle s'est peignée une nouvelle fois, devant le miroir, et dès que la fine raie blanche a été retracée, bien droite, une harmonie a ressoudé les deux parties de la beauté de Marie parfaitement accordées. Le grand-père connaît cette perfection. Il est sensible, malgré sa tête de bois, à l'équilibre du corps de sa petite-fille. Deux yeux noirs, deux oreilles sculptées, deux seins bien tièdes, deux bras ronds, deux cuisses, deux mollets qui filent et où s'accrochent deux pieds blancs. Tout ça est pesé dans la balance et, quand elle marche, tout roule exactement. Alors, pense le Vieux avec colère, qu'est-ce qu'il attend, ce petit morveux de lieutenant? Ensuite, qu'il s'en aille où il voudra. Nous ne l'appellerons pas pour qu'il se retourne sur le chemin. Valentin n'est pas venu. Il défend toujours le pont? Il passe en revue ses régiments, musique en tête? Non, il regarde l'eau qui coule sous l'arche et les réfugiés qui coulent dessus et cela dessine une croix.

Elle n'en finira donc jamais, cette hémorragie? Ils n'ont pas cru, depuis des années, que la guerre éclaterait puisque toute la comédie du monde n'était pas autre chose que de la politique. Les mots eux-mêmes en administraient la preuve. Le Front n'était plus celui des combats mais celui, « populaire », où comme des béliers les « classes » se heurtaient en piétinant l'asphalte des rues. « L'action » consistait à faire grève. Les « luttes » étaient celles de « la classe ouvrière ». Les permissions s'appelaient « congés payés », les revues « meetings », les officiers « gueules de vaches ». La France se battait « pour le pain, la paix et la liberté », et ce n'étaient pas des villes qui tombaient, en d'obscures mêlées, mais des ministères dont les marionnettes disparaissaient dans la trappe pour ressurgir, les mêmes, en n'ayant échangé que leurs bicornes, livrées, bonnets, jaquettes, coiffes, perruques, redingotes et chapeaux. « Du Pain! La Paix! La Liberté! » En somme, la France n'était composée que de pacifiques mouettes aspirant à s'envoler d'une invisible cage pour se jeter en vols compacts sur des pyramides de pain. Comme des mouettes. Folles de pain, ainsi qu'il est prouvé. La guerre était donc impossible et l'annonce de sa déclaration n'avait éclaté que comme une flatulence, répandant sur le pays une vague odeur vaillamment combattue par les parfums Molyneux et L. T. Pivert, et l'arôme grisant des verres de Pernod. A preuve que cette guerre n'était pas vraie puisqu'elle avait commencé par être « drôle ». A preuve encore, les deux partenaires proposés à la France pour jouer avec elle cette farce n'étaient l'un qu'un clown hystérique à mèche et petite moustache lui coulant sous le nez en tache de morve noire, un misérable Adolf; et l'autre un Paillasse de bel canto gorgé de spaghetti et vociférant n'importe quoi pendant qu'un pompon s'agitait sur son frontal de bœuf, un ridicule Benito. Leurs canons, du papier mâché. Leurs tanks, des chars de carnaval en carton. Leurs soldats, des mannequins affamés et prêts à déserter pour se jeter sur des mottes de beurre que leur expédieraient nos catapultes. Alors, quelle surprise, il y a quelques semaines, de s'apercevoir que le Teuton n'entrait dans la cuisine que pour renverser les plats et chasser sur les routes des millions de mitrons! Et c'est la France, ses officiers en tête, qui dans les villages égrenés le long de ses routes, mendiait le beurre. « C'est la quille! » « La guerre est finie! » Des soldats débraillés. Des colonels accompagnés par bobonne. Rémy Boulard – « Conserves et Salaisons » – d'Yvetot, liquide à prix d'or le contenu de son camion rangé sur le bas-côté, à cinquante mètres du pont.

– On achète des saucisses, mon lieutenant? demande le sergent Ballu.

– Non!

Ramier, janséniste, hoche la tête en signe d'approbation. Perou, comme d'habitude, ricane.

– T'aimes pas le sauciflard, Ramier?

– Si, mais le lieutenant a raison, l'Armée doit donner l'exemple.

– Quelle armée, Ducon. Tu me diras qu'on n'a qu'à se couper la bitte en rondelles, hein?

– Avec la tienne, y'aura pas de quoi se faire un sandwich.

– De quoi! C'est toi, Ramier, qui parles si grossièrement?

– A force de t'écouter...

Perou soupire.

– Tu m'écoutes?

– Non.

– Ce qui manque le plus, à une armée vaincue, ce sont les gonzesses. Deux mois que j'ai pas baisé. L'horreur.

– Les Boches non plus, ils avancent trop vite. Console-toi.

Perou soupire.

Courtaud rôde de la bergerie à l'étable, du potager à la remise, de la cuisine au hangar à foin. Pourquoi le lieutenant n'est pas venu, bordel de dieu? Aurait-il par hasard abandonné le pont? Non, ce garçon est poli et serait au moins venu nous saluer. Mais que fait-il, où est-il? Où se cache-t-il? Il a peur? Ça, c'est vrai que malgré ses galons, si on lui pressait le nez, il en coulerait du lait. Le Vieux ôte son béret gras de graisse comme si le lieutenant était une chique cachée dessous. Il visite l'étable. Il monte l'échelle jusqu'au colombier. Il se promène dans le jardin, ce qui lui arrive rarement car, en bon paysan qu'il est, il n'aime pas les fleurs qui ne servent à rien. Il entre dans le remise aux outils et prend un sabot qu'il a commencé à clouter, hier, puis le repose d'un geste sec sur le billot où il fend le bois. Il va à l'étable, attrape la fourche, aère la paille entre les pattes des vaches, renonce vite à ce travail et plante la fourche, droite, dans le sol de terre battue. Dans la cour, il écrase et racle de la semelle une procession de chenilles poilues. Sales bêtes! Enfin il s'assied sur une chaise de paille, à l'ombre, au bas des marches de la cuisine. Marie est venue près de lui, s'est assise sur la marche la plus basse et doucement a posé la tête sur ses genoux. Il lui caresse le front de ses gros doigts rugueux, puis les cheveux, puis les joues. Les tourterelles se taisent. Coqs et poules marchent sur la pointe des ongles. Rien ne doit troubler cette paix et les grillons eux-mêmes posent sur l'herbe l'archet de leur violon. Le Vieux caresse le visage mort de Marie.

– Ma petite fille, lui dit-il, tu es si jolie, tu es si jolie.

La nuit tombe. Rémy Boulard – Conserves et Salaisons – continue de vendre des saucissons et des boîtes de sardines, marque « La Paimpolaise », garanties à l'huile pure d'arachide, à la lueur d'une lampe à acétylène.

– Tu vois, dit-il à sa femme, que quand je te disais qu'il fallait qu'on parte avec le camion et de la marchandise, j'avais raison. Si on avait foutu le camp avec la voiture...

– Je sais, tu as eu raison, c'est la centième fois que tu le dis.

Couché sur le dos, près de la Hotchkiss, le soldat N'Doulo se demande pourquoi le litnou ne dort pas encore.

– Dors, ma petite fille, dit le Vieux à Marie.

20 JUIN

– Les rats ne quittent pas le navire, ils y montent.

Le commandant Ferbos n'a pas bronché. Il a reconnu la voix de l'officier qui prononçait la phrase mais ne s'est pas retourné. Il est 21 heures. La nuit a effacé les collines autour de la rade du Verdon. La mer clapote sec et dit sa nervosité. Le bac qui relie le Verdon à Royan, avance vers *La Massilia*, comme un gigantesque radeau où grouille une vie obscure au milieu des tôles de voitures dont les toits et les chromes luisent faiblement sous la lune.

– Qu'est-ce qu'ils croient ? Qu'on va aussi embarquer leurs bagnoles ?

Le bac avance. Des chiens jappent. On met en place l'échelle de coupée. Femmes et enfants d'abord. D'où sortent-ils ? Qui sont-ils ? Mme de Crussol se tord une cheville, perd un soulier qu'elle rattrape de justesse, s'appuie sur le bras du commandant pour l'enfiler sur son pied cambré et gainé de soie. Belle cheville, joli mollet. Mlle Bretty, sur le pont, se retourne et fait un signe à Georges Mandel. Elle est inquiète. Et s'il ne montait pas à bord ? Et s'il n'était venu que pour l'accompagner sur le bateau de l'exode et décidait, brusquement, de revenir à Bordeaux et de rester en France ? Cette conduite serait dans son caractère. Mais elle se rassure. Georges, depuis le bac, lui fait un signe. Et puis, s'il restait, il n'aurait pas emmené les valises et le buste de Clemenceau. On hisse quasiment Mme Lévy à bord : elle a quatre-vingt-douze ans. « Merci, mon petit... » dit-elle à un jeune homme aux lunettes rondes posées sur une face toute blanche. Le jeune homme pousse doucement, de peur de la casser, la vieille dame. « Vous êtes très secourable... Vous êtes des nôtres ? » « Oui, madame... » Elle souffle enfin. « Ha... Vous êtes des nôtres ? Et comment vous appelez-vous ? » « Edgard Pisani, madame. » « Ah, c'est très bien, radote l'aïeule. Et vous êtes marin ? » « Non, madame, je suis étudiant. » « Ah ! c'est très bien. Quel âge avez-vous ? » « Vingt et un, madame. » « Ah ! c'est très bien. Vous êtes un ami des Zay, peut-être ? Des Mendès France ? Vous connaissez André ? Sa fille est parmi nous. Elle est charmante, la petite Colette Le Troquer... Merci, jeune homme. Pirelli est un nom charmant. » « Pisani, madame... » Les femmes, les enfants et les toutous d'abord. Les hommes ensuite. Massé à l'arrière du bateau, l'équipage ricane. « Voilà les légumes... » Daladier serre la main du commandant, Mandel confie une lourde serviette à son garçon de cabine, Yvon Delbos est ravi que son ami Campinchi se soit débrouillé pour que lui fût octroyé l'un des quatre appartements. Il lui dit qu'il s'obstine à ne pas comprendre pourquoi Herriot, Jeanneney et Lebrun ont refusé d'embarquer. Enfin, heureusement, il y a Mandel et Daladier. « Hélène t'accompagne, César ? » « Oui, elle est déjà à bord, répond Campinchi, excuse-moi mais je dois m'occuper des listes... » L'équipage, à l'arrière, traite les parlementaires d'enculés, de salopes, d'embusqués, de merdes plates, d'ordures et de pourris. Les injures arrivent, par bouffées, lancées entre les dents. Le député Wiltzer, après être descendu dans sa cabine, n'a eu que le souci de faire pisser son petit chien noir. Il cherche un endroit discret, du côté des cheminées peut-être. Il se heurte à deux marins. « Cherchez la sortie ? » « Non, non... » répond le député. « Savez nager au moins ? » « Oui, pourquoi ? » « Pour rien... » dit l'un des marins. Le député, effrayé, se baisse et prend tendrement le petit chien dans ses bras. Des ombres qui fuient. Des pleurs d'enfants. Des garçons de cabine qui crachent sur les valises qu'ils déposent. Les officiers, gueule fermée, campés derrière le commandant, fusillent du regard « la députaille » comme dit en grondant l'équipage. *La Massilia* ne bouge pas. L'une de ses trois cheminées soupire une vapeur mélancolique; les deux autres conversent à voix très basse et ne comprennent pas. Les sirènes dont on a augmenté le brame depuis que le navire a été converti, il y a trois mois, en transport de troupes, se désolent parce qu'elles ne savent pas quels départs elles annonceront. Les figures de proue en bois sculpté qui ornent les deux angles du bar, bavardent entre elles et se souviennent. L'une s'appelle « Calypso » et l'autre « Circé », et c'est gravé au-dessus de leur tête, sur un bandeau de cuivre qui brille dans la pénombre. Elles se souviennent des temps heureux où *La Massilia* assurait la ligne d'Amérique du Sud, quand, dans le grand salon, des gigolos à longs cils glissaient le tango avec les femmes les plus riches du monde en coulant des œillades aux plus belles, mais celles-ci étaient flanquées de protecteurs à bedaine et à cigare qui régnaient sur le café, le mouton ou le bois de rose. Tant nous en avons vu, Calypso, des Argentins à tête de cheval qui se vissaient un monocle dans l'œil pour ressembler à des conquistadores égarés dans le siècle, des Urugayens qui se donnaient l'air anglais, des Brésiliens aux mains grasses alourdies de diamants, des héritiers d'empires engloutis, des archevêques onctueusement désolés de se laisser tenter par la « Fine, Réserve spéciale Massilia », des ambassadeurs qui ramenaient un perroquet pour leurs petits-enfants, des chanteurs d'opéra qui acceptaient, après mille prières, de susurrer une romance de Fauré ou la sérénade de Toselli, accompagnés par le pianiste du bord qui se vantait de coucher avec l'épouse et la fille du maire de Montevideo. « Mais pas ensemble », disait-il.

M. André Dupont, député de l'Eure, n'a pas oublié

d'emporter son écharpe; M. Deleplanque, directeur du *Petit Bleu* s'étonne de devoir partager sa cabine avec un certain Gusztegri dont il n'a compris ni la profession ni à quelle nationalité il appartenait. Mlle Sachs, artiste peintre, et Jacqueline Bardin, sculpteur, ont appris avec joie que M. Georges Huysmans, qui est dans les Beaux-Arts, se trouvait à bord. Elles se promettent de le rencontrer. Mme Lily Mendès France, pendant que Pierre est allé aux nouvelles, dans la nuit, s'occupe de coucher Bernard et Michel, âgés de cinq et quatre ans et qui ne pleurent plus. Le député Jammy Schmidt confie à sa femme qu'il croit avoir découvert « quelque chose de scandaleux » et qu'il en parlera demain à Mandel et à Daladier. Pour l'heure, il y a tant de pagaille, de cris et de mystères, sur ce bateau foutoir, que ça n'est pas le moment. « Calme-toi, Jammy... » lui dit l'épouse.

Te souviens-tu, Circé, de cette nuit de mai 1938 et de cette fête donnée pour le passage de la Ligne au cours de laquelle nous surprîmes un jeune général brésilien entre les bras d'un évêque portugais? Complètement saouls, ils récitaient des poèmes dans le bar désert puis ils s'aimèrent, sous nos yeux. C'était le bon temps. Crois-tu que Daladier trompera Mme de Crussol avec Paul Bastide, député-ancien ministre? Peut-être avec Campinchi, pour le consoler de n'être pas ministre de la Marine, depuis quatre jours?

Les deux figures de proue étouffent de rire. Le chef mécanicien Vallée salue, talons joints, le commandant Ferbos.

– L'équipage refuse d'appareiller, mon commandant.

– Pardon?

– Il y a la révolution à l'arrière et les hommes de la machine m'ont fait savoir que l'équipage refuse de partir. Il faudrait...

– J'y vais.

Du haut de l'échelle, il aperçoit les hommes, massés, et qui grondent.

– Vos gueules! Le commandant a quelque chose à vous dire.

Ils grondent plus bas. Ils aiment leur commandant.

– On a à dire, nous aussi.

« Mou-bart! Mou-bart! » Moubart s'avance. Petit, râblé, poil noir, accent de Bordeaux, Moubart accepte de parler au nom de ses camarades et s'avance vers l'échelle.

– Voilà, nous ne comprenons pas pourquoi, alors que le gouvernement a donné l'ordre aux populations de rester sur place et de ne pas fuir devant l'ennemi, alors que nos familles vont se trouver sous la coupe des Boches, ces messieurs les parlementaires, ce tas de salauds qui sont cause de notre défaite et nous ont foutus dans le pétrin, n'observent pas les consignes du gouvernement et mettent les voiles. Ils n'ont qu'à y rester, eux aussi, sur place. Et qu'est-ce que ça peut nous foutre qu'ils soient faits prisonniers ou non? En tout cas, ce n'est pas pour sauver leur peau que nous allons risquer la nôtre et nous refusons de partir!

Le commandant a écouté, bras croisés et les yeux comme bandés par l'ombre de la visière. Il attend que le tumulte d'approbations s'apaise. Il répond et c'est Moubart qui maintenant croise les bras, debout devant le groupe de ses camarades.

– Je ne vous reconnais pas le droit de discuter de la qualité des passagers que nous transportons, je ne vous reconnais pas le droit de discuter les ordres que je donne!

Il prévient, il menace, il propose que des délégués de l'équipage parlent avec un délégué des passagers.

– Avec qui? demande Moubart.

– Désignez-le.

– Avec Campinchi, puisqu'il a été notre ministre.

– Je vais l'en prévenir.

Assis sur le bord de son lit, dans l'appartement numéro trois, César s'est déjà déchaussé et fait jouer ses orteils, lorsque le commandant frappe à sa porte.

– Ah, c'est vous, commandant? Je m'installais. (Il a un geste large et désigne l'appartement.) C'est magnifique, ici. Tout va très bien.

– Non, monsieur le Ministre, tout va très mal. L'équipage est près de se mutiner.

– Hé, fait César, avocat à la Cour, ancien ministre.

– Oh! fait Hélène, avocate à la Cour, et apparue en robe de chambre bleue.

– Ils exigent une entrevue avec vous, monsieur le Ministre.

– Une entrevue? Avec moi?

– Avec vous. Ils ont désigné leurs délégués.

– Bien, bien...

S'entretenir, parler, discuter, convaincre, plaider, d'accord, c'est son affaire. Remis de sa première frayeur, César accepte. Après tout, il a plaidé d'autres procès très difficiles, à la Chambre ou devant les tribunaux.

– Parfait, je vous suis, commandant. Où sont-ils, ces délégués?

– Dans mon bureau.

César se rechausse avec difficulté.

– Tu n'as pas un chausse-pied, Hélène?

– Non...

– Ça va, j'y arrive. Voilà... Allons-y, commandant.

Coursive A. Escalier. Grand salon. Rampe. Nouvel escalier.

– Un équipage qui se mutinerait en pleine guerre! On aura tout vu, dit César.

– Pas encore, répond sèchement Ferbos.

– Hein? fait César. Que voulez-vous dire?

– Nous verrons peut-être les Allemands à Bordeaux et les Italiens à Ajaccio, monsieur le Ministre.

– Hé la, hé la! fait César, un peu essoufflé parce que le commandant marche vite.

Le bar. Calypso et Circé virent passer le ministre et le commandant. Et la première dit : « Tu te souviens, Circé, des temps où nous étions déesses d'un bordel? C'était la paix.» Et la seconde répondit: «C'est un autre bordel, Calypso.» Et l'on vit se gonfler leurs joues de bois qui retenaient un rire.

– Voulez-vous un cachou, mon général?

L'ambassadeur Noël agite la petite boîte jaune.

– Merci, merci...

Le fanion tricolore, fiché sur l'aile gauche de la voiture, se tortille dans l'air brûlant. Le cortège de voitures noires trace un sillage gluant sur le goudron de la route. Onze voitures noires et, à l'intérieur, des têtes en plâtre posées sur des mannequins en bois. Qui enterre-t-on? Où est le corbillard à plumets qui transporte un cercueil enveloppé d'un lourd drap noir frappé d'un F d'argent et derrière lequel roulent si lentement les voitures où s'entasse la famille de la défunte? Il est invisible bien que l'on entende parfois les hennissements éternués des chevaux de la mort, aux yeux cerclés d'argent sous leur cagoule noire.

L'ambassadeur Noël contemple le creux de sa main où gisent les deux confetti de réglisse et, hop! les avale. Le général Huntziger, lui, pour calmer sa soif, préfère boire du café. Il y en a dans des thermos, chaud ou glacé. Les cachous, ça vous donne une langue noire, comme l'ont certains chiens. Pourvu, pense le général, que l'ambassadeur n'exhibe pas cette langue de charbon devant les Allemands... Vers quel cimetière se dirige ce cortège? Vers quelle fosse? Où sont les chars qui devraient transporter les fleurs? Dans les voitures de queue, les chiffreurs, les interprètes, les dactylos somnolent. On a traversé Libourne et Angoulême. On fendait à grand-peine le flot des réfugiés. Les motocyclistes qui précédaient l'enterrement n'en pouvaient plus de mordre leur sifflet pour que le cortège funèbre puisse s'enfoncer à contre-courant dans cette pâte molle. « Qui c'est, ceux-là ? » « Des huiles, y'a des généraux... » « Ils remontent ? Au moins, ils foutent pas le camp. » « C'est Pétain ? Il y a Pétain! Vive Pétain! » « Non, c'est pas lui... » On s'était précipité, on était descendu des carrioles, on avait abandonné la bicyclette et traîné les marmots en leur collant le visage aux vitres, pour voir le maréchal. Ce n'est pas lui! On est déçu... Les délégués crèvent de chaleur parce qu'il faut remonter les vitres, quand on s'enfonce dans la mélasse des réfugiés pour que les curieux ne flanquent pas la tête et même le torse dans les voitures et ne viennent pas dévorer, nez à nez, les mannequins aux faces blêmes qu'elles véhiculent.

Après Poitiers, on s'est décidé à emprunter une route de rocade, par Neuville et en remontant vers Ouzilly et ensuite on verra bien si l'on peut traverser Chinon pour atteindre la Loire en aval de Tours. Maintenant les voitures roulent dans la nuit, phares allumés, parce qu'on a failli avoir un accident, d'abord avec un troupeau de porcs et ensuite, à la sortie d'un hameau, avec un troupeau de moutons. « Les paysans ont dû lâcher leurs bêtes, avant de partir, pour qu'elles ne meurent pas de faim », a estimé le général de l'air Bergeret. Le contre-amiral Le Luc s'est étonné : « Tiens, je ne savais pas qu'on élevait le mouton, dans cette région. » Porcs et moutons ne voulaient pas laisser le passage et stationnaient, stupides, au beau milieu de la petite route, grognaient et formaient un barrage de jambons et de laine jaunâtre et grise, sous la lune, jusqu'à ce que les motocyclistes, descendus de leur machine, les aient dispersés vers les talus en hurlant et en agitant leurs bras en moulinets. Les délégués en ont profité pour pisser. Les dactylos, pudiquement, ont fait cela derrière une clôture écroulée et tapissée de lierre. L'une a aperçu un mulot et a crié. Le général Parisot, en se secouant la queue, a dit : « Avec nos phares allumés, les Boches risquent de nous harponner, du haut du ciel. »

Finalement, à Tours, cette statue qui se dressait, au milieu de la route, jambes écartées, casquée de fer, était celle, géante, d'un feldwebel agitant un fanal en même temps qu'une automitrailleuse surgissait de la nuit où, comme un fauve, elle était tapie. Le capitaine Ulrich s'avance, salue :

– Messieurs, veuillez me suivre, s'il vous plaît.

Il a parlé en français. L'automitrailleuse ouvre la route. A Vendôme on a traversé le Loir sur un large pont de bateaux dressé par le Génie dont la construction a émerveillé les militaires français, têtes jaillies hors des voitures, comme des concierges hors de leur guichet. Les énormes poutres lattées d'acier cliquetaient à peine sous le poids du cortège. « Belle ouvrage... » a dit Huntziger. Sous le pont, le Loir vaincu roulait une eau luisante. De l'autre côté du fleuve, une grande silhouette en dolman noir à larges revers blancs attendait, debout devant sa voiture, entourée d'officiers et de soldats. Alentour, des chars écrasés dans la pénombre, des camions où sommeillaient des soldats et, plus loin, le grondement d'un convoi de véhicules tractés aux phares allumés. Le général Huntziger est descendu de sa voiture. Il avait mal aux genoux. La silhouette l'a salué et lui a dit qu'elle était le général von Tippelskirch.

– Nous vous attendions à vingt-deux heures.

– Les routes étaient encombrées, a laissé tomber, d'une voix plate, Huntziger.

– Ah! je comprends, a dit von Tippelskirch. J'appartiens au Haut Commandement de la Wehrmacht et suis ordonné de vous prendre en charge.

– Nous continuons la route?

– C'est cela.

– Où allons-nous ?

– Je suis ordonné de vous conduire.

Il parle assez bien le français mais ne sait pas qu'on dit « j'ai l'ordre » au lieu de « Je suis ordonné ». Il a salué une deuxième fois et a tourné les talons.

– Où allons-nous ? a demandé le général Bergeret venu aux nouvelles.

– Nous sommes « ordonnés » de suivre monsieur, lui a répondu l'ambassadeur Noël, en désignant von Tippelskirch.

Mais, d'abord, les voitures du cortège ont dû effectuer le plein d'essence en se rangeant à la queue leu leu devant un camion-citerne allemand autour duquel tournait un chien mascotte qui, flairant les pneus de la voiture du général Huntziger, a fini après réflexion par lever la patte. Il est minuit.

Un gros soleil rouge se lève au-dessus des collines, s'appuie des deux bras sur un comptoir de nuages, comme un charcutier prospère, et le lieutenant Valentin raccompagne, à pas très lents, jusqu'au porche de la ferme, Marie qui tout à l'heure s'abattra en sanglotant contre la poitrine de son grand-père et posera sa tête au creux de l'épaule du Vieux qui caressera de sa grosse patte la tête de sa petite-fille. Le lieutenant Valentin regarde Marie qui s'éloigne. Cette femme, maintenant.

Elle a marché vers lui, cette nuit et, quand elle l'a aperçu, elle s'est arrêtée, la tête baissée, les bras le long du corps, comme une écolière punie. Il s'est arrêté aussi. Ils étaient à une quarantaine de mètres l'un de l'autre, parfaitement immobiles. Il ne voulait pas faire de geste, de peur de l'effrayer. Ou bien il attendait que sa forme se dissipe. Une fumée, sur le chemin, puis plus rien. Ils sont restés longtemps immobiles, chacun ayant peur d'effrayer l'autre. Enfin, il s'est avancé et quand il a été près d'elle, il a relevé avec deux doigts sa tête baissée. Il a embrassé son menton, ses joues, son front, ses lèvres. Mais la bouche ne s'est ouverte, béante, que plus tard, en même temps que son corps. Ensuite, sans se vanter, il s'est couvert de gloire. Bon dieu! s'il revoit un jour Carbonnel, le copain-frère, Carbonnel dit « Carbo », et s'il lui raconte cette incroyable histoire! Car on est toujours le Pylade de quelque Achille, le Roland d'un Olivier, quand on est jeune – et ça dure longtemps cette jeunesse, entre les hommes, c'est interminable, ça n'en finit pas de s'étirer parce qu'on ne veut pas qu'il meure ce temps des confidences et des fraternités où l'on allait du même pas, où l'on bavardait pendant des jours et des nuits de la même voix, où l'on partageait tout et même, ça arrivait, les filles. Où l'on avait, comme dit la chanson, un camarade. Et – ça c'est presque un secret – on n'était heureux d'accomplir un exploit, oh! n'importe lequel, le plus « trapu » comme on disait, ou le plus bête, que pour le raconter à l'autre. Et quand on se querellait, on n'était en vérité que des bouvillons trop pleins de vie et qui, par jeu mais leur œil étincelle, se poussent du frontal. Ça va, Carbo? Qu'est-ce que tu en dis de mon exploit de cette nuit de juin? Dans sa dernière lettre, avant la débâcle, il écrivait à Valentin : « Je me ronge les ongles, comme tu sais, et aussi les sangs. Elle vient, cette guerre? Figure-toi que, comme je n'ai rien – ou presque – à faire, je me mets à avoir des idées et, comme je n'aime pas ça (“ Au début était l'action ”, c'est d'un Fritz, c'est de Goethe!) je ronge encore plus. L'autre jour, une note officielle. Écoute ça : “ En cas d'encerclement d'une unité et si toute résistance se révèle vaine, ordre d'enlever les percuteurs des fusils afin de les rendre inutilisables par l'ennemi. ” Signé. Tampon et tout. J'en suis évidemment devenu fou. J'étouffais. J'étais encerclé mais c'était par la connerie et le défaitisme. On n'a pas tiré un coup de fusil et on t'annonce que si, etc. Il devrait passer en conseil de guerre le gus qui a pondu ça, non? Ta réponse est " oui! " Merci. Passons. Et toi, est-ce que tu te couvres de gloire? Si c'est le cas, veinard, j'espère que, tel saint Martin, tu partageras ce manteau avec moi. Hélas, impossible! la gloire ça fait partie des effets personnels. Salut – tiens bon la rampe – et fraternité. A toi. » Et c'était signé : « Hannibal ». Qu'est-ce que tu penses de ma nuit, Hannibal? J'aimerais te retrouver, tout à l'heure, près de la cabane. Je te réveillerais d'un léger coup de pied et je te raconterais tout.

Elle s'est essuyé les cuisses avec de l'herbe arrachée par touffes et humide de rosée. Valentin était appuyé à un arbre. Il ne bougeait pas. Il s'était rhabillé – les hommes se rhabillent vite parce qu'ils croient toujours, confusément, qu'ils viennent de commettre un viol – et regardait la femelle tout occupée à faire sa fabuleuse toilette. La première touffe d'herbe traça sur ses cuisses des zébrures de sang qu'elle étala en nuages roses avec un deuxième tampon, qu'elle effaça avec un troisième. Elle se nettoyait à longs gestes calmes, sans toucher à son sexe. Son dos et ses fesses étaient marqués par les plis et les boutons de la vareuse que Valentin avait maladroitement étalée sous elle. Il y avait aussi quelques feuilles, des brins d'herbe et des grains de terre. Il a caressé ses seins, puis son ventre, mais il s'est arrêté au bord du nid et enfin lui a tendu sa jupe et son corsage. Arrivés tout près de la ferme, le chien a aboyé, mais elle ne l'entendait pas. Elle s'est éloignée vers le porche. Elle s'est retournée avant de disparaître et il a agité le bras.

Il revient à pied vers le pont, en poussant la bicyclette dont le pédalier, qu'il n'a pas réussi à immobiliser, tourne doucement. Il est très las parce qu'il ne sait pas si ce qu'il a fait, cette nuit, est bien. Ou mal. Tout à l'heure, après les premières étreintes et alors qu'il était allongé à côté du corps immobile de la jeune fille, il a même été envahi par une tristesse longue, longue, à laquelle se mêlait comme une révolte d'animal capturé. Il est vrai que ça lui arrive toujours, après l'amour, d'éprouver ce sentiment, comme s'il avait été volé. « Oui, triste *post coïtum,* il paraît que c'est classique... » On est soudain très seul, surtout lorsqu'on est jeune et que l'expérience ne vous a pas encore appris les gestes de la paix et les mots de la comédie. Il n'oubliera jamais son initiation, dans un bordel de Mézières, et sa peur lorsque la prostituée se déshabilla en un tournemain, et s'ouvrit dans le lit en lui disant : « Allons, viens, n'aie pas peur, mon chéri... » Il y avait trop de chair, dans ce lit, trop de cuisses et de seins, trop de bras... Et tout ça était nu et blanc. Qu'en faire ? Pour comble, cette pieuvre gigantesque parlait... La peur ne s'envola pas tout à fait devant le gouffre, même si à la fin, sans panache et sans gloire, la jeunesse triompha. En vérité ce fut un désastre mais les virginités ont l'habitude d'en subir de pareils et parfois même de s'en sortir piteusement intactes.

Heureusement, l'infirme ne parlait pas et ç'avait été elle, cette fois, la vierge. Pourtant, une fois de plus, la tristesse longue, longue, était revenue et nulle salle de bains, ici, pour aller l'y siffloter en se faisant des grimaces dans le miroir. Enfin, Marie tourna la tête vers lui et dans un mouvement de tendresse affolée se colla contre son corps. Le désir revint.

Le pédalier de la bicyclette continue de tourner, comme tournent, dans la tête de Valentin, des questions. Sans réponses. Et toujours pas de Carbo, de copain, de frère pour lui demander, sans en avoir l'air, d'une voix neutre, comme ça, en buvant un verre ou en marchant épaule contre épaule, dans la rue : « Drôle d'histoire, non ? Qu'est-ce que tu aurais fait à ma place ? » A peu près sûr que Carbo aurait répondu par une plaisanterie et par une plaisanterie certainement énorme. On demande un conseil à son meilleur copain, quand on a encore l'âge d'un Valentin, en essayant tout de même de l'épater un peu, et l'autre, évidemment, vous répond par une plaisanterie, un rire, un calembour. Ce n'est pas qu'il se dérobe, non, mais plutôt parce que ça fait partie d'un jeu très ancien et qu'il y a aussi, dans l'énormité même que le copain vous balance, à froid ou en riant, peut-être une pudeur. Mais c'est très bien ainsi. Ça remet les pieds sur terre. Ça douche l'émotion et on se remet à être tranquillement un homme au lieu de s'envoler – ô pigeon qui vole et jeunesse aussi! – en se prenant au moins pour un albatros. C'est à coup de « bêtises » échangées qu'on croit devenir de vrais hommes, c'est-à-dire rester des enfants. Et cela s'appelle la virilité alors que son vrai nom est, si souvent, la tendresse. Et si Valentin avait été blessé, et si on avait dû l'amputer d'une jambe, et s'il avait appris cette rude nouvelle à Carbo, celui-ci lui aurait écrit : « J'espère, ma vieille, que tu m'as gardé les ongles. » Et voilà. Et c'est ça la fraternité imbécile et tendre des hommes. Mais personne ne le sait parce que les adolescents à la voix qui mue et devient basse, parce que les soldats, parce que les joueurs de boules qui s'engueulent sous les platanes, parce que les pêcheurs à la ligne qui racontent leur dernière prise à gestes fabuleux, parce que les carabins, parce que les grands mômes qui s'envoient des tannées dans les salles de boxe, parce que les Nemrod du Café du Commerce et des Voyageurs, parce que Ballu, Ramier, Perou, le lieutenant Valentin et même N'Doulo, parce que personne ne livre le secret. Mais il y a, dit-on, des femmes douces et rusées qui parfois le devinent. Et les mères, toujours.

Et Valentin se dit calmement : « De toute façon, ce qui est fait est fait. Mais maintenant il va falloir que je mente à mes quatre gaillards et leur explique pourquoi j'ai découché. Inutile. Ils n'ont pas à me poser de questions. Je me donnerai un air préoccupé. » Alors, il enfourcha sa bicyclette et, sur le sentier blanc, pédala vers le pont.

21 JUIN

Guderian s'amuse à dessiner un éventail. Il était inquiet, la veille, parce qu'il craignait de devoir freiner la ruée de ses engins qui, s'ils sont affamés d'espace, sont aussi altérés d'essence. Mais il y a eu deux conjonctions heureuses : les convois ravitailleurs avaient suivi et, à Lyon, ville ouverte, les dépôts étaient intacts. Du coup, on n'a pas stoppé l'avance sinon quelques heures pour accorder quelque maigre temps de repos aux équipages, réparer des chenilles et décider des nouveaux bonds et des nouvelles proies. A Lyon, en se dirigeant vers son Q.G. toujours provisoire, le général a fait stopper sa voiture et en est descendu pour saluer des tankistes de la 2e Panzern dont quelques véhicules stationnaient sur les quais du Rhône. Le premier équipage s'est mis au garde-à-vous, mais le général a dit : « Repos, repos... » et a même serré des mains en s'enquérant de détails familiers. « Pas trop fatigués ? » « Heureuse fatigue, Herr General », a répondu le capitaine Haase, les traits creusés et les yeux rougis par le manque de sommeil. Les plus épuisés sont les conducteurs. En remontant dans sa voiture, le général était d'excellente humeur et a même plaisanté avec le colonel von Gummingen.

– Si ça continue, colonel, ils vont conduire les yeux fermés, complètement endormis, et Dieu sait où ils iront.

– Les conducteurs sont à rude épreuve. Les autres arrivent à voler un peu de sommeil. Ils s'attachent n'importe où, avec deux ceinturons, et dorment.

De vrai, on voit des soldats, tête molle, torse cassé, roupiller en grappes sur les chars. Guderian rit.

– Si on m'avait dit que nous conquerrions la France en dormant. Le plus drôle, colonel, c'est que quand ils se réveillent en sursaut, à cause d'un cahot, ils doivent brusquement se croire dans leur village, perchés sur une charrette qui revient des foins. « Chère Herlinde, j'ai rêvé de toi. Nous revenions de faire les foins mais je me suis réveillé brutalement et ai été très étonné de me retrouver sur un tank de vingt tonnes et ce n'est pas sur ta poitrine que ma main était posée mais sur celle de mon copain, le caporal Undsoweiter, qui m'a demandé d'arrêter de le peloter. Chère Herlinde, nous sommes en train de gagner la guerre les yeux fermés. Comme dans un conte. Seul, je crois, le général Guderian ne dort pas... »

Les deux officiers éclatent de rire. M. Filet, Français, cinquante ans, serrurier, regarde passer la voiture, l'œil noir, pendant que son chien fait pipi contre un arbre. De rage, il tire sur la laisse du clebs et gronde : « Tu as vu, Mitsou ? Et en plus de ça ces salauds rigolent ! » Mais Mitsou, cuisse mouillée par sa libation interrompue, ne répond pas.

Guderian, assis, trace les branches de son éventail, entouré des officiers de son état-major, debout, et qui se penchent au-dessus de la table. « A partir d'ici, dit-il, nous éclatons. (Il trace une flèche rouge dont la pointe vient buter sur un rond qu'il encercle.) Ici vers Chambéry. (Deuxième flèche.) Ici, vers Grenoble. (Troisième flèche.) Ici, vers Romans. (Puis quatrième flèche.) Ici, vers Tournon et Valence. L'effort principal étant porté évidemment sur cette dernière ligne, le long de la vallée du Rhône. Vers Romans, Grenoble et Chambéry, ce n'est pas en vérité notre affaire mais celle de l'infanterie. Allez ! » Il se lève.

A Rennes, pendant que la 7e Panzern traverse la ville,

Rommel, levé à l'aube, installé dans le hall de « L'Hôtel Anne de Bretagne » écrit à sa femme. « La guerre est devenue peu à peu un Tour de France éclair. Dans quelques jours elle sera finie pour de bon. Les gens d'ici sont soulagés, voyant que tout se passe si tranquillement. » Un garçon en gilet rouge, Français, cheveux blancs, dépose sur la table une grande tasse de café qui fume. Derrière le comptoir de réception, le patron de l'hôtel s'efforce d'expliquer à un officier, en lui tendant une clef, qu'il n'y a plus d'eau chaude dans les chambres. Un quart d'heure plus tard, derrière Rommel, tous les officiers sortent de l'hôtel.

– Premier café que j'ai servi à un Boche, dit le garçon au patron en desservant la table. Et, pardon, à un général ! Si on m'avait dit ça... (Il se tourne vers le patron.) Fallait pas ouvrir, monsieur Georges.

– Je n'ai pas ouvert. Ils ont tapé à la porte.

– Mais vous avez ouvert.

– Ils auraient enfoncé la porte. Ils avaient vu qu'on était là. C'est toi qui as allumé le hall quand ils ont frappé.

– Je ne voulais pas qu'ils enfoncent la porte.

– Et alors, Henri, c'est ce que je disais !

– Oui, d'accord, d'accord...

– On se boit un café ? Il en reste ?

– Oui, mais je vais en faire un autre. Je ne veux pas boire celui du Boche.

– Pourquoi as-tu mis le gilet pour le servir ?

– L'habitude, monsieur Georges.

Rommel s'est jeté sur les coussins de sa voiture décapotée dont le colonel Rothenburg lui avait ouvert la portière. Adieu automitrailleuses et auto-tractées ! C'est la balade. Ce soir, on sera à Brest. Le général lève le nez vers l'Hôtel de Ville.

– Connaissez quelque chose à l'architecture, colonel ?

– Rien, Herr General.

– Moi non plus. Je confonds les siècles.

– C'est compliqué, Herr General.

– De toute façon, je ne vois plus les villes et les villages depuis un mois. Nous en avons trop traversé et tous finissent par se ressembler.

– C'est exact, Herr General. Sauf Paris, peut-être... Si la division y était entrée, on s'en souviendrait.

– Ça oui, oui... (Rommel sourit et soupire.) Quand j'étais gosse, je suis allé à Nuremberg. Tous ces clochers, pignons, tours, balcons... Quand je suis revenu à la maison, on m'a demandé : « Alors, Nuremberg, c'est comment ? » J'ai répondu : « C'est sculpté... » Aujourd'hui, je dirais : « La France ? Il y a des pommiers et, dans les villages, des bistrots. » (Il se tait, passe un doigt sur ses paupières tombantes.) Combien ai-je perdu de chars, depuis le début de l'offensive ?

– Quarante-sept, Herr General.

– Ce n'est rien.

– Tués ?

– Entre six et sept cents.

– C'est peu.

Il déploie sur ses genoux une carte dont il lisse les plis. Il regarde les successives traînées de bave rouge qui chaque jour coulent un peu plus vers le sud. Il hoche la tête. Il tient la carte horizontale, à deux mains.

– Regardez, colonel, on dirait une traînée de bave qui descend le long d'une vitre et que rien ne peut arrêter. En secouant un peu, on accélérerait la coulée et on atteindrait les Pyrénées et la Méditerranée en quelques minutes.

Il replie la carte. Le colonel Rothenburg fait « oui, oui » de la tête mais estime que le général a de drôles d'idées. Amusantes mais bizarres.

L'homme ressemble à un mannequin rempli de paille mais qu'on aurait élégamment vêtu d'une veste noire à minces revers, d'un gilet avec chaîne de montre et d'un pantalon à rayures. Une corde invisible, accrochée au plafond, doit le maintenir debout, dans ce salon dont on a tiré légèrement les rideaux pour calmer la colère de la lumière du jour. Mais sous les rafales d'une autre colère, celle de Laval, le mannequin ondule. Derrière l'ancien président du Conseil, une dizaine de parlementaires, faces grises, nez allongé en direction du mannequin, approuvent à petits coups de tête. Le mannequin répète : « Perpignan... » « Afrique du Nord... » mais l'Auvergnat au teint de pomme de terre, aux yeux de charbon et à la plate tignasse de cambouis, lui casse ses tremblotants effets. Avant d'entrer dans le salon, Marquet a dit à l'Auvergnat : « Mais, après tout, quelle importance si ce pantin fout le camp ? On a le maréchal ! » « Pantin peut-être, a répondu Laval, mais jusqu'à nouvel ordre, il est et reste le président de la République. Pantin mais symbole. S'il part, au diable ou en Afrique du Nord, il emporte la légitimité ! Il doit rester ! » Alors, les douze parlementaires sont entrés dans le salon où Lebrun, le dos à la fenêtre, était en train de regarder les losanges fleuris du tapis. Laval a attaqué aussitôt. « Afrique du Nord... un gouvernement souverain, ailleurs... Pas sur une terre occupée... » a bredouillé le mannequin blanc et noir mais le taureau noir et jaune marchait sans cesse sur lui et, à la fin, brandissait presque le poing.

– Si vous quittez cette terre de France, vous n'y remettrez plus jamais les pieds. Oui, quand on saura que vous avez choisi, pour partir, l'heure où notre pays connaissait la plus grande détresse, un mot viendra sur toutes les lèvres : celui de défection ! Peut-être même un mot plus grave encore, celui de trahison ! » Lebrun recule. Laval avance. « Votre devoir, monsieur le Président, est de suivre l'exemple du maréchal... Si vous partez, donnez votre démission !... Ne suivez plus ceux qui nous ont conduits aux abîmes... » Il hurle. Le mannequin tremble, oscille. Va-t-il s'étaler sur le tapis ? « Monsieur Laval, plus vous parlez haut et moins on vous entend. Je vous en prie, baissez la voix. » « Je n'ai plus rien à vous dire, monsieur le Président... » Derrière la porte, un huissier qui a collé l'oreille à l'un des battants quand les éclats de voix se sont faits trop violents, secoue la main, cligne de l'œil à un collègue et lui dit dans un murmure : « Ça barde, Toto! Ils vont finir par se foutre sur la gueule. » « Qu'est-ce qu'ils disent? » « Laval veut décaniller en Afrique. » « Laval? Demange avait dit que c'était Lebrun. » « C'est peut-être Lebrun. En tout cas, ça gueule... Oh! Pardon, ça y est! Ils recommencent! Viens écouter... » Et les deux hommes, fesses pointées, l'œil aux aguets, l'oreille contre la porte, écoutent en se poussant du coude.

– Commandant, il y a un traître à bord! On a laissé s'embarquer un traître! Je vous demande de le faire rechercher immédiatement, de le mettre aux arrêts, de...

Le commandant Ferbos regarde le gnome horrible qui s'agite et écume devant lui.

– Excusez-moi, monsieur, demande-t-il calmement, mais qui êtes-vous?

Le gnome ouvre des yeux stupéfaits. Il n'a pas été reconnu? Ce commandant est-il idiot?

– Je suis le député Jammy Schmidt... Je suis parlementaire, commandant!

– Ah! bien, bien, monsieur le Député. Et qui serait ce traître que nous aurions à bord?

– Florimond Bonte, un communiste! Un ancien député communiste. Et comme vous le savez, commandant, les communistes sont des traîtres. Bonte est recherché par la justice.

– Et il est à bord?

– Je l'ai vu, je l'ai dit à Mandel et à Delbos! J'exige...

– N'exigez pas, monsieur le Député. Deux officiers et moi-même allons vérifier la liste des passagers et s'il le faut procéder à des appels et à des visites de cabines.

– Je vous accompagnerai, commandant.

Le gnome a les lèvres blanches de salive épaisse.

– Ce n'est pas votre rôle, monsieur le Député.

– Je compte sur votre diligence, commandant!

Le gnome s'éloigne en serrant les poings. Le commandant ordonne la fouille du bateau pour y débusquer le rat Florimond.

– Mais pourquoi toute cette agitation, commandant? demande Jean Zay en remontant ses lunettes sur ses yeux doux et vifs.

– Il y aurait un député communiste à bord, monsieur le Ministre.

– Tiens donc! Et qui est-ce?

Jean Zay est ennuyé. Il a été ministre du Front populaire.

– Un certain Florimond Ponte.

– Bonte?

– Ponte ou Bonte, je ne sais pas.

– Bonte.

– Excusez-moi, Bonte ou Ponte, je ne fais pas de politique.

– C'est Florimond Bonte. Mais qui vous a dit cela?

– Le député Schmidt.

– Oh! c'est un fol, répond le ministre. Il est tellement laid qu'il en est fol.

Sur le pont-promenade, allongées sur des chaises longues, Mmes Bretty et de Crussol sont très entourées. Plus loin, le jeune Pisani fait sa cour à sa fiancée, Mlle Colette Le Troquer. Georges Mandel, dans sa suite, achève posément de se ganter de gris.

– Enfin nous sommes en mer... dit le député Delattre qui vient d'entrer. Mandel passe un doigt entre cou et faux col puis tire sur ses gants de fil. Croyez-vous qu'ils vont oser signer l'armistice, monsieur?

– Oui.

Et soudain, Mandel explose, ouvre la porte, désigne une énorme malle noire qui n'a pu entrer dans l'appartement, pointe vers elle un doigt gainé de gris.

– Qu'ils signent! Celui-là les juge et les méprise!

Il laisse sur place le député pétrifié. Delattre enfin se secoue, erre dans les couloirs, tombe sur Delbos qui remarque son air agité.

– Que se passe-t-il, Delattre? Ça ne va pas?

– Mandel a perdu la raison. Il parle à sa malle. Il dit qu'elle méprise les capitulards de Bordeaux.

– Vous l'avez vu?

– Et entendu.

– Que disait-il?

Delattre mime : « Celui-là les juge et les méprise! »

– Ah! dit en souriant Delbos, il désignait sans doute le buste de Clemenceau.

– Il a emporté Clemenceau? Dans la malle? Clemenceau?

– En bronze. Il ne s'en sépare jamais.

– Ha! fait le député, bouche ouverte et qui dessine un O parfait.

Dans vingt-quatre heures, arrivera dans la clairière un détachement de sapeurs de la Wehrmacht avec grues, engins de traction pour amarrer et pousser le wagon sur la plate-forme d'acier. C'est Keitel lui-même qui a téléphoné aux sapeurs après avoir déchiré l'enveloppe scellée que lui avait remise personnellement le Führer. Il a lu : « Immédiatement après l'achèvement de la cérémonie de Compiègne, j'ordonne ce qui suit :

1° Le wagon historique, la plaque commémorative et le

monument célébrant la victoire française seront transportés à Berlin.

2° Le piédestal du wagon, les rails et les pierres marquant son emplacement seront détruits.

3° Le monument du maréchal Foch sera conservé intact.

Adolf Hitler. »

Aussitôt les sapeurs se sont mis à l'œuvre et ont commencé à déboulonner.

C'est la veille, à 15 heures, que le Führer est arrivé, escorté par les S.S. géants de la « Leibstandarte », à la clairière de Rethondes. Exact au rendez-vous, à la minute près. Son regard filtre sous la visière de la casquette trop grande. Tout est en ordre. Le wagon immobile. Le monument voilé d'un immense drapeau nazi. Un coup d'œil à la statue de Foch. Le ciel, dans lequel passent trois Fieseler-Storch en vaine patrouille, est bleu. L'air est léger où retentit doucement, jouée par des musiciens disposés à une cinquantaine de mètres, en retrait, la marche « Argonnenwald ». Et, irréelle, flotte la musique, comme si elle montait de la forêt. Un autre détachement de la « Leibstandarte » se raidit en un terrifiant garde-à-vous et trace ses impeccables lignes noires des quatre côtés de la clairière. Le soleil plaque un reflet d'argent sur les casques noirs. On entoure le Führer qui n'a pas l'air de mauvaise humeur et qui dit : « Il fait beau. Journée superbe » et qui a un sourire. Aussitôt, les poitrines des généraux se dégonflent d'aise, les dos raidis prennent quelque souplesse, les orteils se décrispent dans les bottes. Le Führer est de bonne humeur. Il a dit : « Il fait beau. » « Hitlerwetter ! » a répondu Hess, ce qui désormais, en Allemagne, signifie temps radieux car on se souvient que le soleil a toujours brillé lorsque le Führer l'a convoqué au rendez-vous de ses parades, des congrès du Parti, à Nuremberg, et lors de l'entrée à Vienne. C'est pourquoi on dit maintenant « Temps d'Hitler », dans tout le Reich, lorsque le ciel est bleu et, en son milieu, le soleil jaune.

– Les Français ont du retard, dit Keitel, mais le général Tippelskirsch vient d'arriver et les précède. Ils seront là dans quelques minutes.

– Bien. Montons dans le wagon. Je ne tiens pas à les recevoir ailleurs.

On s'efface. Hitler monte le premier, va s'asseoir à la place de Foch, pose les mains sur la table et se tait. Il regarde le fauteuil vide en face de lui. Il voit s'y inscrire la silhouette du généralissime français et il dit au fantôme : « Cette fois, c'est moi qui suis à ta place, et j'ai gagné la guerre... »

Von Tippelskirsch s'est avancé vers les « petits Français » en tête desquels marchait le général Huntziger et, à six pas, bras tendu, a salué. Puis : « Êtes-vous armés, messieurs ? » Huntziger a répondu un « Non » très sec. Le général allemand le déplore, invite le délégué à le suivre et marche à la droite du chef de la délégation auquel il dit, comme les S.S., sur un commandement hurlé, se raidissent au garde-à-vous en présentant les armes, le fusil droit tenu devant la poitrine par les bras à demi tendus et les mains gantées de blanc :

– Ce n'est pas à moi, dit von Tippelskirsch, mais à vous que les honneurs sont rendus.

– Ah ! fait Huntziger qui alors salue le drapeau nazi que le soldat incline en un autre lent salut.

A quoi pense-t-on lorsqu'on est un général français, écrasé de fatigue, mort de désespoir, suivi d'autres généraux français qui marchent derrière vous, et que l'on passe en revue les noirs croque-morts de pierre casqués d'acier et qui, comme des cierges, vous présentent leurs fusils ? Devant vous, monté sur roues, il y a le gigantesque cercueil de fer et de bois qui vous attend et dans lequel, d'humiliation, vous allez mourir. A Rethondes! « Jamais je n'aurais cru... C'est un cauchemar... Des sadiques... » Le commandement rauque du capitaine qui a raidi les soldats de la « Leibstandarte » a tout pétrifié : les hommes, les arbres, les feuilles qui ne frémissent plus, les oiseaux sur les branches et le vol d'un busard soudain immobile dans le ciel. A quoi pense le général français? A rien. Il entend seulement le bruit des pas, derrière lui, du cortège qu'il conduit. Le bruit des pas, sur la terre sèche, des membres de la famille qui viennent enterrer la France. Rien que ce bruit, au milieu du silence absolu, dans ce cimetière peuplé de statues noires. Ensuite il a fallu monter dans le wagon.

Hitler s'était levé. Il a salué, bras tendu. Ribbentrop, Keitel, Jodl l'ont imité. Le maréchal Goering et le grand-amiral Raeder ont salué en levant leur bâton de commandement et celui du maître de la Luftwaffe, incrusté d'or et de pierres précieuses, a jeté un bref éclat. Hitler, d'un geste, a prié les délégués de s'asseoir. Ils s'assoient. Un raclement de bottes et de fauteuils puis le silence. Une odeur de cuir et de drap dans le wagon, mais, étrangement, personne ne transpire comme si tous ces hommes aux gestes raides et réglés étaient de pierre et se réunissaient dans une crypte dont le soleil aurait percé les murs, pour assister à un banquet de revenants. Le Führer se tourne vers Keitel qui extrait alors d'un sous-main au cuir frappé à la feuille d'or de l'aigle et de la croix gammée, deux feuillets dont le texte, avant d'être dactylographié, a été rédigé par Hitler lui-même.

« Confiants dans les assurances données au Reich allemand par le président Wilson et confirmées par les puissances alliées, les Forces armées allemandes ont déposé les armes en novembre 1918. Ainsi se terminait une guerre que ni le peuple allemand ni son gouvernement n'avaient voulue... »

Keitel, assis à la droite du maître, sait qu'il lit des mots que celui-ci a tracés et qu'il se doit de mettre dans sa voix la dureté avec laquelle ils ont été pensés, avec laquelle ils ont résonné, quand il les écrivait, dans la tête du Führer.

« Cependant, dès l'arrivée de la Commission d'armistice allemande, les promesses solennelles furent violées. Ainsi, le 11 novembre 1918, inaugura, dans ce wagon, les souffrances du peuple allemand... »

Les Français écoutent la voix allemande, rude, qui les frappe comme un bélier ou les déchire de ses arêtes gothiques.

« Or les armes viennent de prononcer leur verdict. La France est vaincue... »

Pas une seule fois, le Führer, les coudes appuyés sur la table, ne relèvera la tête. Personne ne regarde personne. Seul, Rudolf Hess a eu comme un très léger sourire – « La France est vaincue... » – et ses yeux ont brillé sous ses sourcils touffus de charbon.

« Si, pour la remise de ces conditions, la forêt de Compiègne a été choisie, cela s'explique par la volonté d'effacer, une fois pour toutes, par un acte de justice réparatrice, un souvenir... »

La chaleur monte dans le wagon. C'est l'haleine de Keitel, sans doute, qui commence à épaissir l'atmosphère ou la présence de ce bloc, à la droite duquel il est assis, qui maintenant irradie des ondes de feu.

« ... sera la réparation des torts causés par la force au Reich allemand. »

Keitel pose ses feuillets. Silence toujours. Paul Schmidt, l'interprète, lit d'une voix neutre le texte français et s'y insinue comme une douceur morbide. Frankreich, qui déchirait les oreilles françaises, devient très douloureusement la France. Seul « Reich », que l'interprète ne traduit pas par « empire », garde sa brutalité rugueuse. Schmidt pose ses feuillets. Hitler se lève, salue et son regard balaie, les uns après les autres, les visages des délégués français et les cloue dans sa monstrueuse mémoire. Huntziger respire un grand coup et remonte ses épaules qui s'affaissaient. Hitler sort du wagon, accompagné de deux officiers à grands parements. Il n'a pas prononcé un seul mot. On se rassoit.

Il est 15 h 42. Quand le Führer est descendu du wagon, la dernière strophe de l'hymne allemand a soudain jailli dans la clairière. Dans le wagon où il est resté – exactement – douze minutes, la chaleur est maintenant étouffante et Goering, le premier, passe sur son visage un fin mouchoir. « Messieurs, je vais vous donner maintenant connaissance des conditions d'armistice... » La voix de Keitel est moins rogue puisqu'il n'a plus à imiter le Führer apparu et évanoui.

Le sergent Ballu, ses godasses à la main, pieds nus dans la rosée, a crié un « Merde! » sonore au lieu de s'agenouiller devant le miracle. « Ho! les gars, venez voir! » Il secoue maintenant Ramier et Perou qui ronflaient encore dans la cabane et qui en sortent avec des brins de paille dans les cheveux.

– Qu'est-ce qui se passe, sergent?

– Écoutez...

Et Ballu se fige, comme aux aguets. Les deux autres, les yeux gonflés, ne bougent pas.

– Vous entendez?

– Ben non, on n'entend rien.

– Justement! Et vous trouvez ça normal? Venez!

Ramier se chausse, assis sur le marchepied de la Hotchkiss.

– Excusez-moi, sergent, mais j'ai les pieds fragiles.

Ballu s'impatiente.

– Vous allez voir ce que vous allez voir!

Il n'y tient plus et dodelinant de son gros derrière marche à pas vifs vers le haut de la colline, se retourne pour faire un grand geste intimant aux deux autres l'invitation à le suivre.

– Tu viens, Poupoule? demande Perou à Ramier.

– Vas-y, je te suis. Dis, ça te fatiguerait de ne plus m'appeler Poupoule?

– Oui, Poupoule.

Il y a trois jours, ils ont eu une discussion sur la musique et Ramier, en caressant ses mains, disait qu'elles avaient envie de jouer du violon. Pour une fois, Perou ne ricanait pas et n'arrivait pas à placer ses habituels sarcasmes sur l'armée, la patrie, la guerre et, comme il dit, « toutes ces chiottes ». Sur ces sujets, d'ailleurs, il y a longtemps que « le Violoniste » est blasé d'entendre râler « l'Étudiant ». Hier encore, ils se sont engueulés.

– Tu n'aimes rien, Perou. T'as pas encore de rhumatismes et tu n'aimes rien. Tu veux que je te dise? Tu me fais pitié.

– C'est pas une carotte, ta pitié?

– Hein? Pourquoi?

– Parce que tu pourrais te la planter dans le trou de balle.

– Ça y est! Ça recommence! Impossible de discuter avec toi.

– Discutons, d'accord. J'aime pas la guerre. Tu me diras que j'aurais dû déserter?

– Je te le dirai. Tu ne l'as pas fait. Pourquoi?

– Parce que je t'aime. (Ramier hausse les épaules.) Attends, attends, je déconne pas. J'y ai pensé, figure-toi, à déserter, puis, à Paris, à côté de la chambre que je louais dans le XIIIe et que mes parents se cassaient le train à payer pour que j'aille m'emmerder à la Sorbonne, y'avait un type de notre âge qui travaillait dans une usine de câblages. On était devenus un peu copains, entre voisins. Il avait des boutons qu'il passait son temps à écraser et la raie au milieu mais, malgré ça, on était devenus un peu copains et on se disait : « Ça va? Ça va! » entre voisins. Et un matin je le rencontre et il me dit en me montrant une enveloppe : « Tu l'as reçu? » C'était son ordre de mobilisation. Je lui ai dit : « Pas encore. Et tu pars? » Il m'a regardé, vachement étonné, et m'a répondu : « Qu'est-ce que tu veux que je fasse? Tu dis ça pour rigoler? » J'ai dit : « Oui... » Alors, quand j'ai été appelé, j'ai pensé à lui et je me suis dit que j'aimais bien ce type, ce con, et, excuse-moi, tous les cons dans ton genre, et que j'avais pas le droit de vous laisser tomber. Voilà pourquoi, cher ami, je suis là malgré ma haine féroce, cher ami, de la guerre. Haben Sie Verstanden?

– Oui. Mais t'es content alors? On ne l'a pas faite.

Et Ramier a jeté un coup d'œil au copain, par en dessous, puis a ajouté :

– Tu vas pouvoir expliquer ça aux Frisés, quand tu seras démobilisé. « Mes amis, j'avais horreur de la guerre... » Ils te féliciteront.

– Quinze pour toi. Bien joué. Je te réponds?

– Oh! si tu veux...

– Je te réponds : j'ai horreur de la guerre mais je l'aurais faite.

– Et pourquoi?

– Parce que je n'ai pas déserté et parce que les patriotes de mes deux, comme toi, ça m'intéresse.

– Et le lieutenant? Et Ballu? Et N'Doulo?

– Le lieutenant, c'est son métier. Il a été monté pour ça, comme un machin de meccano. Une main en moins, une ficelle. Une balle dans le buffet, une décoration. Une jambe en bois, quatrième ficelle. La gueule emportée, une citation, etc. Il avait envie de se répandre en morceaux, pour la France. Il n'est pas con, il est dressé. C'est le genre clair puceau. Il ne parle pas parce qu'il a peur qu'on s'aperçoive qu'il est simple. C'est un soldat. Il a une clef dans le dos. Tu la tournes et, hop! il trotte, comme un jouet. Ballu, c'est l'abruti. Je l'aime bien mais c'est l'abruti. Pas un jouet, lui. Au fond, y'a rien à dire de lui. C'est un clebs.

– Courageux, sûr.

– Non, pas courageux. Bête. Sans l'uniforme, sans ses galons, c'est personne. T'as qu'à le regarder à poil quand il se lave, à la rivière. C'est strictement personne, à poil. N'Doulo, encore plus simple : il adore son « litnou », c'est son papa. Les vrais troufions, Poupoule, c'est toi et moi.

– Pas tout à fait vrai ce que tu as dit sur le lieutenant.

– Si, un jouet avec une clef. Et d'abord, c'est un môme. Donc, sans intérêt.

– Toi aussi, alors, moi aussi. On n'est pas centenaires.

– Non, pas pareil. Tous les officiers sont des mômes. Jeunes, mûrs ou vieux mômes mais c'est comme ça. Tu as trois races de mômes : les curés, les officiers et les coureurs cyclistes quand on leur demande à l'arrivée si l'étape a été dure. Discute pas, j'ai raison. Les troufions, en revanche, ça c'est vite vieux.

C'était hier, cette discussion, mais il y a trois jours, Ramier caressait ses mains et disait qu'elles avaient envie de jouer du violon. Il ne parle jamais de son métier, Ramier, et d'ailleurs Perou lui a dit qu'il n'aimait que le jazz et l'accordéon. Mais il contemplait ses mains, comme deux oiseaux dont il aurait caressé les plumes et se penchait dessus, tête inclinée et les traits en paix, sous la frange de moine.

– Elles ont envie de jouer.

– T'aimes ça ?

– Oui. Mais il faut se méfier des mains. Si elles deviennent trop habiles, tu joues mal. Elles font ce qu'elles veulent et tu n'es qu'un virtuose. Ça leur fait un peu de bien de se rouiller.

Perou s'est senti soudain attendri par ce type qui regardait ses paluches aux ongles noirs, dans cette cambrousse où pourrissait une Hotchkiss et où cinq naufragés jouaient à la guerre absente et, comme il n'aime pas ça, être attendri, il a sifflé *Viens Poupoule* et, depuis, appelle Ramier « Poupoule ».

Au sommet de la colline, le sergent agite les bras. Perou et Ramier, enfin chaussés, le rejoignent.

– Alors ? dit le sergent.

Plus une auto, charrette, corbillard, autobus, moto, bicyclette, tandem, brouette, voiture d'enfant, véhicule militaire, camion de pompiers, de livraison, de déménagement, plus de bétaillères, de triporteurs, de side-cars, d'ambulances, de berlines, de taxis. Plus rien. Plus de réfugiés, de soldats, de chevaux, d'ânes, d'oiseaux en cage, de chats, de chiens, de putes, de vieux, de bébés, de mamans, de mémés, de curés, de voyantes, d'infirmières, d'ivrognes, d'affamés, de scouts, de gendarmes et d'âmes qui vivent et de pieds posés, l'un après l'autre, sur la route et le goudron mou. Plus rien. Même pas une poule évadée d'un panier. Même pas une perruche sautillant de barreau en barreau dans une cage d'osier abandonnée le long du chemin. Rien. Et le sergent Ballu répète :

– Merde alors! Plus rien! C'est le désert.

Perou corrige.

– Non, sergent. Y'a quand même des bagnoles abandonnées, des bouteilles et des papiers.

– Y'a plus rien qui bouge, c'est ce que je veux dire, répond Ballu. Mais où ils sont passés, les foireux?

Perou a un geste d'évidence, mains ouvertes.

– Ou bien c'est la faute à l'armistice, sergent, et ça leur a coupé la galopette, ou bien y'a plus personne, là-haut, dans les étages du pays. Tous à la cave, maintenant.

– Quelle cave ?

– Ben... le Sud, sergent. Toulouse, 10 millions d'habitants, Montauban, 8 millions, Perpignan 20 millions... Et Pont-de-la-Brèche, 3, ici présents, puisqu'on a perdu N'Doulo et le lieutenant.

– N'Doulo est à la rivière. Il est allé pêcher des vairons, dans les flaques. Et le lieutenant, le voici.

Ils aperçoivent en effet Valentin, arrêté près du pont et descendu de sa bicyclette.

– D'où il sort? demande Ramier.

– Il s'entraîne pour les Six-Jours.

– Dites donc, Perou, ça vous gênerait d'arrêter de dire des conneries?

– Non, sergent.

Ils se taisent. Puis Ramier dit : « Cette fois, je crois que c'est fini. »

Ils n'ont pas pu faire repartir la Hotchkiss. Elle a refusé sans même daigner tousser. Les deux volets de son capot soulevés, elle ressemblait à un énorme insecte mort aux ailes immobiles que Ballu lui a recollées au corps, dans un bruit de ferraille, en déclarant : « Rien à foutre. » N'Doulo, infatigable, s'est escrimé à la manivelle en faisant : « Ouf! Ouf! » puis s'est redressé, a montré la manivelle à Valentin et a dit : « C'est pas bon, mon litnou... » Le lieutenant a déployé une carte et a décidé qu'ils allaient descendre à pied vers le sud.

– On emporte les armes?

– Oui mais on ne suivra pas la route. On coupera par ici...

– Vers où, mon lieutenant?

– On verra.

– Et si par hasard on tombe sur des Boches, mon lieutenant? demande le sergent Ballu qui, pour jouer au stratège, se penche aussi sur la carte.

Perou, en train de se harnacher, a entendu la question et a murmuré à Ramier :

– On dira à N'Doulo, puisqu'il est noir, de s'avancer avec un drapeau blanc. Ça se verra mieux.

– C'est quand même vexant, dit Ramier.

– Quoi, Poupoule ? Se rendre ?

– Non, perdre la guerre sans avoir vu un Boche.

– Ah ça, faut dire... Tu peux pas savoir ce que ça me bouleverse. Ho ! mais j'ai mon idée sur la question, j'ai une vaste idée. Tu la veux ? C'est gratis.

– D'accord. J'achète.

– Y'a pas de Boches, Poupoule. Hitler n'existe pas, la Wehrmacht non plus. Personne n'a jamais vu de Boches. Y'en a pas. C'est clair.

Ballu qui s'était rapproché et qui a entendu ça reste grande bouche bée.

– Qu'est-ce que tu dis, l'Étudiant ? Quoi ?

– Je dis, sergent, qu'il n'y a pas de Boches, et qu'il n'y en a jamais eu.

– Ah oui ? Mais voilà ! Mais bien sûr !

– L'évidence. Personne n'a jamais vu de Boches. Hallucination.

Le sergent crache puis ne résiste pas à frapper un coup de matraque logique.

– Et, dis donc, par qui on a été battus alors ? Par qui ils étaient chassés comme des moutons, les mecs qu'on a vus passer ?

– Par du vent, sergent.

– C'est ça ! Et à qui il a demandé l'armistice, Pétain ?

– A un dé à coudre.

– Ah je vois. Ça te réussit pas, l'Étudiant, l'insolation.

– Sergent, j'ai le regret de vous dire que le chancelier Hitler est un dé à coudre et que c'est de notoriété publique. N'est-ce pas, Poupoule ?

– Possible, dit Ramier. En ce moment, tout est possible.

Ballu secoue la tête, navré.

– Vous n'emmenez pas la bicyclette, mon lieutenant ?

– Non.

– Ceux de la ferme ne seront pas contents.

– Ils la retrouveront.

Un dernier coup de reins pour arrimer les bardas et les cinq hommes ont quitté le lieu-dit « Le Grand Cherres » et passé le pont de la Brèche sous lequel, ce matin encore, dans les flaques formées entre les rochers plats, le soldat N'Doulo, avec un mouchoir, pêchait des vairons qu'il mange crus, comme des amandes.

Ils marchent. Le lieutenant va à grands pas réguliers et N'Doulo suit en tanguant des épaules. Ballu, tête baissée car son grand-père, quand il était gosse, lui disait : « Regarde toujours le chemin. On peut trouver un couteau, un porte-monnaie, quelque chose. Moi, un jour, j'ai trouvé un timbre de vélo tout neuf. » Perou expédie de temps en temps un coup de pied dans les mottes de terre séchées par le soleil en poudre grise. « C'est plein de taupes, ce putain de pays. J'aime pas ces bestioles ! » « Qu'est-ce qu'elles t'ont fait ? » demande Ramier. « Rien. » « Ah, je vois, monsieur a les nerfs. » « Exact. » « Et pourquoi, monsieur a-t-il les nerfs ? » « Parce que si on avait piqué une poussette aux réfugiés, en douce, la nuit dernière, on aurait pu y foutre les bardas, les flingues et même le F.M. » Ramier est secoué par un rire. « Aucun respect pour l'Armée française. Tu imagines cinq héros de la guerre se baladant au bord des champs de patates en poussant un landau déglingué ? (Il rit aux larmes.) Excuse-moi mais je te vois dedans, avec une barboteuse, assis sur les flingues et en train de sucer ton pouce... Et Ballu qui te donnerait un sein poilu ! » Ils se sont arrêtés à l'ombre d'un petit bois de bouleaux et de trembles pour manger des sardines écrasées sur des tranches de pain dures comme la pierre. N'Doulo offre à la ronde des vairons crus, aux écailles éteintes, qu'il sort à poignées de sa poche. Il s'étonne qu'on refuse sa provende. Le sergent se fabrique une cigarette avec sa petite machine à rouleau de caoutchouc, frotte une allumette contre le tronc d'un bouleau mais ne laisse qu'une trace de soufre sur l'écorce luisante. Il récidive. En vain, puis jette la boîte d'allumettes froissée. Autour du petit bois, le soleil assomme la campagne vaincue. Le lieutenant contemple sa vareuse accrochée à une branche et où s'éteignent ses deux galons. « Un épouvantail... » pense-t-il. Il se lève et la décroche avec humeur. « Allons! », dit-il.

Il marche à travers champs en tête de la procession. Il célèbre les Rogations pour détourner, ainsi qu'il est dit, les calamités temporelles et attirer les bénédictions de la miséricorde divine sur les biens de la terre. Il porte l'étole et la chape violette. Derrière, suivent maman, Lison, oncle Pierre toujours gaillard, tante Léa chaussée d'espadrilles à cause de ses cors aux pieds qui la font beaucoup souffrir, Mlle Yvonne, des voisins, des cousines qui regrettent un peu qu'il soit devenu curé parce qu'il ne les pincera plus derrière la haie de lilas, des paysannes à trois jupons malgré la chaleur et, enfin, le garde champêtre qui pour l'occasion a revêtu son uniforme de Suisse. Et les deux de la ferme Courtaud, suivent-ils aussi le cortège ? Non, ils couvent. Tout le monde chante. « Kyrie, eléison! Christe eléison! Pater de cælis, Deus, miserere nobis... Sancte Michael, Sancte Gabriel, Sancti Gervasi et Protasi,... orate pro nobis. » On chante à voix monotone. « Délivrez-nous, Seigneur, de votre colère, de la foudre et des tempêtes, de la peste, de la famine et de la guerre... A peste, fame et bello, libera nos, Domine. » L'abbé Valentin bénit les champs en tenant, en guise de goupillon, son pistolet par le canon. « Daignez nous donner les fruits de la terre... » Des moutons, mâchonnant les éteules, se sont approchés. « Agnus Dei qui tollis peccata mundi, parce nobis, Domine. Pardonnez-nous, Agneau de Dieu... » Quel jeune mais très sérieux curé nous avons là dont la servante est un grand Nègre. « A bello, libera nos,

Domine! » Mais s'il veut nous libérer de la guerre, pourquoi est-il soudain habillé en militaire? N'essayons pas de comprendre. Il fait trop chaud.

Ils vont maintenant le long d'une interminable haie qui borde des champs d'avoine, précédés à dix pas par le lieutenant.

– Et si on chantait? dit Perou. Vous savez chanter, sergent?

– Non.

– Et toi, Poupoule?

– Non.

– Ça sait pas chanter, les violonistes?

– Ta gueule!

– Tu sais chanter, N'Doulo?

– Yo! Yo! Yao! Yi! fait le Noir.

– Bon, dit Perou, compris! Nous ne savons pas chanter.

Ils ne savent pas non plus qu'à douze kilomètres à l'ouest, un autre pont – le pont de Rombras –, non signalé sur la carte parce qu'il n'est en vérité qu'une lourde mais solide passerelle de bois goudronné, a été franchi cette nuit par une patrouille allemande composée de deux motocyclistes, d'une demi-section de fusiliers portés et de deux automitrailleuses. Passé le pont de Rombras, les Allemands ont emprunté la Départementale 11 et se sont rabattus ensuite vers l'est, en direction du château de Tancrèdes où la Wehrmacht, a-t-il été dit au capitaine Herkelenz qui commande la patrouille, a l'intention d'installer un P.C. provisoire. Le château de Tancrèdes est situé près du village du même nom où il y a une poste avec laquelle il est certainement relié. Ce qui explique le choix du commandement.

– On pourrait se les faire, mon lieutenant.

Valentin regarde Perou avec étonnement, mais le soldat soutient son regard. Quatre longues secondes.

– Oui, on pourrait...

– On aurait fait la guerre, murmura Ramier.

– Sergent, vous filez doucement sur la droite avec le F.M. Vous (il désigne Perou) vous couvrez à droite, au coin de la serre. Aux premiers coups de feu que nous tirons, ici, vous arrosez.

Mais les Français ignoraient qu'à l'ombre d'une haute barrière d'ifs soigneusement taillés et formant, à gauche du château, une rotonde ouverte, les deux automitrailleuses s'étaient déjà rangées.

Les fantassins allemands surpris par le tir des Français ont sauté au fond des douves, peu profondes et asséchées, dans un grand chaos de corps qui hurlent, battent l'air, tombent ou disparaissent. Des blessés qui se traînent et des morts. Mais durant la fusillade, les automitrailleuses, crachant le feu, sortirent de la rotonde en même temps que les Allemands, bondissant hors des douves comblées, derrière le château, couraient sous abri, dans le parc, pour se porter derrière le groupe des Français qui se trouva alors pris entre deux feux. « Ho » fit le sergent Ballu quand il reçut une première balle dans le ventre. Le lieutenant Valentin, la moitié du visage arraché, une balle dans la poitrine, et une curieuse boule rosâtre, gonflée d'air, au bord des lèvres, comme celles que les enfants soufflent dans un voile de pâte à mâcher, entendit avant de mourir le soldat Perou qui gueulait : « Qu'est-ce qui t'arrive, Poupoule ? Planque-toi ! » « Le lieutenant est blessé ! » cria Ramier. « Bouge pas ! J'y vais! » La boule rose de sang explosa en un léger « plouf » et le lieutenant, assis sur la mousse, se renversa sur le dos. « Comment va l'Infini, aujourd'hui, maman, comment se porte l'Absolu ? »

Le lieutenant Valentin Paul, vingt-trois ans, le sergent Ballu Marceau, trente-deux ans, les soldats Perou Jacques et Ramier André, vingt-deux et vingt-trois ans, l'ordonnance N'Doulo, sans âge, furent tués le 22 juin 1940. A la ferme Courtaud, le 24 mars 1941, Thérèse Maheut, soixante-trois ans, sage-femme, aida Marie Courtaud à accoucher d'un vigoureux garçon pesant neuf livres. Le bébé fut déclaré de père inconnu et prénommé Valentin.

Cet ouvrage a été réalisé sur
Système Cameron
par la SOCIÉTÉ NOUVELLE FIRMIN-DIDOT
Mesnil-sur-l'Estrée
pour le compte des Éditions Julliard
le 19 juillet 1985

Imprimé en France
Dépôt légal : juillet 1985
N° d'édition : 4771 – N° d'impression : 2714